QIAN NIDE SHOU
XIAOKAN SISHUI LIUNIAN

牵你的手，笑看似水流年

方草心◆著

中国言实出版社

图书在版编目（CIP）数据

牵你的手，笑看似水流年 / 方草心著. —北京：中国言实出版社，2014.6

ISBN 978-7-5171-0543-5

Ⅰ. ①牵… Ⅱ. ①方… Ⅲ. ①长篇小说－中国－当代 Ⅳ. ①I247.5

中国版本图书馆 CIP 数据核字（2014）第 083118 号

责任编辑：陈昌财

出版发行 中国言实出版社

地　址：北京市朝阳区北苑路 180 号加利大厦 5 号楼 105 室

邮　编：100101

编辑部：北京市西城区百万庄路甲 16 号五层

邮　编：100037

电　话：64924853（总编室）　64924716（发行部）

网　址：www.zgyscbs.cn

E-mail：yanshicbs@126.com

经　销 新华书店

印　刷 北京市玖仁伟业印刷有限公司

版　次 2014 年 6 月第 1 版　2014 年 6 月第 1 次印刷

规　格 787 毫米×1092 毫米　1/16　印张 16

字　数 232 千字

定　价 29.80 元　ISBN 978-7-5171-0543-5

目录

第一章 我是相亲的木偶

我叫马列，“马列主义”的那个“马列”，光听名字就知道我父母有多么又红又专。值得说明的是，我是女生。这个必须说明，因为这种有革命气息又很阳刚的名字，很容易让人误以为是男性。

我敢发誓，这个名字是我周身上下、从内到外最有个性的一项了。除此之外，我的一切都中庸到无以复加，用一句大白话说，就是一个相当平凡的人。我是全天然无公害、走到人堆里立马与人群和谐在一起、马上消失的那种女孩。

还有一项本来值得骄傲、最近也骄傲不起来的事，就是年龄。我 80 后生人，正大步向 30 岁的门槛迈进。曾经自觉花样年华，年轻……呃……不太美貌，可凡事都不能对比。当第一批 90 后已经走入结婚殿堂、又快速从婚姻坟墓里跳出来的时候，当 QQ 空间和微博微信里越来越多的伙伴们晒孩子照片的时候，我才发现，原来我真的也不年轻了。

从此后，我再也不敢发什么装嫩装纯、无病呻吟、还浪漫得无可救药的文字和图片，并且还掩藏起了自己的愤青气质。因为在朋友们“孩子尿了”、“孩子会坐了”、“孩子病了”、“孩子真聪明啊”这样的丛丛内容里，我必须收藏起自己的另类。

真的是另类，在传统的观念里，到年龄还不结婚就比野生动物园的大猩猩还另类。

我不高不矮，不肥不瘦，不美也不丑。真的不是我自恋，我真不属于丑的。虽然听说这个世界上自恋成痴的妹子们越来越多了，但我绝对不是属于那一国的。我就是一个最大众的相貌，对任何女人都造不成攻击性。试想能有几个人长成青霞和冰冰那么美？所以你知道了，我就是那个勇于承认自己长相平凡的女生。

我穿得也很中庸，没钱穿过分高级的，但也不穿那些花里胡哨质量很差的伪时尚。中规中矩，身上的色彩很少超过三种，灰黑白居多，超过了三种颜色也一定是加了围巾或鞋子。春秋两季的风衣、夏天的 T 恤和牛仔短裤、冬天的羽绒服，是我的季节符号。再加上 165 厘米的中等身材，无论从哪里闪过都成不了亮点。

我上的大学既不是北大也不是清华，却也是国家重点的综合性农业大学。念了一个不热门也不冷门的专业：宠物医学，你硬要说兽医也随便，我也不能让警察把你抓起来。之所以说这个专业不冷门，是我的老妈和老姐定义的。当时我嚷着这个专业太冷门，我妈扯着嗓子教训我说：“这也叫冷门？你看我们小区花园里天天猫儿狗儿的有多少？这是市场需求你懂吗？没让你学考古就算不错了！”

哎，你还是我亲妈么？明知道我天生就对小动物过敏，不只一次因为摸小狗的毛而打喷嚏打到眼珠子都快崩出来了，还让我学这个？考古有啥不好的，哪天改行了说不定还可以写本盗墓类的畅销书籍呢！现在好，学宠物医学，一毕业就改行，还一改就差了十万八千里，做了广告公司的副总经理助理。

要说当年能在这么一个不错的广告公司顺利找到助理的工作，还是要感谢下我的专业。因为我的顶头上司，就是我要天天服务的那位领导，孙威，孙总，当时面试我的时候，一听我的专业就眼光灼灼的，很痛快就把我录用了，说实话我当时确实挺纳闷的。后来我才知道，原来他的爱妻，爱女都是宠物控，有我这个助理在，工作之余还能免费帮她们全方位三百六十度地传授宠物护理的方法。

这让我一个头八个大，我那时候狗毛过敏已经稍好一点，可还没有好全。为了那个还不错的薪水，我忍受了一周一次去他们家与一只大狗三只小狗假装亲密的考验。他家的狗狗们在我的专业知识调教和冒着生命危险护理的情况下，长得体壮毛亮，眼神可爱，足能够萌死一大波爱狗和不爱狗儿的人。

我工作还是挺努力的，就像“笨鸟先飞一样”，我是“丑鸟先飞”，既然没有天使的相貌魔鬼的身材，没有志玲姐姐那么嗲得让男人肾上腺素快速升高的娃娃音，就得从工作中努力。本来学了个宠物医学专业，无论做什么行业都属于半路出家，再不努力点，估计还不到30岁就被后浪拍在沙滩上了。

今天下班后，我慢腾腾地把最后一项工作的内容做完，又慢腾腾地把孙总的办公室和我的办公桌收拾好，然后就慢腾腾地下楼了。

之所以慢腾腾，是因为我在逃避一件让我相当烦燥的事，就是相亲。相亲就相亲吧，还有两个更为麻烦的人物陪同：我妈和我姐。

这两位对我相亲的热衷程度，不亚于我看见帅哥就口水直流的程度。她们两个一老一小全是家庭主妇，平时啥事没有，挣钱养家的事都是各自的男人的。她们只负责相夫教子、打扫烧饭，还有家长里短和明星八卦。

我不只一次说，我和我姐，绝对不是一个妈生的。

我还常说，既生姐，何生我？

我姐叫马哲，也是一个响当当、当当响的男儿名字。我真不知道我的父亲到底是多么崇拜那几个老头，反正如果再生个弟弟妹妹，肯定会叫什么马主、马义、马思、马想之类的。

我姐比我大三岁，但看起来比我小，因为她特别喜欢穿萝莉的衣服，特别喜欢嘟着嘴自拍，特别喜欢看韩剧。只要这剧里有癌症、有车祸、有帅哥、有私生子，那她一定是忠实拥趸。她的头上永远都有一个花里胡哨的头箍，或是一块星星点点的布，我经常误以为她是一时心急把内裤或是抹布裹在头上。

我姐早早就结婚了，所以她有大把的时间关心我的婚事。她在20几岁的时候就遇见了所谓的真命天子，谈了两年，背着家里人偷偷地领了结婚证，很果敢。结婚后还顺顺利利地生了一女娃，叫多多，已经三岁。

此刻，我远远地就看见她俩，她们脖子伸得长长的在向我这边张望，一看见我出了电梯，就兴高采烈的跑过来，脸上红扑扑的。

姐姐一把抓住我，塞给我一个大纸袋子，里面分门别类地装了衣服和化妆品。她推我往洗手间的方向走，催着说道："怎么这么慢？快点快点，去化个妆，再把这条裙子换上！"

"不会吧？现在已经立秋了，你让我穿夏天的裙子？"虽然裙子还躺在塑胶包装里，但我一眼就看出了它的清凉：面料太少了。

"去西餐厅吃饭，当然要注意一下衣着。你要是嫌冷，先把外套披上，到时候脱了就是。快点吧，都几点了？"我姐可没什么耐心，就差把我揉成一个球，直接推着滚进卫生间了。

我知道反抗也没用，于是自觉地加快了脚步。到了卫生间，我姐手忙脚乱地帮我换衣服，我妈在旁边假模假样的帮着忙，无非就是拽拽衣角，提提胸罩带啥的。

很快，镜子里第二个马哲出现了！那不是我，那是第二个马哲！有着她觉得漂亮的衣服，和她喜欢的口红颜色。我姐硬生生地把我打扮成了第二个她。唯一不同的，就是她的头发上照旧有个夸张的带子，而我没有。

"列列，多漂亮！"我姐说"漂"字的时候，我相信一定有物体喷到对面的镜子上，很夸张也很用力。

"啧啧，列列，你看你姐把你打扮得多美。人靠衣装佛靠金装啊！"我妈也附和。

我都想哭了，实在看不出哪里美。不过我早已习惯被她们捣饬了，加上我对相亲的对象从来都不在乎，所以也不管自己是不是真的美。对方看不上我，才正合我意呢。

带着我的小聪明和小心思，我们三个女人出发了。

地点选择在一个装潢得俗不可耐的西餐厅里，说它俗不可耐，实在是为那个放在店中间的三脚钢琴叫屈。那钢琴用几根红色的绳子圈着，钢琴上面同样盖了一块红色的布，布上面的颜色忽黄忽红，还有一层薄薄的灰。我平生最看不起这种附庸风雅的做法，雅是在骨子里的，摆出来让人看，气质上就输了一大截，何况连摆设的功夫也没做好。

“真漂亮啊！”马哲明显和我有不同意见。

我选了一个位子坐下，我妈和我姐坐到了斜对面那个椅子上，她俩要帮我把关。因为这家餐厅菜价不低，她俩又舍不得花太多钱，于是一人叫了一杯咖啡，配上店里免费赠送的纯净水和一小盘瓜子，在那里等着那位相亲对象的到来。

十五分钟过去了，还没有见到人。我的火气腾地就冲上了脑门：你一个大男人早点到会死啊？还让我一介小女子等上半天。再数五分钟，再不来本小姐立马走人！

结果五分钟过去了，人还是没有到。我没有那么自豪地甩胳膊走人，实在不敢。我饿极了，一气之下点了一客挺贵的套餐，打算报复一下他的迟到行为。

餐到后我就自顾自地吃起来。我妈我姐可急坏了，这样不顾形象地大吃二喝，非把男人吓跑了不可。我姐二话不说一个箭步冲到我面前，把我刚吃了几口的牛排套餐全部搬走了，当然，是搬到她的桌子上。

我喝了口咖啡继续等。店里客人不多，谁打个哈欠别人或许都能听见，但我真的有了困意，于是用力地打了两个哈欠。我知道我妈她俩肯定不会放我走，所以也就乖乖地等，只想着见了面后快点回家，要知道上一天班好累的。

他终于出现了。

一个高大瘦削、不太帅气、西装革履、气质很老成的男人。他肩上挎着一个同样老成但看起来质地很好的包，右手拿着手机。他对照了一下手机里的照片，又看看我，问到："马列小姐？"

"是我。"尽管心里一阵火，礼貌上总得过得去。

"我太忙了，天天都是一堆人找啊。"男人说完后，坐下来，自我介绍道："我是祝奡鹍，你应该已经知道了。呵呵，我的名字不要念错哦，你知道是哪几个字吗？"

我摇摇头表示不知道。心里却在想：老娘管你是哪几个字，迟到了连句"对不起"都不说，你家人没教过你懂礼貌吗？

"我的名字啊，特别难写，'奡'这个字很少见的，'鹍'也不常见，读'ào kūn'，别读错了啊，读错了是要闹笑话的，呵呵。父母给我起这个名字，意思是希望我成为……"

"'骄傲的大鸟'，是这个意思吧？不好意思，这两个字我还凑巧都认识。"我说。

"真难得！太难得了！我对你刮目相看了呢，我就说，我们一定有共同语言的。"这只骄傲的大鸟有些惊讶，只因为认得这两个字，他就已经把我归为了知己。

我应付地笑了笑，跟他说："你点餐吧。时间不早了。"

这只大鸟只一句话，我的眼睛就瞪到有史以来最大。他若无其事地说："忘了告诉你了，我已经吃过了，你还没吃吗？"

废话！我咬牙切齿地说："没，没有吃。"都吃过饭了，还约到餐厅来干吗？

"那你叫一点吧，顺便帮我要杯咖啡。其实吧，相亲时最好不要吃东西，喝点就行了。吃东西，那个形象，如果再加上喝汤时的响动，吱溜吱溜的……不太利于给对方留下好印象，对吧？"骄傲地大鸟向我传授经验。

"好吧，我也不太饿，不吃了。看来祝先生你经常相亲啊，这么有心得。"我挖苦他。

"是啊，相亲相得我都要破产了……"意识到说漏嘴，他马上打住，回到他之前的话题，继续介绍自己："你知道祝枝山吧？就是江南四大才子之一，五百多年前也是响当当的人物，他的书法造诣很高，很值钱的。不，当然，说钱就俗了，那是艺术，艺术是无价的。”

我点点头表示知道这个人，看过电影就知道了。唐伯虎先生的最佳损友之一，才气逼人牛气哄哄的，谁不知道啊？

祝鼻鹍表情很装，既想得意，又故作深沉，眉毛一挑一挑的。他说：“我就是祝家的后裔呢，不过家谱不小心被爷爷烧掉了，具体情况不明朗。所以我们家世世代代都是文化人，就看我爸爸给我取的名字就知道了，多有内涵！我虽然最后学了医，转了一个行业，不过好歹也没给祖先丢脸，很顺利地就读上博士了。”

他说这些的时候声音不低，藏都藏不住那股神气劲儿。这让坐在不远处的老妈和老姐都听得清清楚楚，她们两个偷偷地向我竖起了大拇指。我恶狠狠地瞪了她们一眼，随即把视线快速收回。

祝鼻鹍，这只骄傲的大鸟没理会我的表情，继续说：“我这个名字啊，不管是上学还是上班都出了很多的笑话呢，连语文老师都不认识，你看，我爸多有文化啊。”

我有点坐不住了。先不管你是不是祝枝山的后人，虽然我希望你不是，因为我很喜欢祝允明先生，不希望他老人家有你这样的后人。其次，你见过一个男人自恋到连名字都要炫耀好半天的吗？反正我是没有见过。

我说：“是挺有文化的。博士，厉害！”

祝鼻鹍很受用，脸都快乐成了一朵花。他说：“我都感觉到你对我崇拜的气息了！我知道你只是本科毕业，不过没关系，做我的妻子也不需要太优秀的，而且你的专业和我总算还有点联系，不至于没有共同语言。你知道吗？我最怕我在说一些专业术语的时候，自己的老婆听都听不懂。”

我倒吸一口凉气，我想他说的这番话，并不是赞美。

“我从小到大都是班里的尖子生，已经习惯了大家对我羡慕，或是崇拜，所以你被我的资历吓着了，我一点也不奇怪。我从上小学开始，就是学校的风云人物，每次省里市里的领导来学校参观，都是我代表献花，我都忘了我到底献过多少次花了。上中学时，我就代表学校参加国际奥林匹克数学比赛，得了奖，当时还是一个世界著名的数学家给我颁的奖；上大学时，我见大人物的机会更多了，哈哈。”祝大鸟滔滔不绝地讲述着他的光辉史，嘴唇上下翻飞巴拉巴拉，居然一点也不渴。

我说：“我有着和你类似的经历呢……”

他眼睛亮了，问：“真的？讲来听听。”

我可是很渴，喝了一大口咖啡，像是喝可乐一样的一大口。喝完后，我对他说：“我奶奶去得早，小时候每年清明节，也会给我奶奶献花圈，每年都献，好多花圈还是我自己扎的呢；长大后，也见了不少大人物，最大的就是我们的大学校长。不过，见的时间也不长，在一次‘清正廉明工作报告会’的演讲台上，还没演讲完的他，就被警察叔叔带走了。我很怀念我奶奶，还有他。”说完脸上搭配一副悲伤的表情。

他的脸色变了，咬着嘴唇说道：“你这个，是在故意和我作对？你这人心态就不对，没有好的资历不要紧，不能嫉妒别人的好啊！你挖空心思想要在某一方面战胜我，这样心理就平衡了吗？我本来还以为我们志同道和呢，看来，还是要让我失望了。”

我料到他会是这个表情，没太在意，笑笑说：“我也觉得你不是我想要找的那个人，没关系，那我们就各回各家、各找各妈吧。”说完我向服务员招手过来结账。

服务员拿着单子过来了，把单子给他看，笑容可掬地说：“先生，一共是520元。”

“什么？”他青筋暴起，几乎是抢一样地把账单拿在手里，嘴里嘀咕着说：“怎么可能？只喝了两杯咖啡而已，嗯？这个套餐是怎么回事？”

服务员说：“是这位小姐点的一客套餐。”

祝鶎鹍嘴角一撇说：“哦，是这样。那我喝的咖啡是多少钱？45元对吧？我把咖啡钱付了，剩下的这位小姐付。”说完从包里拿钱，眼睛没再敢看我。

我可以肯定，他不是我见过最奇葩的，但一定是我见过最不要脸的。我豪气地对服务员说：“他的咖啡我一并付了。”

服务员拿着我的信用卡走了。祝大鸟扔过来一张50块，不客气地说：“谁要你请，各付各的。记得，找我 5 块钱。”

等付好账后，我先起身离开座位，和他说：“祝先生，说实话我谢谢你，让这次相亲这么快就结束了。既然都不是对方的菜，那我们就别浪费时间了，拜拜啦。”

他也腾地站起身，伸出右手食指指着我说：“坐下！从来都只有我甩别人的，哪有你甩我的道理？听着，现在是我说，我看不上你，知道吗？拜拜。”

他走了。我盯着他越来越远的屁股半天没有缓过神来。这就是我妈嘴里说的优质男人？这就是我姐嘴里说的高富帅？这种天天活在自己世界里的可怜虫，能找到另一半才怪。

等他的背景消失在门外，我才低头看了看手中那张可怜的信用卡，对它说：“对不住了，今天晚上用你花了一次最冤枉的钱。”

第二章 隐藏的爱恋

等祝羿鹍走了，我穿着我姐给我的那身奇怪的裙子，带着一肚子气跑到她俩面前，拿着信用卡冲我妈说："妈，你们都看到了吧？给我报销，弥补我这天外飞来的一笔巨额开销！"

我妈持保留态度，看我气呼呼的样子又不敢多说，只好支吾着说："这小伙子，我看还可以，一表人才的……还那么优秀。"

我姐也说："列列，听我说，姐最有发言权了，再美好的爱情，结婚后迟早一天都会没有激情，那时候生活稳定、口袋里有钱才是正道。这男人是学医的，还是博士，嫁给他你生活就大可不必愁。"

我瞪了一眼马哲，说："姐，你的大餐吃的上瘾吧？我才吃了几口你就端走了，你马上给我报销。真是的，吃大餐都堵不住你们俩的嘴。我是你的亲妹吗？妈，我是你亲生的吗？凡是有血缘关系的人都不会舍得把我送入这样一个男人的魔爪！这算什么？找个老婆来天天崇拜他，那我是不是还要逢初一、十五给他上三炷香供起来啊？见过自恋的，没见过自恋到如此境界的。你知道吗？就祝奡鹍这样的男人，他的存在，就是为了告诉全天下的男人说：你们都很正常！”

马哲抹了一下嘴角的黑胡椒，说：“得了，又泡汤了。咱回吧。”

我妈不死心，说：“你祝叔叔他们看起来挺好的家庭啊，书香门弟，一家人都是搞学问的。肯定是你这孩子太不听话，怎么什么人到你嘴里都变得那么差劲呢？”

我简直快要笑掉大牙！什么祝叔叔，压根就是我妈的一个前同事的姐姐的亲戚来着。我没见过，我妈只见过一面，就“祝叔叔”了。

我相信，祝奡鹍一定没有辜负他爸爸对他的期望，他确实做了一只无比骄傲自满的大鸟，在自己的小世界里，飞得那么目中无人。而且我也相信，他这种性格的形成，他家人的教育和影响必定少不了，也就是说，很可能是奇葩一家亲。

我妈心情变得有些不好了：“你这孩子，看谁都不顺眼，这样下去怎么行？都要29了，按我们老一代的说法，虚岁都30了。30了啊！你说再有人给你提亲，一听说是个30多岁的老姑娘，你妈我还能自信得起来么？”

我看见我妈难受，心里有些不忍。本来想说几句宽慰的软话，不料被马哲小姐抢了个先，她说：“妈，放心。妹的婚事交给我了，我马哲的妹妹能嫁不出去？”

我再一次证明，这话不是表扬我的，是表扬她自己的。这就是马哲，我的亲姐，每句话都不忘记赞美自己，再发展一下，就可以和祝奡鹍去作伴了。

我拉着老妈撒娇道：“妈，求你了。对象让我自己找，我的眼光你一定放心。我这么好，又这么……那个，朴素，肯定会有人喜欢我的。你看，我也在为找男朋友努力啊，为了不把那些男人们吓着，我都瞒了专业，又换了工作，你要看得见我的诚意啊。”

我实在说不出自己“又这么漂亮”这样的话来，说了我姐肯定会在旁边笑，所以我只能说“又这么朴素”，想想眼里就全是泪。

我妈也没再说什么，说：“走吧，我们回吧。妈回去给你钱，多买几件漂亮衣服。”

马哲觉得我妈偏心了，醋意泛滥，不过这敌不过她想拍照的心。她拿起手机，头快要低到胸上了，手机拿得老高，绝对不只45度角。换了几个背景，摆了几个POSE，咔嚓咔嚓地拍了几张后，把手机拿给我看，说：“你看，效果不错吧？”

我没好气地说：“是啊！皮磨得不错。除了头皮和眼睛，就只看到一个尖下巴！”说完扶我妈起来，拉着她往外走。马哲在后面紧跟着，一边走还不忘对着餐厅取了几个景，十足一个没见过世面的丢人样子。

立秋季节，白天有点热，一到晚上还是有了些寒意。我穿着我姐的这件丑到破表的裙子，披着我的针织小外套，站在人数依旧不少的公交车站等车。

一辆看起来不错的小车停在我的面前，车窗慢慢摇下来后，里面有个男人向我招手。因为他在另一个方向，虽然他尽量地把头压低向我打招呼，在夜色里我还是费了好大劲儿才把他认出来：是我的大学好哥们梁爽。

梁爽晃着一个胖脑袋，招呼我上车。他大概没想到我身边还有两个女人也在一起等，只是高兴地喊：“马列，快点，这儿不能停车。”

我们母女三人兴高采烈的上了车，她俩显然比我还高兴。

再一次说说我妈妈的腿脚，那是一双神奇的腿脚！平日里经常念叨腿脚不好，家里面各种补品、膏药、膝关节保健带，下楼时都要有人扶着。但是只要一有喜事，或让人兴奋的事，我妈欢呼雀跃或快速奔跑时，那双腿脚的灵活程度就不亚于舞蹈演员了。套用一句广告词就是：腿脚宛如新生，只有它！

坐在车上，梁爽显然有点吃惊。他大学里是喜欢过我那么几天的，他肯定以为今天就我一个人，两个人共处一车可以叙叙旧什么的。没想到一下坐进来三位，他显得有些不自在了。尤其是我妈和我姐，从上车后就一直盯着他看，目光对视后就尴尬地一笑，让场面变得相当滑稽。

我不得不说，我姐和我妈，真真是一对活宝。她们能在万千男人当中一下子就闻到对方是不是单身的气息。只要一听到“单身”、“男性”这几个字，她们眼睛就像孙猴子的火眼金睛一样，对着猎物分析起来，恨不得一下就看透对方的全部档案。

“小梁也是北京人么?”妈妈开始问话了。

噗……还山顶洞人呢。

“阿姨。我是山东人。”梁爽开着车，注视着前方，有点紧张。

我赶紧打圆场，把头转向后座，和我妈说：“妈，人家梁爽是好心送我们回家，咱能别给人压力么？他一边开车，一边和你们聊天，多不安全。”

我妈白了我一眼，又不得不说：“好的。小梁专心开车吧。你看人家，年纪轻轻就有这么好的车了，真有出息。”

我看见梁爽偷偷地笑了一下，他以为我没有察觉，可我看到了。据我分析，他一定是听见我妈的表扬得意得不行。听说男人就喜欢别人表扬他们能干，我看此言不虚。

梁爽偷偷地打量了一下我的着装，偷笑变成了取笑。他低声地问：“多日不见，着装品味倒是发生变化了，你平常上班都这么穿吗？荷叶边吊带再加上小褶皱裙摆，还是粉色，是想招桃花么?”

我心里暗爽。马哲啊马哲，你终于知道不只是我怀疑你的服装品味了吧？时尚这玩意儿，你要是不懂就别碰，不如像我一样老老实实穿一些简单的衣服。

我想马哲一定在后面气炸肺了，好在有外人在不好发作，只能生闷气。我用我在大学里对梁爽的称呼说：“爽啊，我穿这个，是跟我妈我姐去吃喜酒的。我平常才不这样穿呢，掉价。”

我能想象后座上的马哲脸黑的像包青天的那种神情。

很快就到了我家楼下，梁爽很绅士地下了车，跑到后面扶我妈。我妈被伺候得高兴了，随即邀请梁爽楼上坐坐，梁爽看看我不情愿的脸色，就借口还有事，谢绝了。

我妈看人家不愿意，不好强求，转而又开始唆使我，说她和姐姐先上楼，让我多和梁爽说说话。说完以后，她那神奇的腿脚再度展现了神奇，一溜烟就跑进了我家那个就等着拆迁的老楼道里。

梁爽看她们走后，终于忍不住了，冲着我哈哈大笑，笑声都是满满的挖苦。我捶他一拳，恶狠狠地说：“笑什么笑？谢谢你送我们回家，我要上楼了，你慢走!”

梁爽用那种戏谑的小眼神儿看着我，说：“看阿姨那个样子，定是迫不及待地想要把你嫁出去了。你看啊，我又不是大帅哥，只是中等姿色吧？阿姨看到我都激动成那样，可见你让你妈有多着急！不用说，你今天肯定对我撒了谎，你这哪是去喝什么喜酒啊？分明是去相亲的。你忘了你曾经说过最讨厌参加婚宴了吗?”

我的心思被看穿，有点不好意思，承认道：“你就假装不知情会死吗?是，我今天是去相亲了，怎么着？而且，这件是我姐的衣服，妆也是她帮我化的。”

梁爽说：“我就知道！不过我好像得罪了未来的大姨子，改天得说点好话哄哄。”

我看他那副占尽便宜的小人得志样，气不打一处来，吼他道：“谁是你的大姨子了？梁爽同学，我要郑重声明，你别打我的主意。就你这张嘴我就不喜欢，一个男人家家的，尽贫了。”

梁爽被我说的不吭声了。我有点过意不去，马上嬉皮笑脸地道歉说：“不过还是有很多女人喜欢男人这种风趣感，你肯定能找到仰慕者的哈。我上楼了。”

梁爽把我叫住，一本正经地问：“你现在都被剩下了，嘴皮子还是这么不饶人。你看，当初同意了我的追求多好，省得你妈为你操心。我虽然不是个大帅哥吧，好歹长得也不赖，就是生活水准太高，虚长了二十几斤五花膘，但这不影响我的形象，你看是不是?”说完，他挺了挺身子，把西装的一角叉到了腰后，露出一根黑色的皮带，上面的图案非常可乐。

我也笑了，难得地收起了玩笑态度，认真地问他：“别逗了，说点正经的，你现在在做什么呢?”

梁爽也正经起来，说：“我还是老样子，不过换了个工作，在一家外企做销售，收入还凑和能过日子。现在做了四年了，有房有车，虽然房子是贷款的，也不错了是吧？女朋友谈过一个，没成，现在就等着结婚生娃了，没啥别的追求。”

我说：“你还没有追求？以前上学的时候就属你最滑头，明明暗地里在努力学习，却总在同学们面前喊‘我一点都没心思学习’、‘熬不了夜’这类虚伪的话。才毕业几年就买房买车，还是凭自己的努力，已经很臭屁了好吗？过分低调惹人恨的。”

梁爽说：“我们的同学四十三个人，只有三个在做本行。还有一个开了家动物诊所，几年下来，还出了一本宠物的书，算是最坚持的。其它的同学嘛，全都转行了。”

“人各有志嘛！”我总结道，然后对他说：“快回吧，不早了。留张名片，改天找你玩。”

梁爽从车里找了一张名片给我，我也留了电话给他。他钻进车里，和我挥手告别。走的时候又把脑袋探出来，问我：“你还和李想联系么？”

李想这个名字我听听还是有反应的，只不过这是我的秘密，藏在心里从未示人。我越是若无其事的回答，我的微表情就越是出卖我。因为我眼睛瞪得大大的，不敢看对方，两只手还非常不自在地摆来摆去，我说：“有啊，以前偶有联系，最近没有他的消息了。咳，老同学们联系的越来越少啦，老了老了。”

梁爽像是洞悉一切似的诡异一笑，没有拆穿我的欲盖弥彰。他坏坏地看着我说：“我前段时间倒是见过他，一起吃过一顿饭。他可没有时间跟大家联系，正谈恋爱谈得甜蜜呢，和那个小女友粘的哟……”

看他故意要气我的样子，我挥动了拳头，要扑上去揍他。他又补充了一句说：“改天我组织个同学聚会，你一定要来啊，到时候我一定帮你把李想叫上，哈哈哈。”说完发动引擎，终于滚了。

我看了看即将消失在夜色当中的车，又回头看看从我家窗户里探出来的两个八卦的脑袋，向她们比了一个“没事了”的手势，又拽了拽被风吹起的裙角，回家。

李想是我们的同班同学，是我们那个班里唯一拿得出手的男生，是全班女同学花痴的对象，当然也包括我。李想的入校分数是很高的，当年进入农大的几千新生里，他的高考分数排在前五名。据说这是李想最不愿意提起的往事，因为对他来说这是命运的玩笑。他一心只想上名声最亮的那所大学，只因几分之差，就便宜了我们这所大学，学了一个让人大跌眼镜的专业。

他成了我的同班同学，也成了我们班女生的梦。

据李想说：他的高中母校从此一直都拿他当教材，教育那些不认真填报高考志愿的学生：看！志愿没填好，毁了吧！

我对李想的喜爱一直深藏于心，从未向任何人提及，除了梁爽没有人知道我的心思。当年梁爽追了我几个月未果，非常怀疑我这样的条件居然还对他挑三拣四。直到有一天，他慢慢地发现了我追随李想的目光，才恍然大悟，就此对我放手。

不过我始终没有和他承认我有这件事，一口咬定是梁爽自作聪明而已。

我的笔记本电脑里有一个加密的文件夹，里面藏满了关于李想的秘密。他的喜怒哀乐、兴趣爱好、他每一次的恋爱，我都记在那里，并且在每天的日记后面，加上一个代表当天心情的表情。那天我再次打开这个文件夹，发现大学整整四年里，表情基本是清一色的苦瓜脸。

虽然班里的女生都对李想垂涎三尺，但李想的众多女朋友中没有一个是我们班上的。他大概在内心恨极了自己的这个专业，有意无意地躲避着。看着他那些长得像洋娃娃一样漂亮的女朋友，我的自卑心情无以复加，更不敢将自己暗恋他的心思告诉别人。

因为，我怕成为别人的一个笑话。

那一定是个笑话。

第三章 愿为悦己者容

坐在我对面的，是我又一个相亲的对象。他这是第一次见我，手中就捧着一束玫瑰花。我看到他那束花的时候，不喜，只惊，有一种撞墙的冲动。

我发誓，这是我最后一次相亲，以后不管我妈我姐如何求我，我都不相亲了。我不能将我有限的美好人生都奉献给了这些二到无穷大的事情。

不过好在这个男人是重视这次相亲的，比起那个祝霁鹏来……哦，我真的不太想叫这个名字，这个自以为很有文化的名字，我叫起来都觉得别扭异常。言归正传，比起那个骄傲的大鸟来，他好太多了，起码没有让我负责饭费，这是最最重要的。

玫瑰男，我真的懒得记这位相亲者的名字。因为相亲次数太多，我的脑容量已经明显不够用了，我们姑且叫他“玫瑰男”吧。

玫瑰男一看到我，马上露出欣喜之色："原来你和照片一样啊，真好！"

我实在听不出来这是夸奖还是贬低，赶紧问："你的意思是？和照片一样……漂……亮？"

玫瑰男摆摆手，说道："漂……漂亮，很漂亮呵呵。我的意思是，我看了太多处理过的照片了，PS 痕迹太重，你是唯一一个和照片相符的人，没有欺骗我，我特高兴。"

我还是没有听到期待中的赞美，有点郁闷，勉强笑笑说道："你也一样，也很真实呵呵。"

玫瑰男把花送给我后，开始了滔滔不绝的演讲，这点和祝todo鹍有得一拼。他说："现在的女孩儿太会打扮了，根本用不着去韩国整容，化妆完就和易容差不多了。不瞒您说，我相亲过的几个女孩，照片拍的跟大明星似的。眼睛黑，真黑，跟个无底洞似的，可实际上拆了假睫毛，一双眼睛顶多就两个黄豆大；下巴也尖，真尖，跟三角板似的，可一看本人，就是个大饼脸。我特想知道你们是怎么化妆的，怎么拍照的？咋就这么能瞒天过海呢？"

我凑近他的脸，看着他的眼，一脸疑问地问他："先生，你问错人了吧？你看我这样像是会化妆的吗？我没把假睫毛粘到眉毛上，已经是很不错了。"

他说："是啊，是啊。马小姐是纯天然的，纯天然的。不过我倒是觉得，女人偶尔修饰一下，也是很好的。"

我问："那你到底是想要化妆，还是不想要化妆的女孩呢？"

玫瑰男笑嘻嘻地，眼带意淫之色，抑扬顿挫地背起了诗："欲把西湖比西子，淡妆浓抹总相宜。妆罢低头问夫婿，画眉深浅入时无？哈哈哈，你看，古人化妆品不发达，可还是要化点好看的嘛。女为悦已者容，女人总是要让人赏心悦目才比较好，马小姐是有点过于素了。哈哈哈哈……不过也没事，没事。"

没等他笑完，我已经拎包而起，对玫瑰男说："是呢，我现在觉得特别不好意思，拿这样一张素脸面对着您，那我先回去化个妆啊。谢谢你的晚餐。"

我飞奔的身后传来一句骂声："林子大了真是什么样的女人都有，你以为你谁啊？"

是啊，我以为我谁啊？我这么差劲，就不耽误你们的幸福了。

很快老妈就打来电话，不用问，旁边肯定还有一个多事的我姐在偷听。我妈说："列列，你总是这样，让妈很难做的。妈的朋友都被你得罪光了。"

我姐抢过电话，说："妈妈今天在地铁上还碰到两个年轻男孩，聊了一路。走的时候留了他们的QQ，等你自己去聊呢。"

我的心已经再也经不起这样的折腾了，这种没完没了的相亲，除了让我的自信心越来越弱之外，再也没有为我带来其它的什么。

很多次的相亲，我伶牙俐齿的吓跑了对方，其实我是想先声夺人，在别人拒绝我之前，先拒绝了别人。我很自卑。我看不上别人，别人也看不上我，我只是作为一个自卑者在垂死挣扎地自我保护而已。

我这次没有再跟妈妈犟嘴，而是认真地对她说："妈，我知道你为我的婚事操碎了心，我也让你失了很多面子，但真的不要再为我张罗了。你看你，地铁上认识的陌生男人都能互留QQ号，妈，对于我的未来夫君，你的要求真的都没下限了吗？我知道自己适合啥样的人，我自己找，保准在30岁之前嫁出去，好不？"

我妈被我说得有点动容，一时就答应了，说："好，我不管你了。你自求多福吧。"

挂了电话，还不想回家，就一个人去商场里面闲逛。每次走到有镜子或玻璃的地方，都会悄悄看看镜子里的自己，看看是不是真的那么糟糕。

不差啊！

我家在北京，一家四口住在一个70多平方米的老房子里，挤是挤了点，好歹不用花租房子的钱。姐姐出嫁后，只剩下三个人住，本来是足够了，可这家伙经常没事就跑回娘家，动不动就要和我挤一个被窝，还占用我的半个衣柜，所以我是一天消停日子都没过上。

我每个月工资的三分之一给父母开销，剩下的全是自己的。用我妈的话来说，就是"挣钱的人了，得交饭费"，啧，真够会算的。我家祖籍在东北，因为工作关系，早年间跟随爸爸来北京定居，但直到现在，爸妈说话还是有一些东北味儿，乡音不改。

好久没逛商场，发现不认识的品牌又多了些，全都是齐刷刷的英文名。明明是国产的，非要取个洋名字，好像不取个洋牌子衣服就卖不出去一样。

我每次买衣服都要翻一翻衣服的标签，看看价格，这是我看到衣服的第一个动作。这动作为我换来的是服务员的白眼儿。

但我是有点存款的，我平常买东西很少，女人家们喜欢的小饰品半件都没有，所以也存了一点钱。想买几件漂亮的衣服还是买得起的。摸摸钱包，狠了狠心，决定今天大放血一次。

钱不是万能的。我现在终于知道了这个道理，当我把看上的衣服一件件指给服务员看的时候，大多数服务员都表示没有我的尺码。我再度被重重一击，扭头就走，打算去那几个欧洲的品牌看看。

几天不在江湖上行走，这世界上的人都如此苗条了吗？

两个小时逛下来，我的手里已经提了不少战利品。除了衣服外，还买了护肤品和彩妆，都是我以前舍不得买的品牌。而且重点是，我买的衣服都比我现在穿的小一号。

是的，我要减肥！我就不相信我塞不进这些衣服里去，我就不相信我不能在第一时间内抓住男人的眼光。这世界上任谁都阻止不了我寻找男人的步伐。

回家后，姐姐看到我买了这么多的东西，有点惊奇。她拿出我的衣服在自己身上比划来比划去，我一把抢过来，说：“亲爱的姐，这不是你的风格，别动。”

她又拿起我的彩妆，直接就往脸上抹，我又一把抢过来：“这也不是你的风格。姐，感谢你以前给我化妆品用，我这一只口红是买给你的，这才是你的风格，‘粉红佳人’。”

我姐开心地接过口红，大呼小叫地说：“这个牌子，哇，我都舍不得买耶！谢谢你了我最亲爱的宝贝妹妹，嗯亲亲。”

我看不惯她一口台湾腔，满脸鄙视：“拜托你别这样说话，还有，多多不需要你照顾吗？成天跑出来，一点都不像个当妈的。”

“多多啊，她爷爷奶奶都抢着带呢，都轮不上我。”马哲说。我想，姐你做人家妈妈太不合格了，你知道么？

我妈有点怀疑，她说："列列，你是不是受刺激了，一下子买这么多东西。穿上漂亮的衣服就能找到白马王子了？妈看光这个不行，你的脾性也得好好收敛收敛。"说完又叨叨我姐："哲儿，你别拿妹妹的东西，难得她有了这个要打扮的心。"

我说："妈，我相了这么多次亲，你还找不到规律吗？我们每次一见到相亲对象，第一眼看什么？外表呗！外表就是最最最最重要的！我算是看透了，这年头没有人看到我的内涵，看到我的纯真，都是清一色的外貌俱乐部。"

我对着铺在床上的一大堆新衣服和瓶瓶罐罐，举起右手对天发誓道："老娘的未来就靠你们了！从今往后我立志保养，外加减肥，绝不辜负老妈和老姐对我的期望，把一等一的男人抱回家。"

"是嫁出去！还抱回家呢，还想招女婿啊？"老妈被我逗笑了，说了两句就出门了。

孙总的家中。

因为护肤品用得高级了，又讲究了使用方法，按照同事乔安妮教的，层层步骤一个不落地执行，一天天下来，皮肤比以前好了很多，摸起来再也不硌手了。用乔安妮的话说，就是"皮肤的基数太低了，一用就见效"。

还有一个发现我变化的，是孙总的太太，刘嘉倩。女人看女人，眼光总是最犀利的。

"马列，你最近谈恋爱了吗？"刘嘉倩细声细语地问道。她是个漂亮的女人，平时很有修养的样子，很少见她大声说话，从未发过脾气。

"没有，没有人要！"我从来没有想对刘嘉倩掏心掏肺，她可是我上司的枕边人啊！

"需要我给你介绍吗？"刘嘉倩好心来了。

"谢谢刘姐啦！"我小心拿捏着说话的分寸，"我相亲过太多次，最后都不成，还让彼此的介绍人都很尴尬。所以我已经决定不相亲了，免得让很多人跟着我难堪。"

刘嘉倩是个聪明人，听我这样说，就再也不问了。光这一点就比我身边的一堆七姑八婶强出一百倍。现在“结婚”两个字是我的定时炸弹，一碰就能惹得我爆炸。要问为什么？还能为什么啊？本小姐我爱情的滋味还没有享受过呢，初吻还在呢，就要被迫拉埋天窗了么？

“那我就不介绍了。小马，我倒是挺好奇的，你喜欢什么样的男孩子呢？”

我想了想，脑子里把李想的形象一勾勒，就随口说了出来：“我喜欢聪明一点的，长得别太丑，神秘一点，外冷内热或外热内冷都行，人品好，而且必须是个普通人。我对那种太有钱、太优秀、太骄傲的男人驾驭不了。”

我这时想到了那个祝孱鹍，心想这种优秀的、不食人间烟火的，必须靠边站。于是我把这段相亲的经历讲给了刘嘉倩听。

刘嘉倩也听得哈哈大笑。她说：“博士生多了，像这么自负的倒不多见。小马，其实你的要求也不少呢。而且我只是随便问问，你马上就说出来一大串，照我看，你肯定是照着某个人说的，我就不八卦你的秘密了。不过我是过来人，你不要觉得我倚老卖老啊，我觉得吧，适合你的就是最好的，还有一定要对你好。一个男人就算各方面条件都是顶级优秀，若是不爱你，那些条件全都是白搭。”

“你说的太有道理了！刘姐，真是听君一席话胜读百年书，你要是早给我说这些，我肯定不至于是剩女了。刘姐，你以后有机会常这样教导我哈，我太缺乏这方面的知识了。”我趁机大拍领导夫人的马屁。

“小马，你其实挺漂亮的，没有人和你说过吗？你以前太疏于修饰了，最近状态就不错，感觉要红鸾星动了呢。姐送你一瓶香水和朋友们从国外带回来的化妆品，平常多保养一下，等着迎接你的桃花吧。”刘嘉倩顺手就从旁边的转角柜上拿一瓶香水给我。

我却之不恭受之有愧，接受吧，我是真心不想吃人的嘴短；不接受吧，又怕得罪了上司夫人。正在心里打着小算盘，纠结该不该收的时候，刘嘉倩已经用她的纤纤青葱手，优雅地打开了香水，对着空气喷了喷。

“味道不错吧？”刘嘉倩问我。

“真好闻啊。”

“这些我都用不上，送给你吧，留着也是等着过期。你这么长时间照料我家的几个宝宝（狗狗），我一直没有机会谢谢你呢。”刘嘉倩执意要送。

我只好收下。心里却有一种被绑架的感觉，这以后得再牺牲我多少的喷嚏啊？我只想到了以后要更多地照顾她的宝贝狗狗，可没有想到，她原来是有事问我。

“小马，你们公司最近忙不忙？”

我以最快的速度转了一下脑子，不知道她要问什么，但说忙一定没错。于是回答她：“嗯，忙呢，每年这个时候要制定明年的计划了，各部门都忙得要命，尤其是当领导的。”

刘嘉倩嘴角上扬，眼含深意，有点不信我的话。她说：“我说呢，最近我老公回来得越来越晚了，你看，这都周末了也不休息。”

我马上理解了她的意思，说：“是的，有时候我们下班了，还能看见几个领导在那里开会、做报告，领导阶层的人真不容易啊。”

刘嘉倩一时也不好再问什么，只好说：“行了，小马，今天也差不多了，麻烦你了啊。大周末的你也早点回家休息吧，谢谢了。”

我道了别，一溜烟儿的跑出了她家，手心都冒出了汗。伺候完领导，还得伺候领导夫人，步步惊心，我容易吗？我暗自发誓，以后每次来他家，控制好时间，到一定时候就让闺蜜打我电话，假装有事把我叫走。

伴君如伴虎啊。

第四章 落花时节再相遇

故事开始于秋天，就总是美好的，无论是不是皆大欢喜的结局，回味起来的画面就总有红红的枫树、厚厚的落叶，还有清亮的天。

只要我的故事里有了李想，我内心就显现出一种特有的诗人情怀来。爱情是个能让人变得有诗意的东西。会让平常大大咧咧、有点二百五的我很不一样，在别人看来，甚至在我妈我姐看来，都不可思议。

有一次我说我要当文艺青年，马哲就用一句话浇灭我的梦："文艺青年？你用手托一下腮帮子让我看看，45 度角仰望天空给我看看，写几篇文章给我看看，你有那么深沉的气质吗？要当文艺青年也行，就当写实派的吧。"

可我会弹琴，会写书法，还会画几幅水彩画，怎么就不能当文艺青年了呢？你要是我亲姐的话，你就应该知道豪迈只是我的外表，我内心很女人。

不过，从此后，我再也没有向别人说过我文艺青年的理想。

世界上最幸福的事，就是那个能让你赏心悦目的人在你的身边；而最不幸的事，就是他虽然在你的身边，但你却不是他的那个她。

梁爽的同学会马上就来了，他办事是雷厉风行，执行力强的那一种。也不知道是不是十分想念我，在那次偶遇他之后的两周，他就叫了几个在北京的同学聚了聚。

梁爽刚开始订的那家饭店，赤裸裸地暴露了他的职业特点，一个高端、上档次但老气的地方。我曾经去过，里面的杯盘碗盏都精致得不像话，他说他经常在这里招待客户。

此计一出，其余几个同学立马集体反对。同学聚会要这么精致干什么？这么讲究非得把我们拘谨死！于是在另外一个同学的撺掇下，把地点改到了一个飘香四溢、热气腾腾的肥牛火锅城。

在接到梁爽通知的那一天，我是既高兴又紧张，高兴的是又能见到李想了，紧张的是我的美丽大计刚开始实施，还没有立竿见影的功效，而离聚会只剩下四天。这四天，老天爷知道我能做点什么事。

在那四天里，我天天只吃一点东西，只想看着能瘦一点。因为刚买的那几件新衣服都小一号，我不得不又跑到商店里再买一身衣服，每进一个服装店，我向服务员提的第一个要求就是："把你们能显瘦的衣服都推荐一下！"

经过四天的身心煎熬……我发誓，吃东西的时候幸福感是飙升的，减肥的时候痛苦是真心的。我那四天里肚子一直咕噜噜响，我一听就兴奋，越响就越不吃，光怕这种声音消失。实在饿得不行就吃几口菜，连水果都不碰，弄到最后，我饿得看到老妈腌的辣椒酱都想整罐塞到肚子里。

第四天到来的时候，我终于瘦了，体重仪上显示，瘦了三斤！

我特别兴奋，把这消息告诉我妈。我妈瞅了我一眼，只一句话就把我从云端直接摔到了地上："三斤这也叫瘦啊？我平时上两个厕所也能瘦三斤。列列，你看看你的脸，两个黑眼圈，气色差的都可以演僵尸了。我跟你说，这人吧，就像花一样，不滋润，没养分，就不可能好看，你看……"

没等她说完，我已经冲出了她的房间。我跑进厨房把一大罐牛奶都热了热，加了燕麦片，又煮了五个鸡蛋，决心要一口吃回好气色。吃完后又笨手笨脚的化了个淡妆，理了理秀发，觉得一切都让人满意得不行。

还好马哲今天没有来，少了一个取笑我的。我吃完了这么多有营养的东西后，跟我妈说声拜拜，就急匆匆地冲到楼下去打车了。要说在平常我才舍不得打车呢，可今天我非打车不可！我要保持漂亮的形象，而不是在地铁里被人潮挤来挤去挤成个馅饼。

到了目的地后，我才发现来得有点太早了，整整早了两个半小时。我在心里暗骂自己的没出息，不就见个李想吗，把自己弄成这么神经兮兮的，马列啊马列，你能有点姿态吗？

因为时间还太早，我实在无地儿可去，于是灵机一动，跑去附近的一个理发店，计划弄个漂亮的发型。

我把我的一头秀发甩给店员看，说："帮我编个漂亮的发型，就和走红毯一样的，最好是韩式的那种盘头，特淑女、特婉约的那种。"

店员的工作牌上写着个英文名，叫"Andy"，我哑然失笑，我已经不只在一个理发店里见到叫"Andy"的了。

Andy 问："小姐是第一次来我们店吗？有没有指定的理发师？"

我说："没有。就盘个头还指定什么理发师？"

Andy 说："盘头也是有不同级别理发师的，店里的总监盘头是 168 元、副总监 128 元、首席理发师 88 元、一级理发师……"

我马上打断："得，我就要那个最便宜的。"

Andy 说："好的，最便宜的就是一级理发师，也就是我，68 元。那就给您盘了啊。"

我"嗯"了一声，偷偷地翻了个白眼儿。敢情"一级"在你们这里就是"低级"啊？

接下来的盘头过程中，让人烦不胜烦的聊天开始了。

"小姐的发质非常好。"Andy 抓了抓我的头发，夸奖道。

"因为我很少进理发店被你们荼毒啊。"我哈哈大笑。他听了有点小尴尬，不过还是保持着服务员必须有的礼貌，干笑两声。继续说："现在染发烫发的药水都不伤头发的，小姐你不用担心。你看你现在头发没有型，头发这么长，可以修剪个型。”

我说：“好啊，改天吧，等有空了来找你，Andy 嘛，我记住啦。”

Andy 不放弃，坚持推荐：“很快的。”

我于是答应了他的要求，确实也想剪一下头发了。Andy 很高兴，去拿剪头发的设备了。我想时间还早，剪就剪吧。结果这一剪就剪了 50 分钟，Andy 解释说是要“仔细地剪”，我只好由他去。

发尾剪去一小截，看起来还不错。然后 Andy 开始编头发，一边编又开始向我推荐他们的会员卡：“等哪天小姐有空，可以过来烫个大卷，再上个色，不要夸张的，一定很漂亮，很衬你的气质。店里今天有活动，办一张 1500 元的卡，可以打五折；办 3000 元的卡，可以打三八折……”

其实，老娘我本来就只想盘个头发而已。我拒绝了他，并且闭起眼睛，假装睡觉。Andy 还要说，我马上打断他的话：“我不能染头发，也不能烫。我怀孕了，才两个月，不能接触这些东西的。”

Andy 终于闭嘴了。

等头发编好后我才睁开眼，镜子里的我像是换了一个人，一下子从个女汉子变成了淑女。虽然，好看是真好看，但怎么都觉得不真实。我顶着这样漂亮的韩式盘头去聚会，要说不刻意都没有人信。

管他呢，刻意就刻意吧。我去结账，收银小姐说一共 166 元，我说怎么这么贵。她解释道：“盘头、洗剪吹、高级护发素，加起来一共 166 元。小姐你要是办个 1500 块的卡，可以半价，不如……”我从钱包里找出 166 元，有零有整刚刚好，摔到收银台，一口气冲出了理发店。

好家伙，我要再不走，就要抢钱了！

经过这番折腾，时间差不多了，我去了饭店大厅坐着等我的同学们。并且百无聊赖地拿着手机刷屏。

第一个到的是梁爽，他是主办人，早点到是必须的。他一看到我的发型，就笑得直不起腰。好几次明明不笑了，只要再和我对视，还是要笑。

梁爽说：“好你个马列啊！你不用这么给我面子吧？我只是组织个同学聚

餐，你把自己搞这么隆重，让人太受宠若惊了，哈哈哈。”

我没好气地白了他一眼，用手抚一下自己的发型，说：“那当然。同学们好久不见，不能让别人看出我过得不好啊。我虽然单身一枚，可我得表现出很多人追的样子。”

梁爽笑得周身的脂肪都在跟着动，好不容易止住了，就过来牵我的手，说：“走吧，我订的包间在楼上，上楼。”

我今天再也不用穿马哲那些奇怪的衣服了，是我自己的风格。我原以为她那种风格的不吃香，可我又错了。因为李想带来的，也是一个小萝莉。所不同的是，这个是真萝莉，马哲是伪萝莉。

梁爽悄悄地对我说：“这个李想太过分了，说是同学聚会不能携带家属，非要带一个来显摆，在学校就是这样，现在还这样，过会儿一定揍他。”我知道他这话是用来安慰我的。

“爽啊，你这是明显的嫉妒。如果你有一个，你肯定也带来显摆的。自己没有嘛，就希望别人也没有，男人的心也如此小器。”我使劲拿梁爽开涮。

我才没有时间理会他，因为此刻我的肚子开始闹革命。连续几天的节食，突然又空腹喝了那么多的牛奶，肠胃开始不舒服了。那种咕噜噜的声音越来越大，我还没等到和前来的李想打招呼，就先转身去找洗手间了。

在洗手间一顿排山倒海后，我才脸色蜡黄地出来。这时发型也有一点点乱了，我用手蘸了点水，轻微地捋了捋后，出了卫生间。

我相信，老天就是喜欢捉弄人。在我精神状态最不佳的时候，迎面就看见了也来洗手间的李想。他倒是神采奕奕的：简洁硬朗的短发，白色T恤外一件看起来质地很好的针织开衫，配一条卷边的长牛仔裤和浅咖色的名牌高帮鞋，很英伦的装扮。相比之下，我显得就有点不伦不类。

“马列，”李想看见了我，主动打招呼：“嗯，不错，两年不见，变漂亮了。”

我立马就恢复到自己的女汉子个性，拍拍他的肩膀，说：“谢谢谢谢，你才更帅了呢。行，你先尿吧，我先去找他们了啊。”

话一出口我就后悔，这是什么话啊？极度紧张下面掩饰的是语无伦次，不知道他看出来了没有。我再也没脸正视他，低着头挥挥手，先走了。

李想的那个小女朋友相当粘人，整场饭局里都看到她不断地要求李想为她夹菜，好像自已胳膊残了一样。刚涮好的菜有点烫，她都会撒娇说：“老公，帮我吹吹，吹吹，好烫啊。”同学们在旁边看得目瞪口呆，我也恨得要死，打心眼里看不上这样的小女生。

等那个小女朋友自己去洗手间后，梁爽才痛快地批评了李想：“我说哥们，总算有件事不用你陪她去了。不是说好了吗？不能带家属。你这是存心气我们几个单身汉吧？有你这样的吗？”

李想作无奈状：“我就是不叫她，她也会找来的，我真的没办法。”

我说：“哥们，你挑女朋友的眼力可是越来越差了，你不能为了贪图年轻的肉体，就忽略了漂亮的大脑吧？我很怀疑，你俩平时有共同语言吗？天天有人像橡皮糖一样粘着你，你不觉得累啊？真不懂你们年轻人的心，我老了。”

李想哈哈大笑，然后压低声音对我们几个说：“我又没说要娶她，她也没说要嫁我啊！”

梁爽骂了句“玩世不恭”，又说：“你丫仗着有几分小白脸姿色，就成天骗小美眉，十恶不赦！不过话说回来了，马列，你好像是比我们大一岁吧？”

李想火上浇油：“比我还大两岁！要说我们这是个什么班级啊，同一个班的人，居然相差了两岁之多。”

我拍拍桌子大声抗议：“你们不带这么埋汰我的，不用总是提醒我的年龄嘛。所以我才没有上学时候谈恋爱啊，我也不想姐弟恋，哈哈。”

这时李想的小萝莉说话了：“大两岁，哇哦，那就是要比我大九岁哎。五年就一个代沟了，马姐姐你真不容易啊，像你这个年龄还能有这么年轻的心态！”

要不是李想，真的，我很可能过去拿胶带糊住她的嘴，捆住她的腿，绕上几大圈，然后再拿筷子痛打她一个小时。年轻了不起吗？你迟早一天也会老，而且姐我好歹还有点内涵，境界，你有吗？

心里骂骂咧咧的，自我解气完后，我又接受了一个现实，那就是，自己真的不年轻了，过完年就 28 了，虚岁 29 了。人家当然有理由向我炫耀咯。

李想听了她小女朋友损我后，也说了她，但她撒娇本领实在太厉害，李想根本拿她没办法，不一会儿就又欢声笑语了。

聚会完后，李想拉着他的小女友走在前面，我们几个走在后面。梁爽和我耳语说："马列，你没生气吧？别理她，小女生不懂事。李想的眼光可真有问题，找女朋友嘛，还不找个有点气质的，有点墨水的。"

我说："我？生气？就为这么点小事？我有那么小心眼儿吗？这根本就不叫个事。我们就别说她的坏话了，人家过人家的日子，我们又不参与。"

梁爽说："那不行，我今天这聚会，就是为了让你圆梦的。你是不是觉得我特伟大？把自己喜欢的女人让给别的男人了。我是这样想的哈，反正我也捞不着你，干脆就让你幸福去吧，怎么样？被感动了吧？你等着啊，看我的。"

我说："伟大你个头。"

梁爽加快脚步走到前面，对那位小萝莉说："美女，你家在哪个区？"

小萝莉说了一个地址，梁爽夸张地做了一个表情，说："太巧了，我家就在那儿附近，走吧，我送你。李想，你没意见吧？"

李想恨不得梁爽送呢，赶紧说："当然没有。那交给你了，你一定要给我安全送到家，谢了啊。Baby，明天见。"

梁爽朝我挤挤眼睛，意思是说"快抓住机会。"然后就带着小美女往车库的方向走了，同学们就此也都一一告别。等他们走后，我走到李想的身边，默默地看了他三秒，问道："李想，你打算怎么回？"

李想说："坐地铁吧。我记得好像和你方向一样，只要你家没有搬走。"

我心中窃喜："当然一样，那我们走吧，正好跟你聊聊天。"

到了地铁站我就来了气，平常那么多的人都跑哪儿去了？空空荡荡的。

地铁来了，人不多，我恨得牙痒痒。我常常做梦，梦到我和李想一起坐地铁，被汹涌的人潮挤在一起，靠得很近，近得能看清他脸上的每根汗毛。可今天……哼！

"马列，这边有一个座位。"李想喊我。

这该死的座位！有就有吧，而且还只有一个！我跑过去坐下来。

"李想，做公务员很清闲吧？"我仰着头问。

“是没有你们那么累，不过压力也是有的，竞争也激烈。马列，我一直想问你个问题，你今天这造型，发型和服装很不搭啊，你怎么会想到这样打扮？”

我以为他会夸我几句，我花了166大洋做的头发，就这样无情地被所有人忽略了。我还不如自然地长发披肩，也不会惹来这么多的笑话，只好尴尬地说道：“我有个朋友是开理发店的，他非要拿我的脑袋当试验田，我也没办法啊。再说了，我不能为了这个发型，穿件大礼服去吃饭啊。”

李想相信了我，说：“原来这样啊。”

我嘿嘿嘿地笑笑。

李想低着头，我仰着头，这种感觉讨厌极了，因为抬着头很容易有皱纹。他问：“你们是不是都很不喜欢我的女朋友啊？”

我做了个鬼脸没吱声，心中默认。

李想笑了：“别不好意思说了，我从你们的眼神中就能看出来，呵呵。不喜欢也不要紧，反正也不会结婚。说句实在的，我的这位小女朋友，别看人家小，比你成熟多了，懂的可多呢。”

我装作满不在乎地说：“我就是特憨傻，特二，怎么啦你咬我啊？而且还不会打扮……这样吧，李想，这次见面了，以后不能再失联了啊，大家都在北京，总不联系多不好。你以后要找新女朋友，先带来给我看看；我的造型呢，你可以给点意见。行不？”

李想一口同意：“行啊。以后常联系，我们就是最好的哥们！”

我心里真的酸酸的。

第五章 我只是你的路人甲

等再一次见到李想，他身边的女朋友已经换了人。我们约在一间别有情调的小餐馆，餐馆里只有套餐、意大利面、沙拉、咖啡之类的主食，餐馆的一堵墙上，摆满了各种诱人的酒，好多都叫不出名字。

“你那个连羊肉都不会自己吃的小萝莉呢？”我一见了面，就找个机会低声地损他。

“分了，”李想一点儿都没见失落：“有一次我们吃饭，她叫了一帮她的小朋友，大家纷纷喊我大叔，她觉得特没面子，就分了。”

“真够干脆利落的。”我拿眼瞟了瞟他的新女伴，展开一副笑容打招呼：“嗨，美女！”

那个美女瘦得简直可以成仙入道了，换作是我，估计地震来了被压在废墟下，饿上五天也瘦不成那样。听李想说她是一个模特公司的新人，为了上镜必须这么瘦，谁让现在电视都是宽屏的呢？

美女有气无力地和我打招呼："你好。听李想说起过你。"

"哦？这倒是挺意外的。他没有把我损得一文不值吧？"我问。

"那倒没有。"美女莞尔一笑，大大的眼睛弯了弯，"只是说你是你们班上最有个性的女孩，很欣赏你。"

欣赏我，没有搞错吧？我翻了个白眼儿，没搭美女的话。不知为什么，那个时候我的心情是矛盾的，我既不想让美女误会我们的关系，又想让自己和李想的关系暧昧一点。

大概自己的姿色对美女造不成啥威胁，又或者这女孩心宽体瘦不计较，反正整个饭局都挺正常的，没有硝烟弥漫的感觉。

这次和李想见面吃饭，是他想让我帮一个忙，准确地说，是他借帮忙的借口，让我见见他的新女朋友，帮他把把关，虽然我也不明白他为什么把我那天的玩笑当真。我只是说说而已，还真的让我把关啊。

美女叫什么忘了，我只记住她的英文名叫 COCO，和一个实力歌手同名。李想说，COCO 的模特公司好多人只用英文名称呼，就像编号一样，还显得时尚，尽管我们中国的户籍本上并没有英文名这一栏。

我对模特儿的印象，就是舞台上漂漂亮亮的、金光闪闪的和明星一样的人物。可 COCO 坐在我面前，我除了觉得她瘦骨嶙峋之外，再没有其它美的印象了：她太瘦了，本来眼睛就挺大，在那张没有半点肥肉的脸上更显吓人，而且，还涂了黑黑的眼影。

我想一定是我心中的小恶魔在作怪，因为这是我最中意的男人带来的女人，天生的敌意在那儿，任谁都改变不了。所以我只顾低头扫荡一盘海鲜炒饭，不想主动找话题。

"听想想说，你很会照顾小动物？"COCO 开口了。

"想想？你们好腻味啊，这么肉麻。呵呵，你家'想想'和我一个专业，他也很会照顾小动物的。"我瞪了李想一眼。奶奶的，感情是给我找活儿做。

李想颇含深意地一笑，像是没看见我瞪他。

“我的姐妹们好多都养宠物，你要是能帮我们照顾就好了，我们付费。”COCO说。

付费听起来倒是不错，但我哪有精力照顾这么多小狗小猫？我平常上班也挺忙的。

“马列，你周末的时候不是给你们领导照顾小狗吗？一只羊也是赶，一群羊也是赶，干脆赚点外块嘛。”李想说。

“不行的，想想，”我加重了‘想想’的语气调侃他：“我周末只在孙总家待两个小时，其余时间要休息的，你不能剥夺我享受假日的权利，再说了，你不知道我对狗毛过敏么？”

我很伤心，觉得这男人压根就不在乎自己，一心只为了讨好新欢。

COCO比上次那个小萝莉识大体，毕竟是公司严加管教出来的人物。她一听我不愿意，就放弃了，说：“好吧。马列要是过敏就算了。”

我最近正在减肥，看到这样一个苗条的人儿在身边，岂能错过了取经的机会？我换上一副笑脸，笑得像花儿一样的，问：“COCO，你们模特儿怎么能这么苗条呢？介绍点经验呗。”

COCO并没有因为我赞美她苗条而开心，反而做出一个黯然的表情，看起来很委屈。她说：“如果你从来不吃油、不吃糖、不吃盐，一进公司，各个角落都有体重仪，一超重就罚钱；如果你一日三餐只能吃三颗青菜、一小片苹果、比果冻还小的一小块豆腐，你想不苗条都不可能啊！”

说完，COCO又指着我面前的一大盘黑胡椒牛柳饭，说：“你这一餐米的数量，差不多是我一年的了。”听她这样说，我赶紧停止了吃饭，觉得相当没资格。

天，这还是人过的生活吗？我说：“可男人就喜欢你这样的，是不是，想想？”说着恶狠狠地瞪了想想一眼。

李想没有直接回答我的话，他说：“女人减肥的话题，我就不参与了。对了，马列，我记得你挺爱喝酒，COCO酒量也不错，你们俩可以喝点。我今天开车，不能喝。”

我有点小吃惊，李想同学，你是啥时候、哪只眼睛看到我爱喝酒了？难道是毕业散伙饭上我喝得酩酊大醉的事？那是我那时那刻太伤感了好吗？

不管怎么样，我不能输，我从娘胎里带出来的性格，就是死要面子活受罪。我把披散着的秀发扎到脑后，袖管一卷，往那面漂亮的酒墙扫了几眼，朝服务员打了一个响指，说："拿几瓶物美价廉、颜色浪漫、品味醇正、浓度不低的酒来。"

刚抒发完自己的豪气，我马上露出没出息的孬种样，轻声地和服务员说："帅哥，就拿点最经济实惠的吧。"

李想看我的没出息样，笑了："没关系的，不用为我省钱。"话没说完就被COCO打断了，她非常熟练地点了几瓶酒，毫不客气地和服务员说："就这几个，一会儿都打开！"

有省钱的，就有花钱的。

几杯酒下肚，我早已头昏脑胀，腿软的上厕所都得有人扶。醉意中人容易迷离，我看着李想一阵伤感。自己是喝过酒的，居然忘了李想并没有喝酒，他很清醒。而COCO，酒量显然比我好太多，她没有劝我，自顾自一杯接一杯的喝着，一看就知道在江湖上混过。

等COCO也喝得差不多，她就坐到我身边来，抱着我的肩，脸色潮红地问我："马列，我谈个恋爱，想想都要把你带来，你们究竟是什么关系啊？"

我吓一跳，紧张地动了动嘴唇，口齿不利落地想要解释。她又说："你就是过来帮他把关的是吧？他交朋友还要听你的建议是吧？我就知道……呵呵，但我不怕，我也不装，我没想要装成那么淑女的样子，这年头人人都猴精一样，谁能骗得了谁啊？你看到了吧？这就是我，怎么样？"

虽然酒精的作用还在发挥，我身体发软，但意识还是不糊涂的。我举起双手向COCO保证："COCO，够真实！我就喜欢你这样的。我跟你说哦，你千万不要在男人面前装，装一天可以，让你装一辈子，不累死才怪，而且，装温柔，或者是装汉子，都是很痛苦的。我就是个例子，明明喜欢一个人，喜欢了好多年。我……"我的意识让我收住了下面的话。

好险。我差点就说出"我明明想成为李想的小鸟依人，却一直假装扮演着大鹏展翅。"

COCO继续搂着我，这种亲昵的举动让我不太适应。可我不能表现得扭扭捏捏的，我也配合着抱抱她，说了句鼓励的话："祝你们恋情顺利哈。来，我再喝一杯！"

我依稀记得，我说这些祝福的话时，眼里是有泪的。只不过酒让人迷乱，谁也不会看到罢了。

COCO喝了酒后脸色好看多了，不再像之前抽大烟似的。她却笑着看着我，说："你是想想的好朋友是吧？切，谁相信啊，男女之间哪有什么纯友谊，不是暧昧，就是在暧昧的路上。"

我用了十二分的力气，理智地说了一句话："COCO，你想太多了。"

李想叫服务员结了账，轮流把我们扶到车上，安置好。COCO说她累了，让李想先送她，于是李想开车向她住的地方驶去。一路上COCO都在呼呼大睡，她把头仰在座位的一边，很接近玻璃的位置，一个颠簸就能撞到头。我把她的头扳过来，让她靠着我的强大的臂膀。

李想从车的后视镜里冲我微笑，好像是在对我做的事情表示肯定。我把头偏到一边，不和他"对视"，自顾自看着外面的风景。

COCO的住所是在海淀区一所大学附近，她和几个模特儿公司的姐妹合租了一个单元房。送她回房间的时候，她的三个好姐妹们正在屋里子扎堆，有的做面膜、有的在骑健身单车，清一色的苗条。她们本来穿得很少，开门一见到李想就惊慌作鸟兽散。

COCO自己晃悠悠地走进房去，回头和我们说再见，说完顺手就把门关上了，以保护她的姐妹们不被李想的眼光吃豆腐。

坐在车里，我就像机关枪一样冲着李想开了火："我说，'想想'啊，我上次是和你开玩笑的，你还真让我帮你把关啊？我又不是你的父母，你的女朋友将来也不会喊我婆婆，我给你把的是哪门子关呐？再说了，你自己约会就成了，自己晒恩爱也就算了，非把我拉着当观众，我虽然不忙，但也没有闲到那个地步，非要没事把我拉上看你们的恩爱秀。"

酒意未尽，醉意使然。我说这话的时候眼睛泛起湖水，或许是心里难受的。

李想听我的一大堆牢骚，笑而不语。我急了，用手在他面前晃了晃：“说句话啊，还学人家沉默是金呐？”

“别闹，马列，我这开着车呢，你别扰乱我视线，你还真行。”李想吓一跳，赶紧阻止我的缺心眼行为，接着说：“那我单独叫你出来，你会愿意吗？”

当然愿意！我非常愿意、我相当愿意、我太愿意了我。我脸都红了，和酒后的脸红掺和在一起，好在旁人也看不出。

我明明心里美滋滋的，嘴上还是一副好哥们的语气：“行啊！你啥时候想喝酒了，就找我，我随叫随到。”

很快就到了我家楼下，车停下来，我和李想告别。下车后仅用一秒，我就看到了三楼窗口正在窥视的两个人影，我甚至可以看到她俩的表情。

在我家一直都是老爸当大厨的，这才使得其他两位女人无所事事，有时间八卦。

我自己有深深的恋父情结，自认为我妈找了我爸这样的男人那真是幸福一百分，唯一的不足之处就是没有大富大贵。我爸爸在家里，属于“少说话多做事”的角色，一直尽心尽力地照顾着家里的三位女性成员。在厨房里他就是大厨、在我们生病时他就是最好的护士、在我和马哲穷的没钱花时他是我们的提款机、在我们心情不好时他就是心理辅导员。

爸爸话不多，既不爱和人红脸，更不会跟人结怨。当我家里几个脾气不太好的女人嘴里骂骂咧咧、大骂世道不公时，他也始终能用正面的力量对我们进行引导。

我一进门，看到桌上给我留的饭，又不耐烦又心疼地冲爸说：“爸，我不是说在外面吃过了嘛，不用给我留饭菜的，没事你就多休息会儿。”

爸爸闻到我满身的酒味，眉头一皱：“怎么喝这么多酒，臭死了。”说完去帮我倒了一杯牛奶，热热的。我捧在手里说：“同学聚会，大家都喝，我不能太扫人家兴啊。”

妈妈也责怪道：“女孩家家的喝那么多酒干吗？你自己闻不到吧，这味儿真是臭死了。赶紧的，麻利儿的，给我去洗澡！还有，脱下来的衣服不要扔洗衣机啊，小心把我们的衣服都染成了酒味。”

马哲今天来的时候带着多多，小家伙几天不见越来越可爱了。我凑过脑袋去打算亲亲那个粉嫩的小脸蛋，被马哲一个巴掌挡了回来："多多刚洗了澡，你就别再拱臭她了。你快点去洗，洗剥干净了出来，我和妈都有事问你。"

我不用耗费脑细胞都知道她们想问什么，于是放慢了洗澡的速度，在洗手间里磨磨蹭蹭地就是不出去。上完厕所去洗头发，洗完后又躺在浴缸里泡澡，还顺便拿手机看电影，刷微博，直到把门外的两人都快急出病来了，我还是不肯出去。

我太了解我妈和我姐了。我知道如果我有一天真的谈起了恋爱，那将不是我一个人谈的恋爱，一定会有她俩参与，变成了四人恋爱。

只要我告诉她们我有男朋友了，她们一定会迫不及待地说"带家里来吧"、"一起吃个饭吧"、"那男生干啥的"、"一个月赚多少钱呐"、"是不是北京户口啊"、"怎么还不来家里啊"这类的话。

所以，我只能尽力减少她们八卦的机会。对我这样一个连正经恋爱都没谈过的菜鸟来说，如果爱情来临，我一定要先好好地享受一下这个过程，才不枉此生。至于他是不是北京户口，一个月赚多少钱，关我什么事！

第六章 爱我的我不爱

那天晚上，我还是没有逃过妈妈和姐姐的一场拷问。

“列列，今天送你回来的那辆车，和梁爽上次开的不一样，那又是谁啊？”马哲问。

我白了她一眼，说：“姐，你一个嫁出去的人，成天让老公独守空房，却总是跑回娘家来八卦，这样合适吗？”

没想到马哲眼圈红了，我有点意外。我们从小就是见面互相掐，从没见有什么问题，今天不知道是怎么了。

我也有点不好意思，赶紧给自己圆场说：“我的意思是，你让姐夫一个人在家，老这样人家没意见吗？那个，我是说，人家对咱家没意见吗？”

越说越糊涂，我也懒得再说下去了。好在马哲的情绪来得快也去得快，在没在意我不知道，反正表面是没事了。

我妈可没在乎我和我姐的这段小插曲，她一个人沉浸在回忆里，嘴里连连地说：“我们家马列也不差啊，还让我天天为她操心。你看前几天有人开车送回来，今天又有人开车送回来……看着条件都不错呢。”

马哲也在旁边附和着，非要我交代。

我看着她俩，轻蔑地摇摇头说：“妈，姐，快收起你们俩那没出息的小眼神儿吧，那是汽车，又不是直升机，至于这么兴奋吗？这年头谁家买不起个车啊，咱家也是能买的，只是咱家没有人能开得了罢了。而且，我郑重说明，不管是前几天送我回来的梁爽，还是今天送我回来的李……”我差点把那个名字吐露出来。顿了顿，我继续：“李……李师傅，他们都不是我的男朋友，你们别替我花痴了好么？”

说完，我一头栽进自己的粉嘟嘟小床上，不想再多说一句话。而且，今晚这房间还有马哲和多多，我想睡个好觉基本也不太可能了。

睡前，马哲好像还有话和我说，我哼哼吱吱地装睡，不理她。过一会儿，她把多多哄睡后，也悄悄地睡了。

我后来才知道，马哲那天晚上不是想问我男朋友的事，是她真的有话对我说，是想和自己的妹妹交交心来着，是我太过于敏感，硬生生地拒她于千里之外。

这是后话。

要说拿钱砸出来的护肤品真是好东西，经过一阵时间拼命的保养，连我自已看自己都顺眼了，总算初步明白了皮肤“细嫩丝滑”是什么滋味。再加上 COCO 说过的一些减肥食谱，我就白菜西兰花的吃了一段时间，腰身是瘦了不少，之前在商场专门买的小一号的衣服，居然全都能穿上了。

我几乎就要相信，我正走在通往美女的康庄大道上，那里湖面总是澄清，那里阳光总是明媚，那里有我青春岁月里的白马王子在向我招手。

直到有一天坐公交车，我的自尊心又被无情地刺激了一回。

那天孙总交待我一件紧急的事情，要送一份创意部门做好的样品到首都机场给一个客户。客户就要离开北京了，正在首都机场候着。我计算了一下时间，勉强够用，于是打了辆车就出发了。

公司对出租车费用控制比较严格，尤其是去首都机场那么远的地方。所以我先打车到了六里桥，再转乘机场专线。不早不晚，我上车后两分钟车就开了，车上人不少，我看到后排有一个空座，就跑过去坐下来。

身边一个怪叔叔正在看报纸，等我在他身边坐下，他便收起报纸跟我搭讪。

“去机场啊?”怪叔叔问。我敢保证，那张脸你只要看过一次，绝对不想看第二次。脑满肠肥的他脸上直冒油，还有那笑容，猥琐的让人不忍直视。

“当然!”我没好气地应了一声，匆忙拿出手机假装上网。

车行驶的过程中，旁边的怪大叔时不时地用腿蹭我，颠簸得厉害时，他还假装扶不稳，慌忙之中抓住我的手，随即又马上嬉皮笑脸地道歉：“不好意思啊。”

几次之后，我忍无可忍，我马列敢叫这么响当当的名字，就知道我不是好欺负的。我声音故意放大，大到前面几排的人都能听见。

“大叔，看你的样子，也该到了儿孙满堂、阳痿早泄的年龄了，你这么猥琐你家人都知道么？一把年龄了还在公交车上对女孩们性骚扰，你对得你的的孩子们吗？对得起你老婆吗？怎么对您的孙子以身作则?”

人们纷纷扭过头来看我们，我的表情立马表现得更加气愤，以拉到同情的票数。大叔有点窘，不过流氓也不是一天两天锻炼成的，我有我的横，他就有他的不要脸。

他指着我说：“小姑娘别乱说话，你长成这样，谁会性骚扰你？有人性骚扰你都应该偷着乐吧？你还真把自己当美女了？冤枉死我了。”

我承认，我输了。因为所有的人都更加认真的端详起我的长相来，而我的这张脸，真的经不住端详。我霎时听见了心碎的声音。

我决定转移注意力，反正已经丢人了，不能再让别人冤枉我。虽然我知道，大多数乘客肯定都是向着我的，任谁都能一眼看出这位大叔的猥琐，那张脸恶心得太直接了。

龌龊，太龌龊，龌龊的拦都拦不住。

我说："大叔，你从一上车就色眯眯地看几位女乘客，我看到你的手机屏保上都是一个限制级的裸女，还敢说自己很正经？算了，看在你一把年纪啥也做不了、只能意淫的份上，饶了你了，你也不容易。"

中途有乘客下车，我赶紧逃一般地离开他身边的座位。不过自尊心还是碎了一地，伤口好不了了。

经过这个事件，我一度有了去韩国整型医院的生产线上走一遭的念头。

领导交待的任务总算顺利完成了，我笑容满面地把客户送上飞机后，灰溜溜地返回家。这时梁爽打电话过来，说他们公司发中秋节礼物，是个进口的吸尘器。他说他家已经有一台了，用不着，想要送给我。

他对我的殷勤，让我挫败的心情稍微恢复了一些。我痛快地接受了，并且承诺回敬他一顿大餐。

只是这台吸尘器自从到了我家后，不仅为我家的环境卫生事业做出了贡献，还带来一系列后续的误会故事。

梁爽开着他的车把吸尘器送到我家。我妈一见到他，眼睛里闪出异样的光彩，这次绝对不能放过。她热情地把梁爽叫进了门，让爸爸为他沏了一壶上好的西湖龙井，她自己还跑回房间换了一身衣服，喜气洋洋地坐在梁爽旁边拉起了家常。

"小梁，你家不在北京，就把这儿当家，要常来家里玩啊，你马叔叔他做菜味道很好的。"

"好的，阿姨，我有空就过来。"梁爽礼貌地回应着。

"你看小梁这孩子多懂事，一个人在北京闯荡多不容易，人家通过自身努力有了车有了房，多优秀。有点好东西还想着老同学，列列，你和小梁比实在差太远了，你就没他这么懂事，这么大年纪了还得让人操心。"

"妈，我多大年纪了呀我？不是我自恋啊，我虽然不是花容月貌吧，但其实也挺显小。陌生人见了我，大都以为我是刚从学校毕业的，风华正茂。为什么呢？因为我特朴实，有一种学生的书卷气。妈以后不能再说我'这么大年纪了'这些话了啊，我不爱听。"

“瞧这孩子，”我妈对梁爽说：“小梁，以后多教教她，列列从小就叛逆，他不爱听我们这些老古董的话，你的话她一定爱听。”

我一听急了：“妈，这什么跟什么啊？人家梁爽是我什么人啊，人家凭什么‘教教我’？妈，不是我说你，你这样的话，我的同学们都不敢来了，太有压力了。尤其是单身男同学，只要一来就被你认作女婿，问东问西的，以后谁还敢再来咱家？”

我看到梁爽不怀好意地向我仰仰头，意思是说“阿姨都这么想，你就认了吧”。随后又添油加醋地和我妈说：“阿姨，您放心，我和马列共同进步，共同进步！”

我妈高兴了，乘胜追击：“小梁父母都是做什么工作的？他们将来会来北京吗？”

我咬牙切齿地喊我妈住口：“妈……”

我妈这才不说话了。我看着沙发上的这两人，一时间有点恍惚，脑子里霎那之间出现了一家子其乐融融的画面。我马上拍拍头让自己清醒，这种幻觉可要不得。

吃完饭梁爽教我妈使用吸尘器，两人特别投缘，或者说，梁爽在心里已经默认自己“在讨好未来的丈母娘”。我在一旁吊白眼儿，后悔死自己这个贪小便宜捡大麻烦的决定，肠子都悔青了。

“梁爽，你这是故意的，我要杀了你。”送他下楼的时候，我终于憋不住了，狠狠地拍了一下他的后脑勺，这一拍至少半个脑震荡了。

“轻点儿，野蛮人！”梁爽被拍痛了，捂着脑袋叫苦。痛完了也不忘抱怨：“得了便宜还卖乖，那吸尘器市场上卖 1000 来块呢，送了你连句谢谢都不说，还这么野蛮。”

“那是不是你送一个吸尘器，我就要以身相许了？”我问。

“那倒不是，哄阿姨开心呗，谁让你这不孝女让她操碎了心，一点儿都不懂事啊你。”梁爽这会儿不像开玩笑，表情挺认真的。

我有点理亏，因为我确实挺让我妈操心的。但梁爽这做法也不行，会让我父母凭空产生一个幻想，我说：“好啦……我承认，我让我妈操心了。但是你这样做的话，会让我妈产生误会的你知道吗？你看我妈喜欢你的那个劲，如果哪天知道这都是假的，会有一种从天上掉下来的感觉，那样更糟。而且，就我妈，嘿，我最了解了，我要是再过两年还嫁不出去，她能一直唠叨，时不时地会把你提起来。她会问‘小梁最近怎么样了’、‘跟小梁还联系吗’之类的问题，这是一个持续的麻烦知道吗？”

梁爽摸着他那颗快被我打残的脑袋，若有所思地说：“我就真的一点机会都没有了吗？”

我看他那样子，倒不好意思再刺激他了。我诚恳地对他说：“梁爽，你就是我的哥们，有的人就适合当哥们的。而且我一直认为，友情往往比爱情更长久。想要珍惜一个人，又觉得完全没可能走在一起的话，聪明的人都会选择做好朋友。否则，很可能最后是友情爱情全都没有。”

“说的也不无道理。”梁爽同意了我的说法，接着说：“要想让你妈不误会，或者说不对我心存幻想，唯一的办法就是你赶快给你妈带一个男朋友回家。”

我说：“我当然知道了，但爱情不是拉郎配，是吧？我不能说我今天想嫁了，拉个男人就结婚，那也得合适呀，那也得双方看着赏心悦目啊！我不能为了别人的眼光结婚，日子是我过的，又不是别人过的。找个不喜欢的，一辈子路这么长，那该多痛苦？”

“就你口才好，你说的全对，行了吧？那你喜欢的在哪里啊？”梁爽歪着脑袋问。

我一时语塞，是啊，我喜欢的在哪里啊？

当我暗恋的那个人终于有机会站在我面前了，却只能做朋友，是不是觉得造物弄人。

只要一碰到这个问题，我就立马爷们不起来了，文艺青年的哀伤气质立马浮现。

我不想谈下去了，责怪梁爽道：“打人不打脸，你就是哪壶不开提哪壶。自己还孤家寡人呢，还总为我操心。快回家吧，路上开车小心啊。”

第七章 刻意的靠近

国庆前夕。

真是人在屋檐下不得不低头。孙总全家人要在黄金周出国游玩，托付我照顾他家的大狗小狗，还说要付给我最可观的护理费。我虽然有一万个不愿意，还是同意了，而且领导的钱哪敢收，我就再次当了一回免费的好护工。

我实在没有拒绝的理由，因为我既不出游，也没有约会，时间大把大把的。最可恶的是，死丫头乔安妮要和男朋友去台湾自助游，也把她家的小猫交给我，还信誓旦旦地说一定会给我带套台湾的化妆品回来。

李想这时也应该和 COCO 浪漫双人游去了吧？

家里成了动物园，从早到晚狗吠猫叫好不热闹。猫粮狗粮洒一地，乔安妮的那只淘气小猫每次吃鱼，都一路拖、一路吃，整个地板都是鱼的痕迹。

爸爸负责这些小家伙们的一日几餐，我因为过敏，只能负责清理工作，我妈负责唠叨。

唯一开心的是多多，孩子喜欢小动物是天性，这在她们眼里是最佳的玩具，还是活的玩具。多多整个假期都离不开这些小狗，都不愿意出门了，天天嚷着要住在姥姥家，离开一会儿就挂念。这正合了马哲的心意，她更有理由赖着不走了。

可怜我从小就想单独住一个房间的梦想，直到快30岁了也没有实现。

我悄悄地问马哲："姐夫呢？怎么总是见不到他？"

马哲眼皮都不抬，说："他很忙。成天加班，开会，晚上10点以前几乎没回过家。"

我心里总是觉得怪怪的，又问："国庆假期也没时间吗？好不容易休息一次，他也不带你和多多去旅旅游什么的。多多念叨了好几次迪斯尼乐园了，你们还满足不了孩子的愿望。"

马哲小心眼儿了，说："你是嫌我们在这儿住吗？这国庆节到处都是人山人海的，我们才不愿意出去呢。你要是嫌我们扰了你，今天我和多多就回去，不过也得多多乐意啊，她不愿意离开这些小动物，我有什么办法？"

我说："我不是这个意思，我是担心你和姐夫的婚姻嘛，你可真行。好了，话不投机半句多，不说了。"

我其实是真心担心姐姐和姐夫的问题，姐夫现在来我家特别少，马哲却常常住在这里。她以前嘴里常常挂着的夫妻恩爱，现在也越来越少了。

"列列，列列，刚才你唐阿姨打过来电话了……"老妈兴高采烈地跑来告诉我。

"哪个唐阿姨？"我对此人没印象。

"就是祝叔叔家的唐阿姨，你上次见的那个小伙子，祝什么鹍的……"妈妈解释道。

哦，原来是那只骄傲的大鸟，也难怪老妈记不住这么高级又文艺的名字。

"你唐阿姨说，他儿子还想再见你一面呢。"

"妈，我求您了妈，"我赶紧拒绝："妈，上次相亲你也在旁边，都看到了啊，怎么又提这个人。高傲，自满，还让我付钱，就这样的人，你还心存希望吗？”

“骄傲是因为人家优秀……”妈妈小心嘀咕着。

我必须正视这个问题，我不能让老妈再替我花痴。

我说：“妈，看来你对我的男朋友要求是完全没有底线了，回头你干脆随便拉个男人跟我把婚事办了得了。妈你知道我真实的感受吗？我现在被你们弄得特没自信。本来挺好的，爱情嘛就随缘分，可现在就天天觉得自己没有人要，觉得自己低人一等。就祝寡鹍，如果你让我嫁给这样的男人，得，我还是和崇祯皇帝一样，找棵树吊死算了。”

“行行行，我说不过你。不管你了……”老妈很郁闷，皱了皱眉头，一个人跑到卧室去了。马哲在旁边捅捅我的胳膊，说：“你看你又把妈弄得难过了，还不快去哄哄。”

我抱着乔安妮的那只小猫进了老妈的房间，猫在我的怀里像一团毛衣打了皱，我揉啊揉的，半天不好意思开口认错。老妈没好气地问：“有啥事啊你？”

我嘿嘿干笑两声，说：“妈，你要是那么喜欢祝寡鹍，那我就嫁给他，只要你高兴。只不过，嫁给他之前我得先学各种技能，要不然根本伺候不了他的。没事，为了妈你高兴，我再苦也愿意了……”

妈被我逗笑了，右手拨了拨耳旁的发。我记得老妈曾经一头浓密的头发，现在已经稀疏得厉害，还夹杂着不少的白丝。我看着一阵揪心，很惭愧自己的不懂事，于是装俏皮地和我妈说：“妈，给我一年的时间，如果还找不到男朋友，我就在30岁到来的那一天，任由你安排。”

我妈说：“我当然希望我家闺女找个好人家，妈怎么能没下限呢，妈巴不得你找个最好的男人疼你，你这个年龄要谈恋爱才开心，不能总是一个人。你是妈的女儿，妈能不了解你，你是表面上咋咋呼呼的，其实一肚子心思。”

我妈说到了我的心里，我反而有点手足无措了。我把小猫的爪子拉起来给我妈道歉，并保证，我说话算话，一定在30岁之前给她带个如意女婿回来。

我妈这才开心了。

这时门外传来爸爸的声音：“列列，好像是你的手机响了。”我听到后把猫塞给我妈，飞也似的冲出去。不错，是李想打来的电话。

姐姐打量着我，满脸的疑问。再傻的人都能看出我脸上兴奋的表情，一定来自于一个男人。我没理她，捧着手机跑到厕所去接电话，还顺手关了门。

“马列，国庆没有出去玩吗？”李想在电话那头，声音很悠闲。

我把我悲催的国庆生活告诉了他，说被这三只狗一只猫咪弄得忙翻了天了，哪还有时间出去玩。再说了，听新闻上说，国庆北京的游客又创历史新高。

李想听了我的牢骚，宽容地笑着，随后说：“别忘了，我和你是同一个专业，你分两只给我吧，我帮你照顾，你不是对小动物的毛过敏么？”

“算了算了，交给别人我还不放心呢，这可是我领导的狗！而且主要是爸爸照顾，我负责清洗工作。那个，你今天打电话找我，有什么事呢？”话一出口我就后悔，我坐在马桶上狠狠地拍了一下自己的额头：聊天都不会。

“COCO要送你一些她们模特儿常用的减肥神器，想趁假期有空送给你。”

我一听心里凉了半截。我终于又回到了现实，就是人家有女朋友，我只是他的哥们。而且李想曾经说过，女朋友一定要比他年龄小，哪怕大一天都不行。

我苦笑着说：“不用专门送了，下次聚会的时候顺便带上吧。北京人山人海的到处堵车，你们俩就不用专门跑一趟啦，替我谢谢COCO。”

李想像能听出我的心思，坚持说：“COCO去演出了，她们节假日通常很忙，就我一个人。怎么样，还出来不？”

我的心就像电梯一样，一会儿的功夫上上下下了好几趟，听到他这样说，我马上又兴奋了，毫无出息地说：“出去出去，我们在哪儿见面呢？”

“我去你家接你。不过这交通状况，可能会稍慢一点。到了给你打电话哈，回见。”李想挂了电话后，我望见镜子里的我，脸红得像喝过酒。

匆忙洗澡，降火，吹头发，护肤，化妆，不断地换衣服。为什么这些衣服都这么丑呢？

等我收拾完毕后，我妈和我姐已经站在卧室门口，八婆一样看着我。妈妈的脸早不见了刚才的忧伤，换成了一朵花，她问：“列列，要出去约会啊？”

我点点头，又摇摇头，语无伦次地说：“不是约会，我是说，不是男女朋友的那种约会，呃，是普通朋友的那种约会，是一个同学……”

“眼线都画飞出去了。”马哲没理会我说的话，拿起棉签帮我整理妆容。我化妆技术不高，眼线画得飞出去不稀奇，画到鼻子上都不稀奇。

妈妈帮我抚平衣服上的皱，就像我以前相亲时一样。遇上太柔滑的面料，她就会说自己的手太粗糙，都有毛刺儿了，一边摩挲一边还会说手把衣服都挂得勾线了。

人的感觉是最灵敏的，或许我难得打扮一次，所以尽管我嘴上说不是约会，她们还是确认我今天见得人一定是个男人。

我特别害怕这种动容的感觉。说实话我脸皮还是挺薄的，我就像一个横行霸道的螃蟹一样，外表坚硬，骨子里一颗嫩弱的心。我大大咧咧的向她们一摆小手，说：“哎呀，不用这么认真啦，我又不是约会，走了走了。”说完就大步大步地冲出门去。

站在楼下等了一会儿李想才到。李想到达的那个瞬间，我不用抬头，都能感觉到来自三楼的两双猎奇眼神。我低着头，用手准确地朝窗户的方向一指，仿佛在说“嘿，就是你们，别偷看了”，然后收起了手指，相当帅气地坐进了李想的车里。

坐进去后，我才透过车窗户看了看老妈和老姐。不知道为什么，以前觉得她俩特别八卦，今天却觉得很温暖，我突然明白除了她们，世界上再没有人会对我这么啰里八嗦地关注了。

那一刻我有点伤感。李想也发现了我的不一样，因为要在以前，我肯定见面不到两分钟就要向他开炮了，今天却这么安静。

李想曾经说过我。他说：“马列同学，我发现啊，你跟任何人在一起的前三分钟都特别相亲相爱，然后，很快就开始嫌弃对方。”

李想看我坐上车后半天都没说话，看了几次我的脸色，才小心翼翼地说：“嚯，今天见鬼了，马列同学居然黯然神伤起来。跟我出去这么不开心吗？”

我说：“嗯，有点。我妈以为我今天是和男生约会，高兴的不得了，要是知道我根本不是去约会，又要失望了。我看她那样子，突然觉得自己很不懂事。你说还真的是‘可怜天下父母心’呢，他们对我一无所求，不求我给他们买豪车别墅，不求我带他们环球旅行，就希望我找个男朋友，我都做不到。”

李想问：“那你今天是怎么和阿姨解释的？”

我恶狠狠地说：“当然是普通朋友啊，我能说啥？切！”

李想的发型像是刚换过，简单帅气的短发，随意侧分，既活力又不失干练，还加了一点点颜色。我取笑他：“打扮这么帅，你这是要去横店影视城找机会吗？看来找个模特儿的女友整个人都变得时尚起来，你在你们公务员队伍也属于极品的姿色了吧？”

嘴上调侃着，嘴里却差点流下哈喇子，此男秀色可餐。

李想才没有心思搭理我的笑话，他接着前面的一个话题说：“阿姨若是希望你和男生约会，那你就告诉她是约会嘛，反正我不介意牺牲色相。现在不是很流行租男朋友回家过年吗？你就租我吧，每天管一顿饭就行了。我保准尽职尽责，牵手拥抱接吻都不在话下，如果还有别的要求我也委屈一下，依了你，还不用另加钱。你看行不？”

“你还委屈？”我用手掐他的胳膊，“老娘我还是……”我没敢说下去。

“还是什么？”情场高手李想同学一下子猜到了下面的话，逼着我说下去。我没上当，接着说：“老娘我还觉得亏了呢。你花心大萝卜哪能配得上我的冰清玉洁，想得美！”

“不租就不租嘛，你看你……真是好心没好报，为你解决难题都不行。”李想装可怜状。

“我是怕你占我便宜。对了，你不是要给我带什么减肥神器么？那快点给我。”

“没有。”李想表情相当从容，不紧不慢地吐出两个字。

“什么？”我眼珠子都快瞪出来了。这家伙，居然敢骗我！

“我国庆长假无聊，也没有什么安排，就找你咯。怎么样，还不乐意啊？那我掉转头把你送回去。烤鸭，火锅……都不想吃了吗？”李想故意拿美食诱惑我，他此刻一脸坏坏的表情。我要是看到别的男人这样的表情，定会劝女人一句“这是个情场高手，是属于该上刀山下油锅的那种花心男人，千万不要碰”。

可现在，我的心里却甜丝丝的。

我敢说，这是有生以来第一次，有个帅哥愿意编造小谎言只为了和我见一面。我是多么地想经常有这样的“坏”男人出现啊，多多益善才好啊！

现在我就是这种“捡了便宜卖乖”的心情，即使极力控制，嘴角的线条还是不由自主地向上翘。我掩饰着内心的喜悦，摆了一张上当受骗的脸，说：“看在大餐的份上，我就原谅你了，你这个大骗子！”

“好了好了，”李想说：“那现在骗子带你去吃烤鸭吧！记得毕业散伙饭时，同学们凑份子去吃烤鸭，你说自己是东道主一定要出双份的钱，当时所有的同学都对你的仗义感激涕零。结果呢，你倒是出了双份的钱，还很大方的把自家酿的红葡萄酒都贡献出来，但你的胃口可真好啊，全都吃回去了，比任何一个男生都吃得多，也比任何一个男生都能喝。”

想到那顿的毕业散伙饭，真是这些年来最开心畅快的一次。经历了欢笑与泪水，相聚与离别，大家各奔东西，从那时起，同学们之间的小恩怨全部化成了谅解和思念。凤凰花开后的离别，青春渐行渐远，不能说没感觉；可人必须大步往前，不抱怨地向前走，然后迎接断杀后的平凡与存在。

这是我今天的第二次伤感了。我有点不太习惯自己这样，尽管我常常说自己有点文艺青年。让我有点感动的是：李想这枚花花大少居然还记得我当时的样子，说明他在留意我呢。

不管怎么样，一听吃烤鸭，我还是很开心的。我对李想说：“吃烤鸭必须的啊，那个，我可以吃一只、打包一只么?”

第八章 心事被看穿

关于梁爽和李想这两个男人，老妈和老姐有一堆的问题想问我。毕竟突然出现两个男人开着车来接我出去，这样的事情在我家比中福利彩票的机率都低。

老妈总是不失时机地唠叨：“那个男孩是谁啊？改天叫到家里来吃饭，让爸妈也看看嘛。不要总是在楼下转一圈就走了，列列你是大人了，谈恋爱光明正大的多好。”

马哲总说：“梁爽最近怎么不见来了？你们没事多出去聚聚，别总是一下班就回家。”

而爸爸最理智，他会批评这两位女人：“你们两个，能让列列清静一会儿吗？你们口口声声说她是大人，却一点儿也没把她当成大人看，连起码的自由都不给。”

我对老妈和老姐的啰嗦，曾经很排斥，现在已经很习惯，甚至是有点享受了。而且，我早练就了一身刀枪不入的本事，她们说她们的，我照样大吃大喝大睡。

我很感激梁爽安排的同学会，让我又能时常见到李想，虽然，这种见面很是酸楚。

而李想自从上次请我吃了烤鸭后，已经有段时间没联系我了。我想一定是人家的正牌女友COCO回来了，所以才没有时间见我这个“普通朋友”。

原来自己只是人家的一个备胎，只是在没有女朋友在身边的时候，陪人家吃饭的一个路人甲，不需要的时候根本不会想起我。这根本连备胎都不算啊。

同时，还有一件事情也是大起大落，像坐过山车。因为孙威要从副总晋升成为北京公司正式的总经理，基于我的工作表现优良，对他家小狗私人的友好帮助，并且对他的工作习惯和公司业务都非常了解，孙总决定升我为总助，兼学习行政。

孙总在跟我谈完话后，我着实高兴了一阵。我觉得最近怎么这么顺呢，好像要爱情事业双丰收呢。可好景不长，孙总按照流程向亚太区总裁提交我的入职申请时，时隔几天却被退了回来。

亚太办事处设在日本，那里的几层领导经过慎重考虑，觉得我目前的条件无法胜任总经理助理一职，同时给了一个冠冕堂皇的理由：大学专业不符合！公司的要求是，总裁助理兼行政人员最好是男性，专业符合，有行政经验。

孙总找我谈话的时候，也很不好意思，他有点后悔过快地答应了我，现在不太好收场。不过他毕竟是见过大场面的领导，气场是十足的。

孙总说：“马列，希望你能理解。上头可能还是愿意找一位男性来当总助，这是出于多方面的考虑。因为这个工作岗位太重要了，工作繁忙，时常出差，还要时不时地陪我加班，男性会更方便一些；而且在行政这一块，经常要调节各部门之间的大小事件，甚至各种冲突，一个小女生可能气场还是不行。你知道，同事们有时候都是看人下菜的。”

我很想为自己争取一下，于是解释道：“孙总，我觉得气场是可以锻炼的，工作量大这也不算什么问题，我还是很有信心做好这一块，这也是我一直想尝试的工作呢。”

孙总无奈地笑笑，安慰地说：“马列，你在公司这么多年了，我当然相信你的能力，也肯定你的工作态度。你放心，还有机会的，你先继续做助理，新的副总过几天会到位，到时候我们一起做个交接，我只要一有机会就会提拔你的。”

我知道争辩没用，只好说了声谢谢走出了孙总的办公室。我想：你们倒是太看得起我了，什么时候也把我当成女人了，有什么工作不方便的呢？我无论从工作上，还是姿色上，你们不是一直把我当成男人在用的吗？

这只是一段小小的插曲，我只用三天的时间就消化了它。反正丑小鸭不受重视也不是一天两天的事了。李想快活得忘了我又怎么样？孙总不让我升成总助又怎么样？我还不是活蹦乱跳依旧吗？

只是马哲为我打抱不平，她骂骂咧咧个不休，说我真是吃力不讨好，既要工作又要照顾他家宠物，成天一个人当两个人用，人家用一个不是理由的理由就把我打发掉了。

我看她那样儿，笑着说：“姐，那你说该怎么办？要不你干脆替我打孙总一顿好了，我也一肚子气呢。”

“以后不许再照顾他家宠物！哼！”马哲还是气呼呼的，仿佛没被升职的人是她，不是我。

我搂着她的脖子，亲昵的说：“好姐姐，就别在这儿唠叨个没完了，你现在已经完全是一个中年欧巴桑的气质了，嘴特别碎，你自己不知道吧？我看就别替我担心啦，反正我工作还在，孙总出于补偿，还答应我过年加薪时给我加的幅度大点，我也没啥损失。”

“都这么大了还当人家助理，还说不着急。”马哲数落我：“天天尽学什么琴棋书画，半点用也没有。没有哪个公司会因为你会弹钢琴升你职吧？你就不如去学学管理课程。”

我死死地瞪着马哲，认真地分析着她的脸，狠狠地揭了一下她的短：“姐，你是不是先把自己提高一下再说我？你看你，成天不学无术，自从结婚后既不工作、又不好好带小孩，就成天泡在咱家盯着我的那些相亲的破事，大把大把地浪费着光阴。姐，你不觉得你应该好好经营一下你的婚姻么？我发现姐夫来得越来越少了，你也极少提起他，这和以前是很不一样的。如果有问题，就赶紧想办法解决，我可不想让姐夫休了你，更不想你和我抢房间住。”

“结婚后花男人赚的钱是天经地义的，这有什么问题？你少操我的心。”

“好吧。我不操你的心，你也不许再瞎操我的心，扯平！”我看她半点都不想交流的样子，也有点气。凭什么你就能管我的事，仅仅因为你比我大么。

不过我终究还是有点小难过的。马哲说的对，我老大不小了还当人家的助理，抛开面子，我自己也觉得工作上面进步不大，就算是成天忙忙碌碌，也总有一种混日子的感觉。

当我总算调整好心情，准备把李想和升职这两件不顺心的事抛开的时候，事情却悄悄地发生了变化。这让我对李想的幻想没法就此终止，还有一种“春天来了”的味道。

我已经快三个月没见李想了，从没电话，偶尔有短信，多数的联系只是在网上，时不时打个招呼而已。李想再次出现时，已经快到春节了。

北方的人对春节还是相当重视的，整整一个腊月，我家都呈现一幅热火朝天的节日景象。老妈是个心急的人，过早地就拉着爸爸置办年货，连家里每个人的秋衣内裤袜子都买得齐齐整整的。扫房子，洗床单洗窗帘，扔掉积存一年的废品；炸丸子、做烧肉、准备整个春节的伙食，春联也早早地贴上门。

我依旧天天按部就班，早出晚归，形单影只。

李想又来找我时，就剩几天就过年了。他每次见我都要找一个非常高雅的理由，这次是说：想咨询一些关于工作上面的事。其实我们俩的工作性质相差甚远，真想不出有什么好咨询的。

这要放在别的男人身上，我铁定会骂他“虚伪幼稚假”，可李想这样做，我怎么就觉得“有心有爱真”呢？管他什么真的假的，反正能见到他对我来说就是福利，我就是这么傻，这么没姿态，没办法。

照例，李想说他要来我家楼下接我，我想都没想就拒绝了。他很奇怪，问为什么。我说：“我全家人都对你充满了无止境的幻想，你每出现一次，这种幻想就要升级一次。你知道，这铁定是一件从希望变失望的事，我怎么忍心让家人的心情坐过山车？”

电话那头李想温柔一笑，说：“那我更要去接你咯。你在家等着，半小时到。”说完便不由分说，挂了电话。

我把买来准备过年穿的名牌大衣穿在身上，照照镜子，嗯，倍儿精神。经过几个月的减肥，我成功地瘦了十斤，之前在商店专门买的小一号的衣服也全都能上身了，这种感觉真好。

今天马哲没来骚扰，于是我一个人在卧室里捣饬自己，还顺手关了门。眼看我化妆的最后一道工序就要完成，我拿起唇膏准备擦的时候，唇膏滴溜溜地滚到了衣柜下。

我从衣柜里找了一个挂衣服架，趴在地上对着衣柜下面那条缝一阵狂扫，随着滴楞楞一串响动，我知道我终于找到了它。

只是和这支唇膏一起出现的，还有我失踪多年的一支米奇笔。

这支笔是上大学时，李想和家人去美国旅游，从加州迪斯尼乐园带回来的礼物，一支蓝色的米奇笔，笔帽是可爱的米奇头。当时李想给班里的同学每人都带了一支，我的这支也只是“之一”而已，可我却视若珍宝，从来舍不得用。这是我收到过的李想的唯一礼物。

我为此专门配了一只唐老鸭的笔筒，把它放进去，看起来相得益彰。只是这几年它突然就消失了，我一直以为是多多玩丢了，或是马哲用完随意扔了，为此还和马哲大吵过一架。

今时今日，这支笔又出现在眼前，我大喜过望，用手擦拭掉上面厚厚的土，拿在手里，对着它傻笑：亲爱的米奇，你终于又出现了。

门开了，老妈出现在门口，看着我神经病一样跪在地上傻笑，有点担心我的精神状态：“列列，你干啥呢？没事吧你？”

“没事!”我从地上爬起来，拍拍膝盖上的土，冲着我妈说：“妈，晚上不在家吃饭了啊，我有约……我约了同学们一起吃饭!”说完，又把地上的那只唇膏捡起来，手脚麻利地往嘴上抹了抹。

“约会?”老妈心生疑窦。

“不是，和一帮同学，那个，有一些过年没回老家的同学，我们……聚一聚。”

老妈当然不会相信我的话，语重心长地说：“列列，要是有了男朋友，就带到家里来，让我们也看一看。像我们这么开明的家庭，不会给你什么压力，你怎么还这样躲躲闪闪的，骗老妈呢?”

开明的家庭？得了吧！我直到现在都没有感受到什么爱情的气味儿呢，就带回来，我带谁回来呀我？就算真的有了男朋友，我也希望能享受一段不被干扰的腻味日子后，再来见家长。你们要是都知道了，我肯定连恋爱都没谈，就被你们逼得提前进入柴米油盐了。

“妈，我骗你什么了呀？妈你真行，就是想找女婿想疯了，我这是同学聚会。你要是不相信，可以跟我一起去啊，放心，我肯定会向大家郑重地介绍您!”

“你的同学聚会，我去干什么？越来越不像话。行吧行吧，你快去吧。怎么去啊？坐地铁?”老妈问。我知道她肯定是想问有没有人来接我。

“哦，那个，有个同学顺道，会来接我。不说了啊妈，我走了。”和老爸老妈说了再见后，我一溜烟儿跑下楼。

李想的车早到了，我有点惊奇。就北京这交通状况，居然用了这么短的时间？一上车问了我才知道，他打电话时已经快到我家了，只不过留出时间让我打扮和收拾，于是一直在楼下等。

我恍然大悟地分析道：“嗯，我知道你为什么总是桃花不断了，你就是特懂女人心啊！舍得花大把的时间等女人们做琐事，还不催，不给人压力。连我这铁石心肠都快被感动了。”

李想说：“说的极是，我就是个妇女之友。”

我问：“COCO 呢？又去演出了吗？我想一定是，要不你怎么会有时间来找我。”

李想没回答，只是说：“马列同学，我们能等一会儿再聊吗？那个应该是阿姨吧？”李想拿手向一个窗户指着。

我一看，是，还能有谁呢？

我赶紧下令：“李想，开车，远离监控范围！”

第九章 李想的理想

李想原来真的有事要和我聊，他说他不想再当公务员，想去自己一直仰慕的企业应聘，问我一些面试与工作上的问题，同时问我的意见，美其名曰是请教。

“我是你什么人呐？问我意见干什么？这是属于人生方向的大事，我可不敢帮你决定，你是不是该回去问一下你的爸妈？”我嚼着一块上好的牛排，对他的态度很不理解。

“看在我请你吃大餐的份上，你就说说你的意见嘛。没事，不用有压力，我就当多个参考。”李想恳求我。

我想了想，说说自己的意见倒是无妨，可重点是我本人就是一个职场菜鸟，前几天还刚刚被黑了一回呢，能说出什么惊天地泣鬼神的见解来呢？可事到如今，我就不懂装懂一回吧，要不看他可怜的小眼神儿，我于心不忍。

“那你说，你最喜欢的是什么行业？或者说对什么感兴趣呢？”我进入角色相当快。

李想大概就等我这么一问，一下子来了精神。那表情就跟一些选秀节目上，选手被导师问到“你的梦想是什么呢”时一样一样的。他早就准备好了要向我表述一番呢。

李想拿着手中的餐具，一边说一边比划着：“马列，我有时候特别羡慕你们的工作。上次同学聚会时，我看到梁爽他们几个聊天的状态，散发出来的那种充满希望的感觉，很是羡慕。尽管好多人都是在发牢骚，但牢骚中又掩饰不住对各自工作的那种兴奋和火花。坦白讲，你们聊的好多内容我居然都听不懂，我压根儿没有接触到过那么多丰富的工作内容。我觉得你们那才叫工作，我这就只是个饭碗。或许你们觉得我这是铁饭碗，你们还羡慕我对不？可我告诉你，如果一个年轻的人，提前就进入一种老年的生活状态，成天做着一些 60 岁以上的人都能做的事，你就会觉得没意思了。”

我提醒他：“你说话就说话，把手里的刀放下，怪吓人的。”

李想放下了餐具，双手握在一起，样子很认真。他说：“你说让我问父母的意见，呵呵，其实我已经问过他们的意见了啊。他们是公务员，也希望我是公务员，这不，我也顺了他们的意了吗？”

李想喝了一口酒，继续说道：“我最喜欢的行业，我只知道一个皮毛，只知道那个行业的名字，知道是做什么的，但人家是怎么工作的，我不懂，所以才想接触接触。”

我很想知道，立刻问：“你喜欢做什么？”

李想告诉我说：“我喜欢电子商务，看到这几年这个行业的发展那么蓬勃，还出现好多让我佩服的创业者，真是心神向往。家里买过不少这类的书籍，包括人物传记都有，越看心就越澎湃，我越澎湃，我爸妈就越打击我，我现在连理想都不敢和他们谈了。”

我笑着说：“哇，电子商务行业，原来是我们‘李想的理想’啊。不过，我也不是很懂哎，我们公司是广告公司，我在公司也只是个助理，唉，前几天还有一次升职机会被我错过了，所以我真的不知道该怎么帮你呢。”

李想说：“不是让你帮我。就是想问问你的意见，你觉得如果我辞掉公务员的工作，去找个这样的工作，可行么？还有，像你们这样的去一些好的公司面试，需要什么条件呢？我这样的工作背景行不行，吃不吃香，我还需要做些什么样的努力？哪方面需要加强？”

李想连珠炮式地问了这么多的问题，看他的样子，足以判定他是认真的而不是一时兴起。我也停止了吃东西，陷入了思考。这么大的事，我可得好好地回答，别一时嘴快把人家的前程给耽误了。

我想讨李想的欢心，就不能再说“你现在工作挺好的”这类的话，他明显对现在的生活状态很不满意；也不能打击他的信心，让他对未来更绝望。该说点什么好呢？

我想了想，诚恳地对他说：“首先，你要确定自己不是一时心热，不要哪天路走得困难了，又后悔现在的选择。”

李想举双手双脚保证说他不是一时心热。

我接着说：“那就好，不然我就成了罪人了。如是你真的有这样的打算，就要开始为梦想准备了，不要只是空想。工作背景这些东西，说重要，也不重要，关键还是看你个人的决心。毕竟工作背景也只能代表过去，虽然好多公司在乎这个，但那也不是绝对的，因为现在的公司越来越看重员工的可塑性了；至于需要什么条件，当然是本领越高越好，技能越专越好，多学点东西更不是什么坏处。现在的优秀人才是越来越多，想让简历看着辉煌一些，就得多学习，外语呀，专业知识啊什么的。像我，就因为可以照顾我们老板家的宠物，都成了一种优势。反正就是技多不压身啦。”

李想认真地听着，他的认真让我有了压力。好家伙，我不知不觉成了老师了，像讲课一样向他陈述这些内容。压力之外，我还有一种被关注的幸福感：在我印象中，李想从来没有这么专注地听我说过话。

我不辱使命，继续搜索枯肠，尽力多说些。“我觉得以上那些条件，统统不重要，最重要的是你的态度。你必须要考虑好将来一切的可能性。如果将来做不下去怎么办？如果电子商务根本不是你想象的那么好怎么办？如果一路上困难重重怎么办？你会不会退却？会不会后悔现在的选择？会不会依旧保持一份热忱？我想，这些才是最重要的。李想同学，如果是我，我可能眼睛一蒙黑就去闯了，根本不会想那么多。可现在说的是你，你是要辞掉一个挺稳定的工作的。所以我才要把这些问题都抛给你，说这些不是让你害怕，是让你想清楚。”

李想听完，沉思少许，问我道：“马列，你刚才说，如果是你，你根本不会想那么多是吧？”

我说这么多话，都没有顾上吃美食，总算有空档再吃了，所以加紧吃了几口意大利通心粉，才抬头回答他的问题。

我说：“是的，因为我是穷人，穷人不怕人生的转弯，横竖都是那样，再坏又能怎么样？所以不会考虑太多。但你不一样！”

李想哈哈大笑，说：“你刚才抛出的问题，我以前也都想过了，我不相信我会差到什么地步。而且我态度绝对是鲜明的。我现在最大的困扰主要是来自于父母，他们要是知道我想这样做，非气疯了不可。”

我嚼着美食，肯定地点点头：“父母的意见也不无道理，这年头，梦想重要，生存也重要。梦想和现实，就好比鱼和熊掌，古人说不能兼得，父母觉得也不能兼得，只是因为做起来比较难。或许，也可以兼得呢？李想同学，马列对你有信心！”

我举杯和他碰，鼓励他。

我提醒他说：“不管怎么样，我们都老大不小了，别再那么叛逆，要和父母好好沟通，也要听他们的意见。不要硬碰硬，毕竟长辈们吃的火锅都比我们吃的泡面多。”

“嗯，我会和他们好好沟通的。”李想心情好起来：“马列同学认真说起话来，和平常咋咋呼呼的样子很不一样呢。”

我不好意思地笑着。这时，我才想起之前的那个问题，于是问：“喂，李想，你还没有回答我呢，你的模特美女 COCO 呢？回老家了还是去演出了？”

“去演出了，我们越闲的时候，演艺人员越忙。”

“那她要是知道我们俩单独吃饭，不会吃醋吧？”其实只要一提到李想的女朋友，我心里都是酸酸的，外表上还要极力掩饰自己的不自然。

“要担心也是应该我担心吧，她的生活圈子很色彩斑斓呢，哈哈。”李想盯着我的脸，轻描淡写地回答我的问题。然后，再次直指我的妆容问题，他说：“马列，你上班是不是需要天天化妆？”

“从来不化的。”我脱口而出。话一出口，我就知道说错了，我的回答赤裸裸地表达了我对他的重视。

“看出来了，”李想揶揄我，脸色一本正经，就像得了面瘫：“睫毛涂得像是苍蝇腿，眼线中间断断续续的，时白时黑，而且，还用18岁小女生最爱的淡粉色唇膏。”

我的手心里都是汗，简直无地自容。我反唇相讥：“你是在讽刺我老？我说李想，这就是你对我的报答么？我耗费了多少脑细胞才想出来那么多鼓励你的话，你却是句句损我。是啊，我没有你的模特儿女朋友会打扮，既不会画眼线，也不会涂睫毛膏，而且还有点残花败柳。但我洒脱我骄傲，我就这样茁壮成长，还屁颠屁颠地活到了现在，成长得还不错，怎么着？”

李想就好像没听见一样，一脸诡秘不说话，就任我在这儿发泄。

我当然不会就此罢休，继续委屈地说：“我又不当你的那啥，你对我挑剔干什么？”

李想看我生气了，不再逗我：“你看你激动的，其实我只是想表达，你不用化妆也是如花似玉，清水芙蓉嘛，呵呵。”

我认定这是挖苦我的话，不喜只惊，低头继续扫荡着盘中餐，相当不开心。

“怎么？哭了？喂，我是说真的呢。”李想看我吸鼻子，以为我哭了。

我哪有这么脆弱，被别人埋汰又不是一大两大了。只是天干地燥，鼻子不太通畅罢了。

“我这么经不起打击吗？哭你个大头鬼。”我说。

李想放心了，他说：“没哭就好，我是真心的话。对了，马列同学，你是第一个知道我有改行想法的人，你一定会支持我的是吧？”

我强调：“我当然会支持你。不过目前我的支持貌似不重要，你还是抓紧时间争取你父母的支持吧！”

李想点头称是。然后又问我：“过年要是没事，可以来我家玩儿，可以叫上在北京的同学一起。当然，你单独来我也不介意。”

此刻我的心里早又晴朗了：李想居然把他这么大的决定第一个告诉我，说明我在他心里还是有一席之地的。只不过，或许人家只把我当哥们罢了。都怪自己，总是忍不住就流露出那种纯爷们的气息，精心的打扮也白费了。

我狠狠地敲了一下自己的头，骂自己一句：连装个淑女都不会！

我对李想说：“好啊。你是主人，你想叫谁就叫谁，我都没意见，到时候再说。”

春节的聚会就这么草草地定了下来。

第十章 啼笑皆非的合家欢

只是还没有等到春节时在李想家的同学聚会，除夕那天，李想便悄无声息地来到了我家。他来的时候还提了大堆的年货，就像一个上门的女婿。

事情是这样的。那天跟李想“约会”回来，嘴快的老妈就把这事告诉了老姐，两个女人对我一阵严刑逼供，非要问李想的生辰八字和祖宗八辈的细节，并且坚持要让我把他带到家里来做客。

尽管我一再强调那天是很多人都参加的聚会，她们始终都不相信我的话。

晚上，网络上看到李想，我把老妈老姐的举动当笑话一样告诉了他，李想当即表示要满足这两位女粉丝的要求，抽空来个真人秀让她们看看。

我吓了一大跳。这哪儿跟哪儿啊？我说李想你就别来瞎捣乱了，虽然我是喜欢你，我也承认愿意你到我家做客，但情况复杂，理智必须大于情感，否则将来不好收场。

李想哼哼哈哈地打幌子，答应我说：“放心吧，开玩笑呢，我不去，不去还不成吗？”

不料除夕那天，快到午餐时，李想那熟悉的身影便出现在我家楼下，打个电话让我下楼去迎接。我接到电话后跑到窗口向楼下望了一望，心中第一反应是：他来蹭饭的。

我当时正在和爸爸妈妈包饺子，用沾满面粉的手接了电话，之后把手机一扔，蓬头垢面地跑下楼接他。一见面，我就本能地用沾满面粉的手整理了一下头发，又情不自禁地双手捧住脸，这样一来，我整个脑袋都变成了面粉的乐园。

我问李想：“这个时候，你干吗来了，你家不忙啊？这个时候不是应该好好在家待着帮父母做点事，然后等着看春晚吗？”

李想拉起我的手走到他的车前，我很不自在，把手甩开，生怕窗户那里老妈看见我和男生拉拉扯扯。李想打开后备箱，满满的全是过年的礼物。

我哑然失笑，问他：“你这不会是给我家送的年货吧？”

“当然是。”李想肯定地说：“我一个人拿不了，所以才让你下来帮忙啊。”说完就开始往外拎东西：有各种水果、肉干、真空包装烤鸭，还有两盒人参。

“等等！”我警觉心骤起，觉得这太不可思议了。于是问李想道：“你这是演哪出啊？我怎么有点不明白了，怎么就突然跑来我家送一堆东西，不是说好你不来的吗？”

“扬手不打笑脸人，我一番好意给叔叔阿姨送点东西，你倒先赶我走了。我这是送给家长的，不是给您的，我说您就别自作多情了。再者说了，我家里这些东西都快堆成山了，爸妈单位发的，别人送的，家里再有十张嘴也吃不完，所以让你们帮我分担分担。这样说，你心里舒服了吧？”李想一边搬一边说，有点气喘吁吁的。我赶紧搭把手。

“帅哥贫起嘴来，整个气质都消失不见了。”我撇撇嘴糗他。

“谁让你总是一副‘敬酒不吃吃罚酒’的欠揍样儿。”李想的脸被几个纸箱子挡住，尽力地把头伸出来和我说话，眼睛一直看着我。我的心通通乱跳，因为我居然从他的眼睛里看到了别样的火花。

我在心里暗暗唱着《般若波罗蜜多心经》，让自己静心别瞎想：马列，你就别花痴了！

老爸早看到我们，在门口迎接。他帮李想把东西放下来，把他迎进客厅，去为他冲茶。

“我妈呢？”我发现爸妈的卧室关着门。

卧室门打开，我妈出来了，她换了身衣服。她一眼看见我的头发和脸上全是面粉，赶紧催促道：“快去洗手间照照镜子，看看你现在的形象。”

妈怒斥完我，换上一张笑脸去招待李想。她用余光瞅了瞅门口摞得高高的礼物，心里一定乐开了花。她说：“哎哟，小伙子怎么称呼啊？”

李想落落大方，一点拘谨都没有。他回答：“阿姨，我叫李想。”

“哦，李想，好名字啊！你看你来阿姨家做客，还带这么多东西，家里什么都不缺的嘛。”老妈客套着。

“没事的，阿姨，我家里这些东西很多，吃不完就给您带来了，您别嫌弃。”

“这孩子太懂事了，年纪轻轻就懂得这些人情世故，可比好多年轻人强多了。”妈妈赞叹完，爸爸端着茶壶走进客厅，帮李想倒上茶。

“李想是列列的高中同学，还是大学同学？”爸爸总算问了点靠谱的。

“大学同学。”李想说。

“家在北京吗？”老妈必问的问题之一。

“是的阿姨。”李想一边回答，一边用眼神找我。我已经拾掇好自己，坐在了沙发对面的小椅子上，听着他们的对话，觉得像在梦里。

“爸妈都是做什么的啊……”我妈这个问题刚出口，我马上制止住：“妈，你干吗呢？人口普查还是法庭盘问啊？”

“就是。每次来个人，逮着就问这问那的，弄得好多人都不敢来了，你特别喜欢给人压力。”老爸向着我，也数落我妈。

我妈这才收住刚才的话，笑嘻嘻地说：“李想，你看，我在我家没地位，不说啦，不说啦。你还没有吃饭吧？我们刚包好饺子，再让你叔叔炒几个菜，一起吃个饭。你可别走啊，好不容易来了，你叔叔手艺可好呢。”

李想压根没有要走的意思。他满口答应下来，又神气地看看我，仿佛在说“看到了吧？我很受欢迎哦”。

老妈继续包饺子，老爸去炒菜，我被他们勒令陪李想聊天。我有点尴尬，不知道该在这种局促的环境下聊什么，有一搭没一搭地说着话。老妈看出我的尴尬，说：“列列，你要是想清静，就带李想去参观一下你的房间呗，放心我不打扰你。”

我的小破房间有什么好参观的？老妈真是越来越心急了，哪有人家刚上门，就让领进闺房的？

李想倒是乐意，起身说道：“走吧，带我看看你的小猪窝。”

一进门，李想一眼就看到了写字台上那支米奇头的笔。他走过去，把笔拿在手里仔细看着，说：“这支笔我都快不记得了。我想好多同学也早扔了吧？”

我一边手忙脚乱地收拾床上的杂乱衣物，尤其是非常私密的小衣物，一边回应着他：“扔了多可惜，我这几年还一直用它呢。”

李想把笔芯转出来，拿着笔芯给我看，脸上挂着洞悉一切的表情：“一直用它？这笔芯里的油根本一毫米都没少啊！”

我不再理他，有些心虚。

不愧是当年高分考进农大的优质人类，脑子是够好使的，而且还好像多了“读心术”这种特异功能，一眼就能看到人的心里。你丫就是个人精啊。

李想扭过头来看着我。我不敢对视他的眼神，左躲右闪，前言不搭后语地找话题。

李想用很有把握的语气，坏坏地笑着问：“马列，你是不是喜欢我？”

我的心理防线马上就溃塌了，心都快要跳到嗓子眼，脸羞得通红，几颗热汗直流下来。我这才知道一个人的秘密被戳穿时，心中那个精神的支柱有多脆弱，脆弱的支撑不起任何正常的举动。这种情况下，人的解释变得苍白无力，反而会更加出卖自己的内心。

我当时脑子绝对是半清醒半神游，本能地回答他：“是啊，你玉树临风，谁不爱啊？”

李想看到我脸红的像猴屁股一样，早已心知肚明。他欺人太甚，没打算放过我，继续问：“我说的‘喜欢’，是关乎爱情的，不是友情的‘喜欢’，你装傻是吧？”

我恢复了一些理智，仰起滚烫的脸看着他，用手狠狠地捶他一拳，说：“李想同学，我承认你各方面条件都相当凑和，身边桃花朵朵开，但也别自恋到以为全天下的女人都喜欢你。还有，你要是再胡说下去，我不管我妈愿不愿意，我就不让你在我家吃饭了，你别想尝到我亲手包的饺子。你自己选择吧。”

“真凶。好吧，为了我的口福，先饶了你。我看我还是帮阿姨包饺子去吧，起码我在她那儿比较受欢迎。”李想说完，帅气转身，潇洒出门，留下浑身都滚烫的我。

饭菜刚上桌，饺子也刚出锅，我那亲爱的姐姐，马哲女士，风尘仆仆地来了，带着外面的一身寒气。来得早不如来得巧，这点儿刚刚好。

马哲看到李想后，眼睛顿时变成了孙猴子的火眼金睛，既闪亮又尖锐，看着李想半天都挪不开视线。等到终于看够了，才想起来脱掉厚厚的羽绒衣。

马哲用眼睛向我示意，眼露喜气，表示对李想相当认可。我没有理她，没好气地把头转向另一边。

爸爸问：“马哲，你这大除夕的跑来干吗？你公公婆婆成天帮你带多多，你就不能趁着节假日多干点活，帮他们做做家务吗？”

我在旁边帮衬：“是啊。你这大过节的跑过来，姐夫家里人该对我们有意见了。人家会说我们家没教好女儿，这些礼数都不懂。”

马哲急了，委屈地说：“你们这么不欢迎我啊？文杰他买了两个玉镯子，一个给我婆婆，一个我给妈送过来了，虽然不是太名贵，也是小一万块呢。你们要是不欢迎，那我现在走了。”

我妈拦住她，责怪道：“都是孩儿她妈了，还这么小孩子气。今天有客人呢，你倒不怕别人看笑话。快拿来看看，什么样的玉镯子啊？”

马哲把玉镯子拿出来给妈看，妈一看就喜欢的不得了，啧啧赞叹：“真漂亮哎，我这一辈子都没戴过什么好东西，这么好的玉更是舍不得戴呢。你看这绿……”

爸爸不太感兴趣，他还是不忘教育马哲：“你是我们的女儿，我们怎么能不欢迎呢？马哲，这是两码事，我们是怕你婆家人有意见。”

马哲不耐烦地说：“好好好，我送完玉，再吃几个饺子就回去。”

我妈这会儿却感伤起来，她说：“我就知道，这来年一定有好运，你看今天这年三十过的，多喜气啊！先是列列带回来一个这么优秀的男……男同学，还带来一堆东西看望我这个老太婆，女婿又送我一块这么好的玉。哎，我这几年都没有像今天这么开心了。”说完还抹起了眼泪。

我拿块纸巾给我妈，说：“妈，你干什么呢？怎么感动起来了？大过年的别哭哈。”

我妈这才破涕为笑，抓住我的手说：“这还不是你给害的，你们一个个不省心。都像李想这么懂事的话，我就天天都像过年了。对了小哲，这是列列的大学同学，叫李想。”

李想笑着向马哲打招呼，还夸奖姐姐说她漂亮。马哲本来就比我还花痴，听到帅哥的表扬差点高兴地失态了，嘴里一个劲地说：“哪里哪里，快吃菜快吃菜。”

我看到妈妈的伤感，其实也有些动容。自从马哲嫁出去后，每年的除夕就只有我和爸妈三口人。哪天我也嫁出去了，只剩老两口该多么的寂寥，这个画面想都不敢想。像今天这样五个人围成一桌吃饭的情景，在我家的除夕夜从未上演过。不管李想是不是真的一家人，这都非常的难得。

我在心里很感激李想，还有马哲，并且明白了马哲傻大姐似的外表下那颗孝心。或许她常常往家跑，只是为了多和父母在一起而已。

第十一章 尴尬的碰面

只是我更没有想到，除夕来我家凑热闹的人，并不只有李想和马哲。

当时马哲吃饱喝足，提出要来个大合影，我反对无效，只好依了她。一家人在饭桌上齐刷刷喊了“茄子”，一张奇丑无比的、每个人都是红光满面的照片便收进了她的手机里。

拍照完毕，马哲起身穿衣打算回府，全家人都送她到门口。门刚打开，就和迎面到来的梁爽撞了个正着。小梁同学风尘仆仆划破腊寒而来，喜气洋洋矗立在楼道里。

这个碰面让马哲有些尴尬，在她眼里就是我的两个情敌狭路相逢了。梁爽手里提着两桶花生油，看到我姐后便热情地和她打招呼，随后马上就看到了门里面的一群人。

梁爽看到李想也在时显然相当惊讶，他眼睛睁得老大，嘴唇翕动着，等了几秒才说出话来。梁爽尽量装得自然，嬉皮笑脸地说：“叔叔阿姨，我没打扰你们吧？”

“当然没打扰，小梁过年好啊，今年过年没回家么？”爸爸率先打破了尴尬，把梁爽迎进门。梁爽连连应着：“嗯是，我今年没回家，父母都来北京和我一起过年了。”

李想主动过去用手搭住梁爽的肩膀，拍一拍：“梁爽，没想到在这里见到你，看起来很轻车熟路。你是给马列送花生油啊？”

梁爽此刻一定是满脑子问号加惊叹号，他有点不知所措。他嘿嘿笑着说：“是啊。单位发的花生油，太多了吃不完，路过马列家，我想就拎上来两桶。我没啥事，放下就走。”

马哲在门口，看着屋子里的这一切，悄悄地冲我摇摇头，意思是：这个热闹可好看了！不过马哲没打算继续看热闹，冲着我幸灾乐祸地说：“列列，我看呐，你们三个人去斗地主得了，人数正好。”说完就下了楼。

老妈接过梁爽手里的花生油，连声说谢谢，喜笑颜开的。女儿一下子变得这么抢手，她比做什么都高兴。哪怕再来几个张爽李爽王二麻子爽，都没啥好尴尬的。况且，还顺手捞了好多过年的福利。

我把梁爽让到沙发上，他便有一搭没一搭地和李想聊了起来。经历了刚才的尴尬，两人已经调整好了状态，而且是好同学好兄弟，话题不用找也挺多。老爸老妈在旁边假装看电视，其实都在侧耳偷听着。

听着听着，我觉得气氛不太对了。梁爽好像故意要提李想之前女朋友的事，揪住这些话题不放。

“哥们，你的那个小萝莉呢？”梁爽显然不怀好意，他摆明了是故意提起这件事，并且是想让我父母听到的。我有些反感他这么做，觉得挺不男人。梁爽曾经口口声声说自己很大度，为了成全我的幸福而忍痛割爱什么什么的，可目前的情形一点儿都不像要割爱，反而是步步为营。

而且梁爽的印象还停留在之前的小萝莉身上，不知道李大帅哥早就换了新欢。

“你们不是都不喜欢她吗？分手了。”李想说。

“后来没有再找一个？”梁爽步步紧逼。

“呃，有的……”李想意识到梁爽逼问的目的，有些不快，不过还是诚实地回答了。

“哥们一直都最佩服你，你要能把这桃花分一些给咱们班的兄弟，就不会有单身的了，哈哈。”梁爽说完又对着我爸妈说：“叔叔阿姨，李想以前是我们班最优秀的同学了，成绩很好，可招女孩子喜欢呢，我们都特别羡慕他。”

此刻我正用凶神恶煞的眼光瞪着他，可梁爽完全不理会。

梁同学的一番话显然起到了作用，我看到老妈的脸色已经暗了下来，完全没有了刚才的喜悦。我也不明白梁爽为什么要这样，你之前不是一直都很撮合我和李想的吗？难道是爱我爱得太疯狂了，失去了理智？

我沉浸在这种被人狂追的幻想中，忍不住失了态，咯咯咯地笑出声来。我的笑声暂时缓解了刚刚的尴尬，所有人的目光都齐刷刷看向我，盯着我的脸分析，怀疑我脑袋出了问题。

我妈心疼地说：“列列，你的笑让妈觉得心疼，你是不是也和妈一样，觉得特乱，特讽刺，还特别伤心？”

我一愣：我伤心个屁啊？我向众人解释说：“哦，不是，那个，我刚才是想到一件好玩的事……这样吧，呃，我姐不是让我们三个斗地主吗？要不，我们，斗一圈？”

“这时候还想着斗地主，真是憨得够呛！”老太太闹情绪了，气呼呼地，拿了件衣服就进了卧室，还顺便把老爸也叫走。

客厅里只剩下我、梁爽和李想三人，画面尴尬得可以。李想打破了沉默，说：“梁爽，你多待会儿吧，时候不早，我得先回家了。新春快乐啊哥们，春节我们再联系！”

梁爽也说要走。我如释重负，开心地欢送他俩，没有半点要留他们的意思。本来嘛，一个好好的除夕，被这帮好事儿的人搅和了，等你们走了，我还得回去安慰老妈呢。

“两位不送了啊，新春如意，合家欢乐哈！还有，你俩下去别打架啊！不吉利!”我欢送完他俩，赶紧关上了门，生怕他俩再返回来。

我在客厅大声地喊我妈：“爸，妈，你们出来看电视吧，躲屋里干吗呀？妈你可真行，我这都没事，搞得像你失恋了一样，难受什么啊？”

我妈从卧室跑出来和我理论：“列列，不是人人都像你这么憨呆的。李想那小伙子看着不错，但听小梁说的，他应该很花心，这怎么行？他的那些风流韵事你都知道是不？那怎么还和他来往？”

我说：“妈，我要和你解释几次你才能明白？我说过，人家不是我的男朋友，是你们在那里一厢情愿，把他假想成我的男朋友罢了。啊，人家过年给老同学送来点东西，你们就让我以身相许了？求你们了，不要每见到一个男人都觉得是女婿好么？亲爱的妈妈。”

“那一个男人对一个女孩没意思，会没事献殷勤，人家凭什么就给你送东西，不给别人送呢？列列，妈是过来人，妈看得出那个李想肯定是喜欢你的。”

“妈，我只能说，你太高看你女儿了。人家哪会看得上我。”我不相信，永远都不相信李想会爱上我。

“他看不上咱，咱还看不上他呢！咱家孩子冰清玉洁的，嫁他个花心大萝卜算是便宜他。对了，你们不让我问，我倒真想问问，李想家是做什么的？是正经好人家吗？”老妈咬牙切齿的，生怕我跳入火坑。

“妈，我求你了！他是什么人家，都不关我们什么事。”我的头都要炸了，真后悔把她从卧室喊出来。

“好好好，不说李想，说说小梁。小梁应该挺好吧，又能干又不花心，长得也不错，还特别细心，连花生油都能想到，多好的孩子……”

“妈，我问你个问题。”我不孝，又打断了她的话。

“问什么呀？”

“妈，如果你和爸结婚时，根本不喜欢爸。换句话说，就是爸根本吸引不了你，再或者说，你俩根本就是牛头不对马嘴，理想抱负全不一样，兴趣也不一样，你会因为爸的工作还行、又给你送了桶花生油，就嫁给他吗？”我很严肃地向我妈抛出这个问题。

“不会，呃，也许会，哎，你这么问，就是想逃避我刚才的话。那你说，李想也不行，小梁也不行，那你到底要啥样的？谁跟你的理想抱负一样了？你又对谁有感觉了？总得有一个吧。你这样拖下去不行啊。”我妈又急了。

“我过了年才29岁……”

“虚岁30了。”我妈更正。

“现在还有谁说虚岁啊？我上学，我工作，我填表格，我身份证，人家谁还说虚岁啊。好吧，就算是虚岁30岁，怎么就不行了？你看那些明星，三十六七岁了还都当女孩儿呢，还都不结婚呢，我比她们算小的了。”

“那是表面！她们是表面年轻，实际上身体还是老化的，女人到了35岁以后，生孩子特别难，生出的孩子质量也会打折扣，你必须得考虑这些因素。”

我已经烦不胜烦了，不想再继续这个话题。我说：“妈，我答应你的，一年期限，一定找一个，不行你就随便街上拉个男人把我嫁掉，我说话算话绝不食言。不过你也得答应我一件事。”

“什么事？”

“还有几个小时就是新的一年了，这一年，你不能再唠叨找男朋友的事，反正我答应你了，一年期限过后，由你宰割。妈，咱难得过回年，别在争吵这件事了好吗？姐送你的玉镯子呢，怎么不戴上？妈我跟你说，这玉都是有灵气的，在大年三十戴上最好，它会慢慢地和你人神合一，替你祈福消灾，别舍不得，等我明年再送你个玉项链。”

我把话题成功地转移，妈高兴地去房间把玉拿出来。我帮她戴上。妈妈皮肤很白，玉在她手上越发水润、通透、甚是美丽。

我拉着老妈的手，撒娇地说：“妈，你要再操心，就不漂亮了。你就不要为我操心了，咱虽然没有闭月羞花的容貌，没有让人一看就血脉贲张的身材，可目前也有男人对我表示好感了嘛，这就是好的开始，对吧？”

我妈说：“是啊，还是小梁这么条件好的男孩呢。”

我眼一翻：“又来了。”

要说女儿是父亲上辈子的小情人儿，爸爸就从来不为我的婚事着急，在他看来，两个女儿越晚嫁越好呢。记得当年马哲出嫁时，老爸没有流眼泪，表面是坚强的。可我却看到他一个人躲在没人的地方抽了半天的烟。而在那之前，爸爸已经很久都不抽烟了。

老爸数落我妈："妇人之见，一遇到点事就坐不住了。孩子们向咱们解释了那么多，一句都听不进去，总是这么不厌其烦的说同一个问题。什么时候也尊重一下列列的意见，好好地听听她说的话啊？如果我没记错，列列已经说过很多次李想不是她男朋友了，也说过很多次她不喜欢小梁，我们就别拉郎配了。"

爸爸退休之前是在厂里当工会的副主席，说起教育人的话是一套一套的。我向他伸起了大拇指，说："还是马副主席英明啊！"

老爸接着说："男大当婚，女大当嫁原本没错，可如果没遇到合适的，就不能因为年龄到了而结婚。对于婚姻我最有发言权，一辈子这么长，看着个不顺眼的，天天还在一个屋檐下生活，那真的比死都难受。所以，如果你们硬是要让列列为了结婚而结婚，我第一个不同意。"

"大过年的，别死啊死的。哎，对了，老马，你这话什么意思啊？你是说跟我在一个屋檐下比死都难受？我怎么让你难受了啊？像我这样善解人意的老婆，你去哪儿找啊？我出一万块，赌你找不到！打着激光灯也找不到！"

"好好好，你是贤妻良母。我这只是举个例子，你当什么真啊？一大把年纪了还耍小性子。时候不早了，我们收拾收拾，把灯笼和彩灯挂上，换上新衣服，等着晚上吃团圆饭，看春晚吧。"爸爸发号施令。他向来都让着我妈，所以今天说的已经够多了，再说下去于这节日的气氛无益。

可是这已经注定了不是一个平凡的除夕。

第十二章 丑媳妇见公婆

大年初四，在北京的同学都去李想家聚会，一行八人，唯独缺了梁爽。大年三十那次意外的家中会晤，让梁爽和李想的关系有了些许微妙转变。而我，之前只了解梁爽对我的殷勤，对李想我是完全拿不准的。

梁爽给出的理由是：父母过年期间在北京待的时间并不长，要先带他们四处转转，实在抽不出空。这是完全可以说得过去的，我们一帮同学包括李想都在背后盛赞了他的孝心。

我们班女生向来就很稀缺，春节留在北京的唯独我一人。这在一堆男生里显得很是珍贵，也在李想妈妈的眼里显得异常扎眼。

李想和我说：我是被他带回家的第一个女生，虽然是以这样一种团拜聚会的形式。

他说的话我全信，因为李想的妈妈对我的态度证实了这一点。在那天的同学聚会上，尽管所有人都知道我只是李想的大学同学，是以“朋友”的名义踏进李想家大门的。可李想的妈妈，那个生活经验相当丰富的犀利女人，却始终坚信我不只是李想的“朋友”。

从那天起，我就对“第六感觉”这个词进行了重新阐释，它其实是一种“深刻的了解”。

年轻人总是喜欢埋怨父母不了解自己，没有共同语言，父母永远不会知道自己真正想要的是什么。其实，在我看来这种隔阂并不单纯是年龄上的代沟，实在是两代人所接触的生活背景、文化教育有很大区别，所以与其说长辈不理解晚辈，不如说是长辈们不理解整个年轻一代的思想，或者说，是双方骨子里的观念在相互抵触。

从我们还只是一个分子时开始，到我们在这个世界上每个成长的第一次，几乎都有父母参与其中的，他们见证了我们从一张白纸到丰富多姿的过程，怎么可能不理解？所以，所谓的“不理解”其实是一种“不接受”。

之所以说这么多好像是大道理的东西，是因为我那时明白了一个道理：所有自己认为掩饰得很好的，在旁人看来或许就很明显，而最具有犀利眼神的，就是身边最亲近的人。

李想的妈妈准备了一桌好菜招待我们，我最爱吃的几乎样样都见着了，当然也包括那著名的烤鸭。李想妈妈姓黄，我们这帮孩子理所当然称她为“黄阿姨”。

黄阿姨很识趣，准备好食物之后就和李叔叔出门了，说是怕他们在我们都不自在。下午三四点的时候，李想父母便掐好点回了家。彼时一帮男人正在玩三国杀玩得激烈，一看到黄阿姨就本能地都安静了些，一个腿伸在沙发扶手上的男同学马上把腿收了回来。

李叔叔去房里休息了，黄阿姨坐到了我旁边，陪我一同看他们玩三国杀。一边看一边说：“马列陪我说会儿话吧，他们玩他们的。”

别看我平时说话伶牙俐齿的，可见到这种有威慑力的长辈也有点怵。我尴尬地说：“好的，阿姨。”心里却在想：我们能聊什么呢？

李想坐得离我很近，他听到他老妈的话后，好像想支开他妈，说：“妈，你出去一天，不回屋休息休息吗?”

“有你什么事啊？你玩你的。”黄阿姨一声令下，李想便不再多说什么了。

所谓的“说会儿话”，其实全部是一问一答，我就像被审查一样的回答着黄阿姨一系列的问题，而她，说白了，就是要为自己的儿子把好关。

可我又不是你家李想的女朋友，真是的。

可黄阿姨不相信我们的解释。她说：“你是我儿子第一次带回来的女孩儿，我是过来人，小马啊，我最懂我的儿子了。”

可是黄阿姨提出的问题，让我不止一次地想发飙。要不是看在她是长辈，而且她是主人我是客人，更重要的是，她是李想的妈妈的份儿上，我真的差点就收不住本小姐的分寸了。

“马列，家在北京吗?”黄阿姨的第一个问题。

我就奇怪了，为什么大家都喜欢问这个问题？我妈就常问别人“你是北京人吗”诸如此类的问题，这个问题就那么重要吗？难道一个人全部的光辉、品格和才学，全都浓缩在身份证的这两个字上了吗?

虽然我就是土身土长的北京人，不是山顶洞人或是河姆渡人什么的，可我依旧不喜欢别人用这种口气问我这个问题。我皮笑肉不笑地回答黄阿姨：“嗯，是的。”

“哦，那挺好的。父母都是干什么的呀?”大概黄阿姨在单位多少是个领导，这种居高临下的问话信手拈来。

“爸妈都已经退休了，以前就是普通工人。”我实在懒得说太多。

“家里还有其它人吗?”黄阿姨笑眯眯地问。

“还有一个姐姐，已经结婚了。”

“姐姐干什么工作啊?”

“呃，她孩子还小，现在辞职了带小孩呢。”我已经有点不耐烦。

“哦，是这样啊。”可能我家的人都入不了她的眼，看得出黄阿姨有点失望。

李想这时朝我看了一眼，瞪大双眼，吐了吐舌头，做了一个“无奈”的表情，又幸灾乐祸地笑笑，转身三国杀去了。这个时候他不出手相救，徒留我一人在这里受刑。

又问了一些关于我家的问题后，家庭调查才告一段落。我正要松一口气，不料更加极品的对话才刚刚开始，这又一次证明黄阿姨说话太有水平了。明明就是想挖苦人，可偏偏表现得像是要和人掏心窝子一样。

“马列，呵呵，你家谁是双眼皮啊?”

“我爸爸。”我有点不明白她要问什么。

“那你的眼睛是像你妈妈吗?”黄阿姨依旧笑嘻嘻的，这笑容让人倍感压力。

我谋杀了几个脑细胞才反应过来，敢情人家是嫌我单眼皮。哎，就没见过这么会骂人的。

“上学的时候有没有戴过牙套呢?”黄阿姨继续问着。

“没，没有，呵呵。”我很尴尬地应对着。

“能看得出来呢!”黄阿姨很得意地说：“戴过牙套的牙和没戴过的，一眼就能看出来的。”

我陪着她笑，心里却难受得紧，恨不得挖个洞藏起来，不让她看见我的单眼皮，和没戴过牙套的牙。

“平常用什么护肤品呢?”黄阿姨没打算收话题。

“哦，就随便用用。”我自认为皮肤护理得还不错。

“女孩子得用点好护肤品，你看你年纪轻轻，眼角都有细纹了。阿姨我年龄这么大了，都没什么细纹的，女人嘛，要多多保养自己。”

我那时好想离开李想他家，一刻也不想待下去。

“眉毛有点短了，平常可以用眉笔画一画，眉毛短了，命数不太好。”黄阿姨“好心热心加爱心”地建议着。

我“腾”地起身，对着屋子里的一众人说：“不好意思啊，各位同学；阿姨，不好意思，我突然想起来我妈让我下午早点回去，可能有事吧。我得先走一步了……”

“什么事?”黄阿姨不相信我的话。

“那个，阿姨，我姐今天回娘家，我还没见她和姐夫呢，早点回去，或许她们还走不了。”

“你姐姐反正也不工作，平常也能见得嘛，再坐会儿。”我又被拉到沙发上。

我本想坚持立场，立马走人，不料被李想阻止了：“马列，我们也要马上散了，你再等一下下，别一个人走，而且正好让同学们送你回家嘛。”

我狠狠地瞪了他一眼：奶奶的，又不是你来受这种“酷刑”，站着说话不腰疼。你又没给我啥女朋友的“名分”，我凭什么在这里接受拷问和羞辱啊，凭什么？

成年人总是诲人不倦地教未成年人礼貌，孰不知，最不懂礼貌的往往就是成年人。你们那些目的鲜明的试探、窥私、打击、挖苦，或许早对听的人产生了很不好的影响。影响可大可小，让人自卑一生也是完全有可能。

我偷偷地打量着黄阿姨，我一直都不敢这么认真地看她。这是一个很有气场的中年女士，头发刚烫过，刘海高高吹起，两边头发向后拢去，像新闻里的播音员；皮肤保养得宜，有足够的资本呛我的皮肤；眼神尖锐，一看就是当领导时间不短；再加上高高的、略显丰满的身材，让人看了就不禁胆怯。至少对我而言，有足够的威慑力。

我大概很少真的会怕谁，但对李想的妈妈，是真的想敬而远之。

我耐着性子又坐下来，故意往同学们这边靠了靠，不想再给黄阿姨审问的机会。好在这帮人马上就散了。原来说好是让秦时月送我的，可李想执意要专门送我回去，我便依了他。

李想把同学们都送下楼，一一告别后，对我说：“走吧，我送你回去。”

“不用专门送我吧？我搭同学们的车，或是坐地铁都很方便的。”我想不通他为什么要坚持送我。

“啰嗦！走吧，车库取车。”李想拽住我的胳膊就走。我看见还没有走远的秦时月他们都神秘兮兮地朝我俩看过来，每个人都是满脸贼笑。

坐在车里后，李想深深地吸了一口气，如释负重的样子。我也跟着叹了一口气，歪着脑袋问他：“喂，我说，该深呼吸的是我吧，你紧张什么啊？”

李想剜了我一眼，说："你看不出来，我在家其实也挺紧张吗？"

我摇摇头表示真没看出来。

李想发动了车，娴熟地开出了车库，等出了小区后，李想才顿顿神，说道："我妈在单位是个领导，回到家也是领导，从小到大，我就最怵她。别看我在外面生龙活虎的，在我家，做什么都是要看我老妈眼色的。"

我对这一点深信不疑，同时也对我今天受到的"礼遇"感到不平。我说："李想同学，还得麻烦你一件事，回头和阿姨说说，我不是你的女朋友，长得丑点也没关系。双眼皮呢，我就不打算去割了，我这人很怕疼，扎根小刺都吱哇乱叫；戴牙套好像也过了最佳年龄，况且自认为牙齿长得还可以；至于护肤品嘛，我最近已经在下血本了，成不了吹弹可破，至少也是个细致光滑。我就这样，快长了三十年了，一时也变不了，希望阿姨高抬贵手，就不要再打击别人家的儿媳妇了。"

"别人家的儿媳妇？谁家的？"李想问。

"我不知道未来是谁家的，起码不是你家的。你家的儿媳妇，是身材好、皮肤好、年龄妙、牙齿也整齐的大眼睛模特儿COCO，忘了吗？"

"COCO其实早就和我分手了，只是没告诉你。"

"分手了？你没有说过啊。你个花心大萝卜，肯定又伤害人家了吧？"我其实有点吃惊。

"和上次一样，好聚好散。"李想很从容，脸上没有半点伤心的表情。

"分了多久了？"

"好久了。就在一起三个来月，还没进入热恋期呢，就散了。对了，COCO跟我说，她特别恨我当时约会时还把你带去，说本来你是多余的那一个，到最后却感觉她自己像多余的那一个，她特别介意，觉得我们在耍她。"

"那她就是多心了。"我有点心虚。想起自己那天酒后的动情，还有差点失言，就觉得后悔。酒不醉人人自醉，酒后情绪的发泄，很多时候是故意的。

我转移话题："不过话说回来了，你每次恋情的周期是不是有些太短了？你知道这叫什么吗？玩世不恭！朝三暮四！我特别奇怪一件事，你怎么就可以这么随便地开始一段感情，又这么随意地结束呢？你到底爱她们吗？"

李想没有说话，沉默着，不置可否。

我以为触碰了他的伤心事，闭嘴不敢再多说。过一会儿，李想突然笑了。他这个笑，和上次在我卧室里看到那只米奇笔时候的笑容一样，属于洞悉一切的那种笑。这种笑让我又一次脸红心跳，我猜他又看穿了我的心思。

"马列，你是故意的。"李想嘴角弯弯的，煞是好看。他说："你故意想套我的话，赌气说不是我家儿媳妇什么的，你其实是在吃飞醋。"

我的脸"刷"一下红到了脖子根，本能地狡辩："哪有？我吃什么醋啊我？这又不关我什么事儿。我只是为自己叫屈，平白地被你妈攻击了一回长相。"

"那你知道我妈为什么一直拉着你问个不停吗？"

"知道，我当然知道！不就说我是第一个被你带回家的女孩儿嘛！都说是'朋友'了，还干吗以儿媳妇的标准来看我？"

"你太小看父母对我们的了解了。就算是女朋友，我都从没有带她们回家过，因为我了解我妈，知道她会追着人家问东问西，而且我又知道问了也白问。可我今天，却把你请到家里去了，尽管同时有一帮人……"

"那又为什么？"我也有点不理解。

"你真的够笨的！马列，你确实是单身太久了，什么情感讯号都接收不到，处于关机状态的笨女人。"

第十三章 我的春天来了

从李想家回来，我的心就再也没有平静过。

从什么时候开始，我和李想之间的谈话也变得这么暧昧了呢？对爱情屡战屡败、毫无自信可言的我，内心是既恐慌又欣喜：我既害怕是自己多想了，又觉得这种小暧昧让我充满希望，这种小暧昧让我的女性荷尔蒙极度分泌，走在路上都觉得自己美得不得了。

不管怎么样，我现在离李想如此的近。

我几乎一整个晚上都在回味和李想在一起时的点点滴滴，想到他对我说的话就激动不已，再想到他妈妈对我的挑剔又心凉，我终究还是入不了人家的法眼。

我对着镜子，不断地拉扯自己的眼睛，希望能长得大一点，要不，我改天去开个眼角？我拿着棉签划拉出一个深深的双眼皮，棉签一松开，眼睛又恢复原状，一点也不客气。

我看着镜子里自己那双丹凤眼，眨了眨，觉得还不错。尽管不是赵薇那样大大的双眼皮，女明星里这种眼睛还是不少的，珠黑底白，清澈无比，还有一些小小的卧蚕。

我从家里翻出了面膜、眼膜和各种护肤品，好好地做了一回保养。我再也不允许一个年过50的中年妇女瞧不起我的皮肤，那简直就是耻辱。

我打开电脑，登陆了QQ，我希望李想在线，只要一看到他的头像是亮着的，我就觉得上网不是浪费时间。我把隐身状态更改为在线，只希望他能看到后主动联系我。

李想不在线，却招来了秦时月和梁爽同学。前者是打探消息，后者也是打探消息，只是这打探消息，却有本质上的不同。

秦时月问了几句八卦的问题就下线了，大概就是问我和李想的关系，问我俩是不是好上了之类的，我骂他几句就算敷衍过去了。

梁爽发过来一条信息："马列，哈哈，今天聚会怎么样？"

我现在已经完全明白了梁爽的心意，他之前假装大度为我和李想安排见面，是他认定我和李想百分百没有可能，即使见面也擦不出啥火花来。而现在，估计肠子都悔青了。对于我这个突然又出现的人，他原本正窃喜着老天待他不薄呢，谁料半路杀出个李想。

我回复他："挺好的，去了不少同学。"

梁爽说："刚才同学们都在群里八卦你和李想呢，你没看到吗？"

我说："还没有。"

梁爽说："那先去看看。"

我还没有来得及打开我们班级的群，听他一说马上打开去看聊天记录。

今天参加聚会的几个同学都在那里大开我和李想的玩笑。秦时月居然说"李想是山珍海味吃久了，突然爱上我这盘清凉的小葱拌豆腐"。而李想也有回应，意思特别明确，他说"我就好小葱拌豆腐这一口"。

其它远在五湖四海的同学此刻有不少在线的，班级群好不热闹，唯独李想说了几句话就走了。这些人就等着我这位女主人公出场，那势必非常热闹。我打算成全他们过年时闲得发慌的心情，很快加入这场鸡婆战。

我说：“老娘驾到！片刻不见，你们就这等放肆！我一上来就看到有人说我是小葱拌豆腐，是谁？快主动招认，速来领罪！”

这时梁爽的信息又过来了：“马列，我正在和你私聊，你别晾下我啊。”

我回复他一个笑脸，说：“要聊的，不是群里都已经在说了吗？我就不另外解释啦。”

对不起梁爽，我真的没法给你一个虚假的希望，无论有没有李想，我都给不了你希望。我一直拒绝你的追求，我也曾经以为你早就接受了，一笑而过了，没想到你居然还有这份执著。我叫马列，但我不教条，不会为婚姻而婚姻。而爱情，或许是我这辈子唯一能做的遵从内心的一件事，我相信感觉。

为了安慰梁爽受伤的小情绪，我决定不在群里继续热络聊天。我不能一方面让梁爽的热脸贴了我的冷屁股，一方面又跑到另外一块阵地去兴奋个没完，我还没有分裂到那个地步。我编了个理由，隐了身，打算只看不参与。

李想的头像嘀嘀嘀响了，李想上线了！我一点击，跳出来一大段的文字：

“马列，让我猜猜啊，你此刻没有下线，是隐身了对吧？是不是几番犹豫打开我的窗口，输了好多的字，又删除？是不是明明想和我联系，却还等着我主动和你说话？是不是一会儿就要装作说要忙了，提前下线？”

天呐，我怎么就喜欢上这么一位自恋狂！不过我承认，你说的都对，你又一次猜中了我全部的心思，你不愧为情场老手，最懂女人的小心思，好吧？

我的好斗心态一上来，加上天生的不服输好口才，悉数顶了回去：“李想啊李想，你在群里和大家说什么了？说你‘就好我这口小葱拌豆腐’？你凭什么用这道菜来形容我？我虽然不是白富美，不是金枝玉叶，可我还是心气儿很高的人，即便长着一副小民的模样，骨子里却是一身的贵族气，说出来你也不懂。”

“那句话不是我说的，是别人调侃你，我维护你的一句话。你这个女人怎么就听不明白呢？怎么就能听出别的意思来呢？笨女人！”李想回复道。

“……”

“今天你走后，我妈又拉着我问了好半天关于你的事，我爸还在旁边帮腔。不过我态度可比你好多了，有问必答，同时还把你夸得像仙女儿。”

“你就直接跟你妈说，我只是同学，是朋友就行了嘛，回答那么多干什么?”我相信，我的这段话，又将被李想看穿，他一定以为我其实是故意这么说，故意想让他表态。

“他们要问就问嘛，反正以后也要问的，呵呵。”李想说。

“问多错多，反正你妈也看不上我。”我有点沮丧，一想起黄阿姨对我的长相和家庭百般挑剔，就没啥信心了。

“马列你别多心，我妈呀，当领导惯了，见了谁都喜欢盘问一番的，尤其是……”

“?”我好紧张这个答案。

“你这个笨女人自己去猜吧，我要睡觉了。你要知道我在家的生活是相当有规律的，爸妈几乎用部队的要求来管束我，安啦。”李想的这些文字后面，还配一个亲吻的表情。

尽管在屏幕前，对方看不到我的脸，我的脸还是红了。我发现自从和李想重遇后，我脸红的次数比以前二十几年加起来都多，他随意的一句玩笑都能立马让我脸红耳热，心跳加快。

那一夜我带着对李想的无限遐想入睡，入睡前在床上辗转反侧，脑子里天马行空。我终于又找到学生时期才有的那种初恋情怀，即使这爱情还没有被抓在手里，它也已经完完全全地让我有了一丝幸福感。

我的电脑里，深藏着关于李想的文件夹，我曾经想着自己在遇到真命天子时，彻底删除它，让它成为过去。现在看来，它或许还能重见天日。

那一夜，我梦到了李想，睡醒的时候，脸上还挂着笑容。

我过了几天快乐的日子，整整一周，我心情愉快得随时都要飞起来，皮肤摸着都比以前光溜了。爱情的力量太伟大，暧昧的力量也不小。

春节后上班，乔安妮看着工作中时常傻笑的我，一下子就分析到了要害。

“马列，最近有男人了?”乔安妮说话向来都不是文艺范，这孩子说话直接得经常让人脸红。比如“内裤”或“内衣”这类常用的词，在她嘴里，就是很直接的两个字：裤衩。

我点点头，又摇摇头。她不明所以，追着问：“点头和摇头是啥意思？谈恋爱谈傻了？”

我悄悄地告诉她：“有心仪的对象，对方也透露出一些小讯号，但我还拿不准。”

这回轮到乔安妮摇头了。她说：“男人的暧昧讯号，除了能代表他们当时的雄性激素不低之外，啥都代表不了。男人要是喜欢你，就会明明白白告诉你，绕这么大弯子干什么？相信我，千万别误会男人们这些小讯号，否则有你受伤的。”

我听了有点小伤心，不过我相信她的分析，连我都觉得是自己想多了。

“这点我最有经验。”乔安妮说：“我男朋友以前也常搞这些破游戏。”

我讶异地看着她，心想你们不是最终好上了吗？

打击我的人不只乔安妮一个。又一个周末，马哲急匆匆地来了，一个人，身边依旧没有姐夫和多多。

马哲一进门就嚷嚷，完全不忌讳父母也在跟前。她拿着手机让我们看：“列列，你的这个李想，我有个姐们认识他，两人还交往过呢。我姐们说，李想特别花心，女朋友跟走马灯似的，没一个长久的。”

我妈一听就激动了，在她激动之前，我赶紧转移话题。我说马哲：“姐，我真羡慕你总是这么闲，总能四处打探到各种消息，不当记者都可惜了。我们八字没一撇呢，你就到处去宣传，人家花不花心关我们什么事呢？”

马哲说：“我哪里有到处宣扬了？我只是和这个姐们吃饭，拿着上次我们拍的全家福给她看，她一眼就认出了李想罢了。”

“什么‘全家福’啊？真受不了你。”我对她很无语。

我妈却很感兴趣，拉着马哲开始盘问。我在一旁气呼呼地说：“姐，你不觉得，你和姐夫双双出现的次数越来越少了吗？你们刚结婚时，姐夫一个星期来一次，一呆就是一整天；这两年，就变成一个月才来一次，每次吃顿饭匆匆就走，话也不多；而现在呢，除非是一些大的节日，逃不掉的时候才来咱家，你不觉得这很不正常么？我虽然没结过婚，甚至也没有谈过恋爱，没有发言权。可我却是个旁观者，旁观者看出来有问题，就一定是真的有问题。”

我把我妈的注意力成功吸引过来了，她不再问关于李想的事，开始忧心姐姐和姐夫的婚姻。老爸和我向来都是一个鼻孔出气的，他也觉得有必要说几句，就问马哲道：“小哲，你和文杰是不是有什么事儿啊？列列说的在理，我也觉得你们不对劲。”

我妈分析道：“文杰是对咱家有意见吗？”

马哲从鼻子里发出一声冷哼，说：“他康文杰敢对咱家有啥意见？我不嫌弃他已经不错了，他还有啥好挑的。”

这话里的情绪，我和爸妈都听出来了。妈妈急着问：“怎么，吵架了？”

我爸马上否定了老妈的看法，说：“你看，妇人之见吧？他们这样不是一天两天了，这种情况已经好长时间了，是我一直不知道该怎么问。怎么可能是吵吵架，我看肯定是有啥误会。”

马哲没有正面回答，脸上闪过一丝的黯然神伤。她马上又恢复了平静，说道：“今天我来是要说说列列的事的，怎么又扯我身上了？”

我妈见她不说实话，生气了：“你们两个都不让我省心！”

我越发觉得有问题，就问：“姐姐，我们是你的家人，你不和我们说，打算和谁说去？我觉得你天天不和姐夫在一起，这样下去不行。你没有听说过吗？婚姻也需要经营，不是说结婚了，就可以天天蓬头垢面了，或是就可以安稳睡大觉了。姐夫那么热心的一个人，怎么现在就这么不愿意来咱家？你别抵赖，这其中肯定有事！”

我似乎说到了马哲的心上，她不说话了，低着头像是在想着什么。过一会儿，她抬起头告诉我们：“能有啥事？他工作向来忙，又成天出差，在北京的时间少罢了。”

见问不出什么，我和父母都没再追问，只有老妈嘟哝着说：“要过日子，就要用心。哪怕吵架也是好的，看你们的情形，便是无架可吵了，这才让人担心。算了，你们都大了，我们两个老的也管不了，自已看着办吧。”

姐姐打开手机里的照片一边给爸妈看，一边说："你们看，就是这个女孩，她和李想谈过三个月的恋爱，说李想特别花心，从来是只谈恋爱不谈结婚，就是玩弄女孩的一个垃圾男。我这姐们说，她曾提出过去李想家玩玩，李想都坚决不让，根本就没把她放在心上。"

我撇撇嘴，非常不屑。我说："分手就分手呗，把对方说得那么不堪，看来这女孩品质也不咋地。而且，才谈了三个月而已，就迫不及待要去男方家玩，这女孩目的也不够纯吧。"

马哲冲我吼："不准这么说我的朋友。"

我说："姐，你也不能这么说我的朋友。你到底是向着我，还是向着你的这位姐们啊？我说的是真话，如果换了我，失恋就失恋了，不会因为分手而把别人贬得一文不值，除非对方真的太过人渣。"

老爸老妈说："看李想那孩子还不错，怎么就这么不检点呢？小哲，如果真像你朋友说的那样，任凭他多帅，条件多好，都不能让列列和他交往！咱家列列单纯得很，哪是这种人的对手？"

我争辩道："爸妈，李想是哪种人啊？你们别太偏激了，我认识的李想，可是从来都不说别人的坏话。"

马哲看到我处处为李想辩护，诡异一笑，说："还说你们是普通朋友，你看你，根本都容不得别人说他的不是，紧张的那个样子。"

老妈坚定立场："列列，你不能和李想再交往了，小心被欺骗了感情。我觉得梁爽这小伙子就不错，更得我心，你还是好好把握吧。"

我欲哭无泪。然后狠狠地瞪了马哲一眼，恨不得用眼神杀了她。像这种事，何苦要弄得满城风雨，全家人鸡飞狗跳，这样一来，你是置妹妹于何等尴尬的境地啊？

马哲自知理亏，也有点后悔进行这种武断推测，而且还增加了父母对她的忧心。她前后矛盾地又说了几句李想还不错的话，和爸妈唠了唠嗑，就回去了。

第十四章 暗恋终结日

我答应过我妈，以一年为限，寻找自己的白马王子。一年过后若依旧形单影只，就任她宰割。面对这个伟大而又紧迫的目标，我不断地从内到外修炼自己。护肤、减肥、学琴学画学外语，从粗声粗气的女汉子，义无反顾地向着淑女的康庄大道迈进。

芸芸众生中，我就是最平凡的那种女孩，一切中庸，扔到人群里找不到。我从不敢奢望自己有一天会和那种卖相良好的男生走到一起，我深知自己也没有长成花容月貌。

我不喜欢用钱砸出来的美丽，主要的原因是我也没有那么多钱，所以就吃不到葡萄说葡萄酸。我也不喜欢“女神”这个词，只因我没法成为“女神”，最多只是个“女神仙”。我只是觉得，女神上厕所的时候应该和我差不多吧？

我为自己有这种阴暗心理，还能够自圆其说而欢乐无比！

在姐姐成功地影响了我全家人对李想的印象时，在乔安妮说我只是一厢情愿时，我的心着实凉了很长时间。其实我知道李想的所有恋爱经历，知道他从大学时期身边就花草不断，但我还是无可救药地喜欢他。

但我却从不敢奢望，有一天我会入了他的眼。

李想又一次约我，说要到我们曾经就读的农大校园故地重游，重点是要去东校区附近那家酸菜鱼馆撮一顿。李想说，毕业后，他每隔一段时间都会去那里吃顿酸菜鱼，经济实惠，美味无比。他说他吃的不是酸菜鱼，而是一种情怀。

“噗……”我当时听到他说这句话，第一反应就是喷饭。我说他：“李想，像你这样处处留情的男人，也有睹物思人的时候啊？”

李想说：“我不是睹物思人，我是睹物思物，怀念我们的大学时光。那个时候，我成绩那么好，进了这所大学心有不甘，大学生活过得也不快乐。其实上哪所大学又有什么关系呢，那就是我们最美好的年华，人生最难忘的一段过程。所以，想通了以后，就尽力弥补。”

我挖苦他：“天天和各种美女谈恋爱，还说自己不快乐？这话要是让班里其它男同学听见了，你又要被围攻了。”

李想斜了我一眼，似笑非笑地说：“啧，你又在套我话咯。”

我不好意思再说下去。李想把车停好后，提议在校园里走走，我欣然同意。

能和李想这样肩并肩走着，还分享着彼此的心事，对我来说已是太难得。

春天的脚步越来越近，树上的旧枝长新芽，角落里一簇簇嫩黄的迎春花悄悄绽放。就连路上来来往往的学弟学妹们，看起来都比我们那时美丽很多。他们打扮入时，朝气满面，挡都挡不住青春味道。

农大的校园怎么这么小呢，我真希望这条路永远走不完；时间怎么那么快呢，我真希望就永远停留在这一刻。

“马列，你是不是喜欢我？”来不及防备，李想就突如其来一问。

“你已经问过一次了。”我提醒他。心里却一惊，此情此景和上次在我家比起来，现在说出来显然更应景。可恰恰因为应景，让我有点措手不及。

“那我再问一次，行吧？你可想好了再回答我。”李想十拿九稳，他早看透我的心思。

“李想同学，你越来越自恋了，你这是在赤裸裸地勾引我。难道你真的像秦时月他们说的‘山珍海味吃腻了，想尝尝我这小葱拌豆腐’？我告诉你，小葱拌豆腐，再小也是菜，据说还是国菜，你可千万别消遣我，我可接受不了那种只谈三个月就玩完的恋爱。”

“你不想老实回答我也行。那就我刚才的问题，你同样问我一次。”李想提了个要求。

“我凭什么要听你的？”我着实不敢问，又很紧张，于是死倔着。

“那你问不问啊？机不可失啊！”李想笑呵呵地看着我，看得我一阵发毛。

“好吧……那个……李想，你是不是喜欢我？”我简直无地自容了。

“是！”李想脱口而出。

这下轮到我乱了阵脚，哦不，我的阵脚几时齐整过？我勇敢地抬起头，看着李想的脸，一时说不出话来。我在分析他是在开玩笑，还是来真的。只是此情此景，怎么都不像是假的。

“看，我比你诚实吧？”李想补充一句。此时的他已经收起了笑，深情地看着我。

我长这么大都没有过这种温情脉脉的经历，不知道原来眉目传情这么美好，怪不得爱情是几千年来亘古不变的话题呢？老天垂怜，总算也让我享受一次这种悸动感觉。

我支支吾吾地说：“你说你喜欢我，那么，我……我想问，你是什么时候喜欢我的？喜欢我什么？喜欢我为什么不来找我，为什么直到现在才说？你别逗我玩啊。”

李想比我大方，他牵起我的手，认真地说：“让我一一回答你的问题。其实我也不知道什么时候喜欢你的，开始只是注意到你，那是上学时候的事了。你还记得你为同学申请助学金的事吗？大一时，是李琴吧，她家家境很不好，全班同学都知道的。可班主任不喜欢她，只帮她申请一个C等贫困生助学金，A等B等的同学全是班主任的小老乡。你知道了，火爆的劲儿一上来，就带领全班同学抗议班主任的不公平，把他的脸都气歪了，连课都没法上。”

“是哦，”我当然记得。“李想，我记得你也帮我说话来着。最后班主任总算碍于压力，给了李琴A等助学金，不过还是气得说了胡话，说我们本地的学生不好管啊什么的。我当时就想，要不是你第一个出来和我站在一条战线，也不会有越来越多的同学帮我说话，你的影响力大大的。大家毕竟都不敢得罪老师，怕考试挂科吧。”

李想笑笑说：“我还记得有一次，你宿舍的姐妹被别班的一个男生玩弄了，还怀了孕，寻死觅活的。你在操场上看到那男生，拿起手中的扫把就抡了他一顿，这事当时在学校挺有名的。我还听说，从此以后那男生见了你就躲。”

“……”我都不好意思回忆这事。

“你身上有和我很相通的东西，骨子里很有侠气，我喜欢女孩子有侠气。所以，我其实一直挺注意你的，只是你不知道罢了。允许你隐藏感情，就不允许我也隐藏吗？”李想接着说：“我在大学时挺自暴自弃的，一直在为自己没有上了名校而耿耿于怀。老师们常常说我的分数高，成绩不错，我听起来却觉得像讽刺。外人觉得我成天不缺女朋友，好像挺风光，可其实，大学的美好时光，我算是真的辜负了，不快乐也不充实。”

“我懂，我知道你根本不觉得自己风光。”我说。

“你懂？”李想没想到我会这么说，有点讶异。

“我当然懂。我懂你表面自负其实失落，我懂你风流外表下的破罐子破摔的心情，我甚至懂你每次恋爱时，你对那些女孩们真正的心意是什么，你的每次恋爱，我都能准确地预测到能维持多长时间。”

“……”

“不用惊讶，李想，你两次都问我是不是喜欢你，你大概早就知道答案了。”我也不打算再隐藏，不管成与不成，对我来说，今天将是我暗恋的句号，我本身也需要答案。

李想说："毕业后刚开始还常有同学聚会，后来就慢慢少了。直到去年梁爽又安排了同学聚会，再见到你，发现你还是没有变，还是以前那个二二的样子，还有我喜欢的那股劲。"

"可你身边依旧有人。"我苦笑道。

"我想包括我妈在内，所有的人都知道我那些反复无常的恋爱，都不会持久。我那是在玩味人生，对现实不满意的发泄，可我现在不想再那样了。"

"可你那时又有了COCO。"

"可我现在都没有了。上次你和COCO见面，有一点喝多了，你和COCO说，很羡慕她，哪怕知道我们不会长久，能短暂拥有李想的爱，也是幸福的。我不是和你说过吗，COCO说那天她倒显得像多余的。"

我瞬间泪崩，我在心里埋了那么多年的话，居然通过那样一个场合说出来，而且是在自己理想情人的女朋友面前。我一直以为自己当时意识是相当清醒的呢。

不过既然说出来了，我没打算再收回。我泣极而喜，挤出一个笑容，对李想说："是，那天说的，都是我真心的话。只是没想到搅黄了你和COCO。"

我接着说："李想，暗恋对于我，已经成了一种习惯，就和吃饭洗脸一样，天天伴随着我。我姿色平平，资质平庸，没有吸引异性的能力，暗恋几乎都快成了恋爱，成了一种特别的缘份。当我发现我们根本没有可能的时候，居然比失恋还心痛。我的电脑里有一个专门为你而设的文件夹，里面全部是你大学四年的照片，还有我的心情日记，我为此设置了复杂的密码，生怕别人有一天打开了，知道了我的心事，笑话我不自量力，我很自卑。"

李想用温热的手掌牵起我的手，专注地看着我，听着我的话，脸上虽然挂着笑，但睫毛上已有了点点晶莹。他说："你自卑，我自负，却被同一根线牵着走到了现在。你不敢奢求我的爱，而我是不敢想象和你谈恋爱会是什么样子。可现在，却一样可以牵手了。"

我已经不能自已，想控制却越哭越凶，直到最后肩膀抽搐，五官模糊。我明白了李想今天带我回母校的目的，在暗恋情愫开始的地方，结束暗恋。只是幸福来得太突然，眼前的一切让我觉得都美好的太不真实，我生怕这只是个假想画面，碰一碰就变成现实。

李想问我："那从现在开始，你就是我的女朋友了，马列同学，你觉得可好？"

我没有回答他，低头深深思考着。李想急了，问："不愿意哦？"

我说："你都十拿九稳了，还多此一问。有个帅哥向我示爱，我有什么不愿意的。"

"那告诉我，你在想什么？"

我含泪痴笑："我……我也不知道该说什么。自己喜欢的人，原来也注意到我，多么值得好好偷着乐啊！"

李想释怀地笑了，拉着我的一只手继续向前走。

只是短短的功夫，身前身后的路，便被分成了两个世界。刚刚还是朋友，现在却成了恋人，手牵手。

我脸上的潮红还未退去，此时此景，却有点不敢看李想的眼睛了，也不像之前一样一见面就互掐了。我一边走着，盯着远方的迎春花，一边问他："李想，我们是不是太快了，我总觉得这很不真实，你这个情场浪子是轻车熟路了，我可还没有这种体验呢。"

李想说："我们已经浪费了太多的时间。我们也不用害怕未来会怎样，眼下，惺惺相惜，就是幸福最大的可能。"

情话连篇，切！

我在心里说：李想，你的过去我悉数知晓，既然接受了你，就不需要再解释。现在的我有点贪心，我奢求着能和你这样牵着手，走得更长远些。

人在没有得到的时候，总是把自己想象得很勇敢，以为可以不求任何回报去爱一个人；可真正握在手心了，又患得患失，失去当时的那种勇气，那些自认为可以接受的对方的缺点，也变得接受不了了。

才刚刚开始，我就已经害怕失去了。

"快到酸菜鱼那家店了，马列，我知道你以前也常去……"李想神秘地说，看我眼神呆滞，又问："喂，又在想什么？"

我悠悠地感叹道："我只是在想，我连暗恋都能这么长时间，连自己都吓一跳。我这么专情，只怕有一天会输得一塌糊涂。”

“你怕啦?”

“谁怕谁？你可千万不要因此而可怜我。走吧，吃酸菜鱼去。”我坚定地说。

第十五章 爱情的迷惑

当天晚上，李想就把我们在一起的消息在班级群里公诸于众。大概除了梁爽，其它的同学都没有太多惊讶，并且纷纷送来祝福。

梁爽的角色转换很快，他在短暂的郁闷之后，很快就和同学们组团来逗我和李想，还口口声声以“红娘”自居。同时让我也帮他物色一个姑娘，作为回报。我和梁爽，毕竟从来不曾有过开始，只是芸芸众生中两个大龄单身男女，见了面，其中一方希望能试下是否有爱的奇迹而已。

同学们打打哈哈，不以为意。这年头人人都很忙，没有时间去猜别人的生活是什么样。

“干吗这么高调呀?”我问李想。心里其实挺高兴的。因为高调，从某种意义上来说，就是主权。

“我们又不是中学生，都大人了，难道你喜欢偷偷摸摸的啊?”李想反问我。

“那倒不是。我其实是想，同学和同事们知道没有关系，我暂时还不想让双方家长知道。以他们大惊小怪的特性，一旦知道咱俩恋爱了，我们两个人的恋爱瞬间就变成一堆人的恋爱了，咱俩天天的约会，进展，你家的条件我家的条件，一定会被小题大做，成天探讨个没完。我活这么大没谈过恋爱呢，还想好好地享受一下这种感觉，我可不想过早地让家长们参与进来，到时候肯定要被催婚了。”

“正有此意，没问题。”李想和我一拍即合。

“我已经在年前和我妈击掌为誓，说以一年为限，找不到男人就任她宰割。李想同学，一年太短，只争朝夕啊!”

李想说：“那咱就地下工作一年，呵呵。”

我把这事告诉了乔安妮后，很快就引发了一个关于“爱情是否要志同道合”这样深沉又大气的话题。

乔安妮大眼一睁，看起来比我还兴奋，“总算让你等着了，你小子沉寂了这么多年的桃花运，终于攒到一起爆发了，还一捡就是个白马王子，艳福不浅呐!”

我嘿嘿地笑着，脸上的幸福想低调都不行。我假意谦虚地说：“什么白马王子啊？现实生活中哪有什么白马王子？想看白马王子就多看点偶像剧，女人不就是靠着这点幻想支撑吗？充其量，我和李想就是有那么一点点的志同道合，才致使我们没有在茫茫人海中走失。用一句忒俗的话，就是‘只因为在人群中多看了你一眼’。”

“志同道合却也不重要，有多少夫妻根本牛头不对马嘴，不也一样过一辈子吗?”乔安妮说这话的时候，脸上闪过一点凄凉，和她平常的开朗乐观很不同。

“也是哦……安妮，小妮妮，怎么了，不开心啊？难道你和你家那位道不同?”我紧张她的表情，赶紧问道。

“凑和吧。道不同也在一起好几年了，互相睁一眼闭一眼，就过去了。”

乔安妮以前一提到男朋友，总是兴致极浓，可今天的表情却有点结婚后老夫老妻的状态了。

“吵架啦？”我问。

“没有。马列，我觉得我和我男朋友必须得马上结婚了，再不结婚怕是走不下去了。我们谈了这么久，和结婚也没啥区别，但不得不说，有些关系就是需要那张纸来维系。除非，不想把这关系进行下去了。”

我只觉得有点悲凄的气味。结婚本来是好事，可这话怎么听着都像是一个壮举，好像有种风萧萧兮易水寒的悲壮感。这是一种困惑吗？

“那就结！那你男朋友什么意思？”我问她。

“他也说可以结，但看他那情形，连结婚的事情都懒得去多想。有惰性了，没激情了，也觉得我肯定不会逃，呵呵。”乔安妮说。

我听了有些小伤感，因为就在前一天的晚上，马哲也和我悄悄地说了她和姐夫之间婚姻出现的问题。马哲和安妮，两个人不约而同地失去了往日的爽朗风范，看得出来在各自的感情里都不太开心。

我和李想刚刚开始，还处于极度兴奋时期，即将进入热恋，一时还没法切身体会到这样的感觉，也对这样的话有点听不进去。不想听，也是不想影响我这些日子的好心情。可是，很多现实就是摆在那里，不来不走，躲也躲不掉。

“马列，除了李想，你还有过喜欢的人吗？”乔安妮突然问我。

我摇摇头，说：“明星算不算？”

“我有呢，”乔安妮说：“我的初恋是在大一的时候，谈了整整三年，到大四的时候才分开。那个人和我之间，就是你所说的‘志同道合’。我们喜欢的东西，喜欢的歌，爱看的书，中意的颜色，人生观价值观都太相似了，可最后还是分开了。我内心最期盼的感情，就是那种‘亦师亦友’的感情，可现在发现太难了。就我现在的男朋友来说，我俩完全就是两个世界的人，鸡同鸭讲多过心有灵犀，有时候也挺痛苦，觉得没有一个人了解自己，可也这样走过来了，一走就是五六年。很多事情我也说不清楚。”

我问她：“那你们快乐吗？”

乔安妮笑笑：“一半一半。有时候快乐有时候痛苦。”

我一时消化不了她的话，只是觉得乔安妮今天的样子有点萎靡不振。就像一个明知前面的路并不那么平坦，还必须义无反顾走下去的小可怜。她是第一次和我说这样的话，大概以前我没有男朋友的时候，她觉得说了我也不懂吧。

乔安妮也觉得自己的话题有点沉重了，很快就收拾了心情，回到了最初的话题。她说：“马列，听你描述的，李想这次该是认真了，你不用被我影响，什么都不用想，好好地去享受热恋吧。”

我点点头，说：“嗯，未来的事就交给未来，反正我形单影只那么久，还怕再多几日？”

我俩呵呵笑着，就把这场有点沉重的话题翻篇儿了。可是，乔安妮的话让我心里多少起了些微澜，倒不是她说的有多悲观，而是她说的话和姐姐前一天和我说的一样，两个人脸上出现同样的一种表情，让我觉得既心疼，又恐慌。

昨天下午，马哲又来了，晚上也不回去，硬要和我挤在一起睡。昨天马哲特别安静，整个晚饭时间话都很少，爸妈问她怎么了，她只说累。

你又不工作，又不用全天候带多多，你有什么好累的？我不相信，因为马哲向来是有啥说啥的，她只有有心事的时候才会变得缄默起来。

我一直都很替马哲着急，就问她：“姐，你晚上住在这里，和姐夫说过吧？”

马哲懒懒地说：“没事，他根本没有时间管我是不是在家。”

我一惊：“怎么？他出差了？”

马哲说：“也许吧。我也不知道他是不是出差了。”

这一定是出了大问题。我一把把马哲揪过来，拽着她的衣领不放，急急地问她：“姐，你和姐夫是不是有问题，你和我说，我保证不告诉咱妈。你别想再隐瞒，我不是傻瓜，早看出你们不对劲了，是不是他外面有人了？”

马哲冷笑着说：“哼，我倒是真希望他外面有人，那我就省心了，不用猜来猜去了。列列，不是姐不和你说，是因为你还没结婚，恋爱都没谈，不想给你说这么多消极的话。”

我还没有告诉马哲我和李想的事。

可是姐，我今天晚上非要问出来不可，我是你的亲妹妹，上帝派了一对姐妹到一个家庭里，不就是为了有人能说知心话吗？我故作生气道：“姐，我不是小孩子了，我是没结过婚，可身边这些事还见得少吗？要影响早被影响了，放心吧，你不用担心我，我有自己的主见。我是你亲妹妹，有什么事不能和我说呢？”

马哲终于决定和我倾诉心事。她说：“你也说了，好长时间不见你姐夫了，春节后再没来过吧？别说你，我也很少见他，他就算不出差，我也总见不到人。我曾经想，如果他真的变心了，让我知道了也好，我马上和他离婚。可现在，具体他是有什么事，他不愿意和我说，我也不知道。”

马哲又补充道：“可是没有被发现的婚外情，就不算婚外情。我只知道我们的关系冷若冰霜，我只知道他天天都在应付我，从早到晚说的话超不过五句。”

我听了心里很不是滋味，不知道该用什么话来开解她，只是说：“姐，原来你也这么不快乐，你天天咋咋呼呼的，瞒我们瞒的这么辛苦。”

马哲叹了一口气，说：“结婚这五六年了，我反而觉得我不了解他了。”

我握握她的手，想给她一点安慰。马哲回给我一个凄凉的笑，同时把另一只手覆盖在我的手上，说：“这些事是不能问的，我不相信他会说真话，所以就这么僵着。我难过，不只是因为感情没有想象的那么美好，还觉得有点恐惧，自己的枕边人，自己却知之甚少，我挺蠢的是不是？”

“当然不是啦！姐，人家不是都说‘七年之痒’么，我觉得你们是不是到了这个坎儿了，所以双方不太好沟通了，也许过了就好了呢？我倒是觉得你应该重新找个生活的重心，除了带多多之外，自己再找个工作，有个事儿干就能分散一下注意力。再不行，和我一样，学学钢琴书法啥的，总是能让人静静心。”

以往我每次说让马哲找工作或学个技能，她总是会得意地说自己就是享清福的命，会说学这些东西没用，可今天却痛快地答应了。

马哲说：“行，我也正好想找个工作了。就是不知道这么长时间不工作，还有哪家公司会要我。列列，你帮我看看，写写简历，投一投公司，我现在整个人都落伍了，网上求职那一套一点不会，都跟不上时代了。”

我也很高兴她这样的转变，拍胸脯保证：“没问题，我明天就帮你写，你抽空去报个培训班啥的。姐，相信我，人充实了，自然就不会瞎想了，也就自信了。”

我姐异常同意我的看法，“列列，姐佩服你，你最有自己的想法了。姐就听你一回，自力更生！”

跟马哲的谈话过后不到半天，乔安妮就表达了她对感情同样的困惑。她们一个已婚，一个未婚，烦恼却很雷同，对自己的感情和命运还有一些宿命的无奈感。这些话让我很受触动，以至于李想晚上要约我去看陶瓷展，我都找借口推掉了。

我现在挺想好好陪着马哲，不会再嫌她烦，而且，我没有心思再去约会。

第十六章 真相总是很残忍

跟李想的恋爱正在热烈的进行着，我积蓄了多年的桃花终于一日爆发，干柴喜逢烈火，一下子就把多年的感情空窗全弥补上了。

我如痴如醉，贪婪地享受着和李想在一起的点点滴滴，感动与热情，回忆与未来，就连我们之间的斗嘴都成了一种别有风味的打情骂俏。我很享受。

与我的心情截然不同的是，马哲的状态却每况愈下，曾经开朗的她近日来变得越来越沉闷。我能从她若无其事的表面下，看到她真实的恐惧。

那是一种从内心深处开散而来的真实恐惧。因为这种恐惧只是来源于猜想，还未成为现实，所以马哲不敢将此溢于言表，这同时让我对马哲的印象大为改观。

我深深地自责，原来自己并不真的了解自己的亲姐姐，我只以为她心情不好时就会一哭二闹三上吊，没想到她却这么沉得住气。

也许，人在某些大事来临前，总是会展现不同的潜能。

我打心眼里心疼马哲。

有时候你想知道的答案，总是在不经意的时候就得到了。

李想有一天突发奇想，说要带我去建外大街那边一家相当有情调的餐厅吃饭，说那个餐厅犹如一座沙土堆建的城堡，异域风味独特，适合制造一些浪漫。我大骂他乱花钱，说这不叫浪漫是浪费，这种餐厅肯定价格不菲，何必要附庸风雅？

李想说，他是在网上团购的，物美价廉，我才收起了掐他的心。

餐厅的座位间隔距离较大，客人之间听不到彼此说话，很是静谧。李想说，这个餐厅的客人基本都是情侣，除了情侣大概没人有这份闲情雅致，吃个饭都要一坐几个小时。

“你对这些情侣餐厅倒是轻车熟路，这样犄角旮旯的地儿你都能找到，真服了你了。”我啧啧赞叹的同时，不忘挖苦他。

“哎，我必须认命，谁让自己情史太多，才让你时刻都能抓住我的把柄挖苦一番。人家好心好意带你来吃饭，却不想是自寻绝路。”李想很委屈，向我撒娇。

“好啦，以后注意，给你机会！”我背景清白，有绝对的主导权。

“女人啊，一旦撕开神秘的面纱，就迈向了一条通向欧巴桑的康庄大道，将男人踩于脚底。所以很多男人一到中年，怀念的就是当年女友的脸红心跳。”

“我不会脸红了吗？”我问他。

“当然会啊，你很爱脸红。”李想坏坏的，意在故意气我。

“废话！我和你越来越熟了，要是天天脸红那还了得？我又没有毛细血管破裂。”我怒目瞪他，左手一把抓过菜单，果断地说：“闲话不聊，点菜！”

李想凑过来和我一起看菜单，翻了几下后，把服务员叫过来。服务员是个墨西哥人，用英语向我们问好。我正有点不知所措，李想已经熟练地用英语说起点菜的内容来。

我笑着看着李想，幸福感飙升。曾几何时，我就希望身边有个人，最好是他，为我做很多的小事情。我最讨厌的开门、拿信、点菜、锁自行车等这些小事，还有一些需要我做决定的大事，都有人为我来做，好让我这样大姐风范的女子，也当一回小女人。

我无事一身轻，只是静静地看着眼前的男人为我安排一切，我就只等着吃好了，我知道他一定会点我最爱的菜。菜点好，我眼神从他身上挪开的一瞬间，看到了不远处有一个熟悉的身影。

我一点都没有怀疑自己的眼睛，这人太熟悉了，根本不需要反复确认。他一转身，露出半个侧脸，我就看到了：是我姐夫康文杰。

今天的姐夫看起来比任何时候都精神抖擞，居然也有了一些帅哥的气味。我想一定是因为他身边的女人，一个看不出年龄的女人，这个女人让姐夫变得很有精神。

爱情是让人变美的营养剂，无论男人还是女人。我记得有一次我一晚上失眠，头发的颜色就暗了下去，眼睛布满血丝，眼圈黑的吓人。可第二天因为和李想有约会，我还是将自己收拾的漂亮又利落，完全看不出倦容。

姐夫啊姐夫，你这也是在找你的春天吗？

姐夫没有看到我，可能此刻他满心满眼都是身边的女人吧？服务员带他们入座，那个女人的手一直牵着姐夫，就像我牵着李想一样。他们的表情像极了刚谈恋爱的中学生，完全不像饮食男女。

我心里酸酸的，眼泪差点就要出来了。一个男人，和自己的老婆没有了激情，在外面寻找恋爱的感觉。而一个女人如果知道自己男人的所有欣喜，都是自己给不了的时候，该是多么的落寞。

李想发现了我的异样，轻轻摇我的胳膊，问我怎么了。我怔怔地看着远处的姐夫，自言自语道：“或许看见了，也好。老天让我看见了……”

“怎么了？列列？”李想追着问。

我扭过头看着他，两行眼泪直流，吓了李想一跳，以为自己说错了话。我说：“李想，我看到我的姐夫了，和别的女人在一起。”

“在哪儿？”李想大吃一惊。

我指给他看，呆呆的。李想看了后，问我："你确认?"

"确认什么?"

"确认是你姐夫吗?"李想问。

"那是我姐夫！只看背影都能认出来，怎么可能认错呢？就像我对你很熟悉一样，你就是参加化妆舞会，我也会一眼认出你来。"

"那你打算怎么办？要和你姐夫……去打招呼吗?"李想看到我的神色，也很紧张，小心翼翼地问我。

"我也不知道。李想，你觉得我该怎么办呢?"我一时没有了主意，问他。

李想也很为难，沉思好半天。他说："其实我也不知道该怎么办，这事太重大了。我是觉得，如果你姐想把这场婚姻维系下去，或许不知道也好；如果你姐姐只是想要个答案，能接受得了这个结果，不想得过且过，就去揭穿。重点还是你姐，你平日里和她相处，知晓她的心思吗?"

我想了想，坚定地说："纸是包不住火的，起码我得让我姐夫知道，他做的事不是没人知道，他不能那么肆无忌惮。至于我姐那边，我希望我姐夫他能自己去解决，就看他还想不想要这个婚姻了。李想，我去和我姐夫照个面。"

李想说："行，我支持你。不过我俩谈恋爱的事情今天也藏不住了，这倒是小事。也好，今天就全部来个真相大白吧!"

我缓缓地走到姐夫的桌子前，一边走一边看他。他的眼神自始至终都没有离开过那个女人，以至于我几乎走到了他的面前，他才发现我。他的表情很惊慌，这种男女之间不能告人的情爱除了让他惊慌之外，还夹杂着更多的羞涩。

我挤出一个冰冷的笑，说道："姐夫，好久没见你了。姐夫，你今天看起来很精神，也很帅，爱情的力量很伟大，是吗?"

姐夫用最快的速度收拾起慌乱，又用最快的速度站起来，手足无措。他差点把整张餐桌布都拽下来，桌子上的酒杯被扯倒，滴溜溜转了几圈，他都没有顾得上去扶。酒杯摔到地上，碎了。

清脆的声响吸引来了服务员。

"哦，不好意思不好意思，酒杯的钱我赔。"姐夫连忙和服务员赔不是。

服务员去换酒杯的时间，姐夫，康文杰，语无伦次地向我介绍旁边的女人，“小列，这是我的……业务上的合作伙伴，我们经常有工作上的……工作上的往来……那个……”

“姐夫！”我打断他，“我不是小孩子了。”

那个女人摆出一幅很有教养的样子，细声细语地和我说：“坐，坐下来说吧。请问您是……”

我很厌恶她那副很做作的嘴脸，没理她的茬，径直对康文杰说：“姐夫，我希望你给我姐一个交代，不要试图再瞒下去了，我想你知道该怎么做。”说完我转身就回到自己的桌子前。

李想紧张地看着我，悄悄地说：“你姐夫和那个女人出餐厅了。”

“嗯。这个时候肯定也吃不下饭了吧，呵呵。”

“还有心思开玩笑？列列，那我们呢？”

“继续吃，今天来得值了。”我冲他笑笑，又自嘲地说：“我笑得很难看吧？”

“不难看。”李想说：“没事了，他们都是成年人了，有他们自己解决问题的方法。婚姻是他们的，鱼在水中游，冷暖自知，我们旁人看到的只是片面的。列列，你是不是对男人很失望了？”

“没有失望。我是说真的，没有！”我说：“你不要看我没有过啥感情经历，我心里自信得很。什么男神女神，我觉得我就是我自己的女神。我敢爱，爱得起，也输得起。我本就一穷二白，还怕失去什么呢？李想我知道你这些年所有的轶闻趣事，还义无反顾地接受你的爱情，就是想好了一切的后果，早已置之死地而后生了。你玩得起，我也玩得起，我陪着你一起玩，玩一辈子。”

我说这话的时候，李想的眼里泪光闪闪。他大概从来没有听到过这样的话，在他心目中，我就是一个自卑的丑小鸭，天天自嘲，从不敢说赞美自己的话，连艳丽的颜色都不敢穿上身。我不知道李想是被我的话感动了，还是震倒了，看起来他的样子很动容。

“马列同学，我喜欢你这种霸气！我就陪你玩一辈子！”李想握住我的手。

服务员都很八卦，不时地看向我们这里，分析着我们发生了些什么，为什么刚才那桌客人走了。我呵呵地笑着，拿筷子敲了两下李想的头，说：“我们吃饭！李想同学你立了大功，这顿我请。”

“你真的……没事吧?”李想看我的样子，还是不放心。

“没事啊。”

“好吧。”李想说：“你要是没事，我就开始筹划如何见丈母娘的事了。”

我朝他狠狠地翻了一个白眼儿，嘴角却挂着甜丝丝的笑。

第十七章 就这样结束了

那天见了姐夫之后，回来后一直忐忑不安，那几天我比任何时候都希望马哲回娘家来。我是既希望看到她，又害怕看到她。

马哲终于有消息了，她打电话给我，兴高采烈地说："列列，你姐夫晚上要请我去旋转餐厅吃大餐哎，不知道发什么疯呢，哈哈。已经好久没有去过那么高级的地方吃饭了，我应该好好打扮打扮。"

我猜不到姐夫的真实意图，不知道这是不是"黑暗前的黄昏"，只好赔着姐姐高兴，"那你就穿上次咱俩在国贸买的那条裙子吧，这天气正好。"

"不错，我就穿那条。"马哲高兴地挂了电话。

看来姐夫很有悔意，我开心极了。悬崖勒马回头是岸，康文杰，还算你有点良心，有点脑子。我心中暗自发誓：如果姐夫真正的悔过自新，我可以为他保守这个秘密。为了姐姐的幸福我可以把他的事烂在我肚子里。

只是……

晚上十点多，马哲回来了，悄然无声。爸妈正准备睡了，看到马哲有点惊讶。老爸问："哎，小哲，你咋这么晚来了？"

"没事。爸，妈，我累了，先洗洗睡了啊，有事明天说。"说完直接走进了洗手间，把门反锁上。

我从马哲的脸色大概猜出七八分，一定是康文杰坦白了。于是赶紧哄爸妈去睡觉，"爸妈你们快睡觉去吧，热的话把空调开了啊，别舍不得开。那个，我等等我姐。"

老爸老妈终于睡了，脸上布满狐疑。我回到房间，帮马哲铺床，为她准备了一杯凉白开，坐在床上等她。我想这一定是个不眠夜。

马哲回房间后，关上门，平静地问我："列列，你都知道了是吗？"

我点点头，就像做错事儿一样。

马哲坐下，苦苦一笑，笑得让人心疼。她幽幽地说："他今天带我去高级餐厅，吃的是散伙饭。"

"他怎么说的？"我紧张地问。

"你姐夫，不，康文杰说，他和那个女人在一起的感觉，跟和我在一起时的感觉不一样，说他找到了生命的第二春，他们彼此吸引。呵呵，你说一个女人听到自己的老公说这样的话，是不是该抽他个大嘴巴子啊？"

"应该把他阉了！奶奶的！"我火冒三丈。你丫这是人话吗？我真后悔那天没有扇他个大嘴巴子，是姐夫又怎么样？

"可他很诚实，不是吗？"马哲绝对是身在局中拎不清，居然觉得这点可怜的诚实很可贵，鬼迷心窍了。

"姐，你糊涂了吧？他诚实什么？他们在一起已经很久了好不好？"我提醒她，随后继续问："那……后来呢？"

"他说希望我能成全他们。"马哲说。

我目瞪口呆。

马哲继续说："不仅要我成全他们，还希望我和他和平分手，财产各分一半。他特别怕我告他，因为错在他，他怕分不到财产。今天晚上这顿大餐，人家是糖衣攻势呢。”

“真混蛋!”我咬牙切齿地说。我不知道马哲为什么此刻如此淡定，此刻的我心里已然装了一个火药桶，要不是因为太晚了，我真想冲到康文杰家里炸了他。

“姐，那你答应他了吗?”

“没有。没有答应，也没有不答应，他给我说了这些后，我脑子一片空白，很本能地就冲出餐厅了，一口饭也没吃，也不知道别的事了，他也没追我出来。”马哲还是硬撑着平静，但我看得出，她已经接近崩溃的边缘。

我拿起几张纸巾塞给她，说：“姐，别撑着了，想哭就哭吧，哭没什么丢脸的。”

马哲握住我的手，大热天的她的手却冰凉。她说：“我不哭，我暂时还不能让爸妈担心，我哭了他们会看出来的。”

我问道：“那你打算怎么办?”

马哲沉思少许，回答说：“列列，明天是周末，你陪我去趟我家吧。我一个人心虚得很，我害怕，我不知道该怎么面对他。”

我点点头，说：“嗯，姐，我会一直陪着你。”

第二天一大早，我就和马哲出发了。我问她要不要先去公婆家看看多多，马哲说不用了，说多多一天比一天大了，是个大孩子了，不该听这些成年人之间乌七八糟的事。

任凭你再不像个大人，面对孩子总是有一种天生的责任感。老妈曾说，女人天生就是有母性的。

马哲走到自家的楼下，望望楼上，苦楚地说了一句：“自己的家，今天感觉有点陌生了，都有点不想上去了。”

我挽着她的胳膊，乘电梯上楼，马哲用钥匙开门时，像是在打开一个答案。

姐夫正在客厅里打包几个纸箱，宽宽的胶带“滋滋滋”地响，听在耳里非常刺耳。马哲见状很快就激动了，冲到姐夫面前问：“你连一天都等不了吗？就这么迫不及待吗？”

姐夫的表情淡定得让人惊讶，“不是，不是迫不及待，我是想现在这个状态下，两个人住到一起肯定会天天吵，我害怕那样的生活，不如我们先静一静。老婆，我希望我们好聚好散。”

“老婆？”马哲很凄凉地笑笑，说：“呵呵，很快就不需要这样称呼我了。”

我突然觉得我有点多余，觉得应该让他们俩好好地谈一谈。不过照这个情况看来，他们估计没法做什么友好的交谈了。康文杰现在终究还是我的姐夫，我没法教训长辈，也不想武断地为他们夫妻的事做什么结论。

我坐立不安。

我悄悄地和姐姐耳语：“姐，你们要不要好好谈谈？”

姐姐现在眼中全是怒火，只是用尽全力压抑着才没有发作。她带着哭腔和我说：“列列，你先到卧室坐坐吧。其实也没有什么好躲的，只是不想影响你。”

于是我进了卧室。只是小小的木门并不隔音，姐说话的声音又高，声音里交杂着一个被背叛的女人所有的愤怒与悲痛，我知道姐姐就差全线溃塌了。

“康文杰，我到底哪里做得不好呢？你不满意为什么不说出来？非要给我这么大的伤害来报复吗？”马哲质问他。

“没有，你很好，是我不好。”姐夫总是很淡定。也是，他自己有了新欢了，这段感情完了马上就能投入另外一段，有什么可怕的。现在的姐姐在他眼里就是蚊子血，半点魅力都没有了。

男人这种接近于冷漠的态度通常都能把女人推向爆炸的边缘，冰冷是最强有力的导火索。

果然，马哲再也控制不住了，哭着逼问他：“都这个时候你还不能说句真话吗？为什么还要这么虚伪？我很好？我很好为什么还要这么伤害我？如果你变心了，你可以勇敢地告诉我，至少我还会在心里佩服你是一个真爷们。可你连说真话的勇气都没有，要不是列列看见你们在一起，你肯定还会继续和我演戏。康文杰，你演技其实很烂的，你的所有不正常我早看在眼里，疼在心里，只是不想把你想得太坏，而你……却真的这样做了。你是不是觉得自己一下子拥有两个女人特有成就感啊？”

姐夫也没有耐心了，他很不想进行这场谈话。他声音提高了八度说道：“你这是好好沟通吗？你总是这样，一张嘴就数落我，伶牙俐齿，嘴上不饶人，我在你面前一点自信都没有，就你聪明好吧，你结婚以后口才变得更好了，教育起我来一套一套的都可以写成一本完整教材了。我是男人，我需要你给我自尊，你给我面子，懂不？”

“她能给你自尊，是吧？”马哲冷笑道。

康文杰从沙发上弹跳起来，大声回答道：“是，在她面前我就觉得自己特有面子。她很崇拜我，觉得我很有能力很能干，我特有存在感，行了吧？你想听的我都说了，我们今天不要再吵下去了。”

“她还说，她很爱你是吧？”马哲问。

“是是是！她不会像你一样对我横挑鼻子竖挑眼，不会天天唠叨我牙膏该怎么放、碗该怎么洗、吃瓜子不要掉地上，也不会嫌我睡觉打呼噜，不会嫌我吃饭发出声响……”姐夫说着说着停了下来，大概也觉得自己说漏太多。

“早同居了……呵呵……我说怎么这两年你出差的时间越来越多了……”姐姐说不下去了，泣不成声的，哭声也变大。

我在卧室里如坐针毡，不知道该不该冲出去制止康文杰对姐姐的再度伤害。我正纠结着，听见康文杰的声音：“老……马哲，我们不要再吵下去了，既然要分就好聚好散。我们把手续办了，房子汽车家电都均分，孩子让我父母抚养……”

“你想要的不少啊……”姐姐哭得接不上话来。

我再也坐不住了，冲出去抽了康文杰一巴掌。我这种老佛爷的火爆脾气要是发起来，天王老子来了也拦不住。

我冲着康文杰吼道：“我知道不能以小犯大，可我今天就犯了，你爱怎样怎样！我从来没有见过一个做了坏事的男人说起话来还这么理直气壮的，你的良知都捐给希望工程了吗？姐姐她就是有再多的不是，也不容许你一而再再而三的这样刺激她！”

马哲拦着我，说：“列列，不用说了，说了也没用……”

“没用也要说！”我根本没打算停下来，继续骂康文杰：“你做了伤害我姐的事，居然没有一点难过，那么心安理得、安之若素，一心就只想奔着新的美好生活去了，完全没有顾及到我姐的情绪，我姐的身体，更没有想到给多多带来的影响。你想要孩子，想要房子，想要钱，一点儿都不客气，好像是我姐欠你的一样。你想要这么多，估计也是怕自己一无所有了那个女人就不会再爱你了吧？那你可否想过我姐姐当初嫁给你的时候，你就是个一穷二白的穷光蛋，我姐姐为了照顾你的生活连彩礼都没有要，就那样嫁给了你，谁又曾嫌弃过你？你只是有了一点点小小的成就，就这样坐不住了吗？”

康文杰被我这突如其来的一巴掌打懵了，他万万没想到自己老婆没有打，小姨子代替打了。反正这一巴掌是他必须受的，姐舍不得，姐不敢，我敢。

康文杰气急败坏，非常沮丧。他冲着我们说：“是，我当时什么都没有，所以我在你姐眼里就没有地位，你知道吗？一个男人要是没有点事业，其它的全是扯淡！小哲，你说，这些年你是个尽职尽责的好老婆、好妈妈吗？你很少下厨做饭，就知道成天泡在网上，买了不知道多少破破烂烂的东西，我早烦透了；你都是孩子她妈了，穿的衣服都是小姑娘的款式，天天那么幼稚，我也早看烦了；孩子都是由我妈来带，你倒省心了，成天往外跑，为了保持身材早早就停止了母乳喂养，孩子体质一直都不好你不是不知道；我们连夫妻生活都没有，你这如狼似虎的年龄却天天都说累，你他妈累什么……”

“够了！”马哲怒吓道，“我求你了，你别在我妹妹面前侮辱我了……这婚我离，离，好吗？我成全你们好吗？”

我气得血都要冲出大脑了，瞬间有扁他一顿的冲动，就像周星驰电影里那样，把他按在地上拳打脚踢，直把他打个脑残加太监。

马哲拦住了我。她的脸已经被泪水浸泡得变了样，这样子要是我爸妈看见了更要心疼万分。马哲哼出一个冷笑，对康文杰说：“我答应你，不闹了，离吧。不过你也要答应我一个条件，多多必须由我带，否则你说的所有条件我都不答应，让你净身出户。”

康文杰想了想，点头答应了。

马哲说："今天我住在这里，你不是正收拾东西吗？收拾好就滚吧，马不停蹄地滚！"

第十八章 姐姐站起来

马哲拉着我走进卧室，坐在床头，再也控制不住，抱住我失声痛哭，哭了好久好久。过一会儿，我听到房门关上的声音，知道康文杰已经走了。

“你看，这就是你姐夫！明明是他犯错，还要硬让我承担这错误。明明就是不爱了，哪来那么多废话呢？爱的时候，放屁打嗝都是可爱的，不爱了，干什么都是错。”

我也陪着她一起哭，这个时候我才发现女人真的都很脆弱，在感情里这么被动。我已经好久没有这么哭过了，这次居然是因为姐姐的婚姻。我手头准备着一大包纸巾，不断地为马哲擦眼泪，也为自己擦眼泪。

快乐又大条的马哲，坚强自由如汉子的我，姐妹俩此刻为一个垃圾般龌龊的男人哭得肝肠寸断。

“列列，帮我把家里所有的酒都拿来，我现在不喝点，心口堵得慌，你陪我。”马哲说。

我犹豫了一下，我实在不想姐姐伤心又伤身。马哲催促道：“今天不能拦着我，快去拿！”

酒拿来了：听装啤酒，白酒，红酒，起泡酒，各种残酒统统放到马哲的面前。我和马哲随便找了两个杯子，从红酒开始喝起。虽说是借酒浇愁愁更愁，可既然没有别的办法，起码这一刻是能痛快的，能解决心头的堵，也值了。

“姐，你不要难过，”我酒量不太好，喝一点就晕晕乎乎了，“有个不爱你的男人要滚蛋了，他却失去一个爱他的人，是他亏，他个蠢货！”

“是啊，和一个同床异梦的男人，天天生活在一个屋檐下，这太恐怖了。永无止境的猜忌，真是折磨，真是罪过，真是他妈对生命的不负责任！”马哲大口大口猛灌，比我醉得更快，她嘴里骂骂咧咧，又时而哭哭啼啼，十足一个可怜怨妇模样。

我说：“姐，你能这样想就太好了太好了！从今以后，无论你做什么，你都是张爱玲说的那抹白月光、那朵红玫瑰，而那个女人，哈哈哈，她就成了衣服上的白米粒、成了墙上的蚊子血了。哈哈哈，姐你相信我，生活的柴米油盐、纷繁芜杂会很快把他们的激情磨灭，到时候，你就是最精彩闪亮的女人。如果他再犯贱来找你的话，你可千万不要没出息再去吃回头草啊！”

马哲迷迷糊糊地向我击掌，“放心，姐我不喜欢吃草……呜呜呜，我从今后要变成个大美女，让他康文杰后悔死，他娶谁又有什么要紧？我就是要让他心里不好受！呜呜呜……”

酒、泪过后，马哲还没有完全糊涂，她说：“列列，答应姐，没领离婚证之前，就别和咱爸妈说了，他们肯定会劝和不劝分，又把事情弄复杂了。爸妈思想传统，他们肯定希望我把这破婚姻硬撑下去的……哎，我现在就是觉得特别对不起咱爸妈，对不起多多……”姐姐说着说着又哭起来。

我也难过，我也害怕父母被打击，可我也没有好办法，只好就这样先答应她。

“列列，姐的婚姻失败了……姐没想到这么快就成了一个离婚的女人了，就算再结婚，身上也贴上了‘二婚’的标签，说什么都没法自信了。我以前看别人说婚姻里面各种狗血的事，我以为自己会是个例外呢，可结果我还是一样，真相……真相总是残酷的啊。”

“姐，你就不要妄自菲薄了，离婚的女人多了去了。你看那些明星啥的，哪个不是二婚以上的，人家活得精彩就一样有人会喜欢，无论在什么年龄都会有人喜欢的。”

马哲沉默着，良久没说话，倒是停止了哭泣。她喝酒太猛太大口，只一会儿的工夫就已经满脸飞红。她的眼睛就像得了红眼病一样，又红又肿又浊又迷离，尽是受伤害的情绪。

马哲，我最亲爱的姐姐，我知道此刻你一定很痛，我知道这个痛会持续很长的时间。人都是感情动物，一份感情不会说放下就放下，日后一个人独处时，或许悲痛还会加剧。

可是，我也相信，这一切都会过去的，时间是最好的疗伤剂。

我让马哲的头靠在我的肩膀上，用手握着她的手给她力量。我说：“姐，这段时间你就住咱家吧，我一有时间就陪着你。”

婚姻就是牵绊，大概再美妙的感情也会有很多的不顺心。

牵绊的马哲和康文杰，在处理了好多一想就头疼的事情后，总算把婚离了。这时已经离摊牌过去了一个月。

康文杰继续住在那个房子，把属于我姐的钱一次性给了她，并承诺给多多一个月3000元的抚养费。康文杰几次都支支吾吾地要求我姐尽早搬离那个房子，除了不拆房子，其它东西想带走什么就带走什么，只要能快些。之所以这么着急，是因为人家的新主人快要入住了。

搬家前的那几天，我叫上李想一起帮马哲处理旧物。马哲把房子里的家电家俱悉数变卖，她说既然让她拿，就一定拿个不客气。马哲根本没有心疼这些物件，大多数都是叫旧货市场的人上门回收了，回收价格极低。

马哲说：“这些东西对我来说都是万恶的物件，就和我的婚姻一样，完了，没有意义了。处理掉就一了百了，别留着还当回忆什么的，矫情。”

一起被扔掉的还有马哲那些可爱风格的衣服，一包一包扔在了小区垃圾桶。我觉得她有点过分极端了，劝慰道：“姐，你不用听康文杰的，这些衣服没那么难看，都扔了怪可惜。”

马哲笑笑说：“扔了吧，反正我也早想扔了，以后咱再买新的，时尚杂志上的模特儿穿啥咱买啥！”

看她还能开玩笑，我稍稍放了心，对旁边的李想说：“李想，这几天让你看悲欢离合，怎么样，压抑得够呛吧？”

李想微笑着看着我，“没事，我本来也看过不少。”

我和李想的爱情故事就这样公开了，算是姐姐的大事成就了我这件小事。与此公开的还有姐姐离婚的消息。

父母又不是傻瓜，姐姐这段时间总是和我住在一起，还把多多、连带多多的衣物玩具全挪回娘家，我又一改以前对姐的嫌弃态度，任凭谁都能看得出来发生了些什么，何况是生身父母。很多时候，父母“不相信”，只不过是“宁愿不相信”。

老爸老妈知道姐姐已经离婚后，就自然地将我的恋情忽略了，他们完全顾不上问我和李想到底怎么回事，一门心思都在马哲和多多身上。

开始的几天，老妈天天抹眼泪，重复唠叨着一句话：“这么大的事情也不提前说，说离就离了，过日子和儿戏一样。这个康文杰，没良心啊，就忘了自己当初是个什么条件了，一有点钱，花花肠子就来了。”

老爸看起来淡定许多，他除了安慰姐姐，还得安慰老妈。老爸和妈说：“你就别再唠叨了，这离都离了，再唠叨也没有用。这男人都变心了还要他干嘛？我看就该离！”

“老马，小哲是你亲生女儿吗？你怎么就这么能想得开呢？我不是注重面子，我没那么老古董，我就是觉得咱小哲受委屈了，年纪轻轻成了个二婚的女人，还带着个孩子，将来再找一个像样的男人不容易，我是心疼她，为她发愁。”老妈一说，马上开始流泪。

“可守着一个有外心的男人，她过的也不幸福啊。你看小哲这两年，在我们俩面前啥都不说，这孩子心里装了多少事你知道吗？我看她也早忍了挺多了。嫁不出去就嫁不出去，如果再嫁一个像康文杰那样的，还不如不嫁，我们再也不能为了面子让孩子们受苦了。”老爸也难过，只不过在家里这三个女人面前，他必须保持一家之主的风范，他是我们的支柱，保证任何事情来临都不能乱了阵脚。

“我倒也不是注重面子……”老妈眼泪像断了线的珠子一样，停不住。她说：“唉，两个女儿都成了老大难，我这心里就特别的难受，我多么希望他俩都能找到好归属啊……”

“难道我不想吗？”爸也红了眼圈，“可儿孙自有儿孙福，我们两个老的心有余力不足，就由她们吧。我们啊，天天能让她们吃口热饭，一家人住在一起有个照应，就心满意足了。行了行了，别哭了，小哲她本来心里就难受，回头再看见你哭，更难受了。”

我一边劝妈，一边想好话开解她，她才好不容易停止了悲伤情绪。老妈坐在沙发上叹了好一会儿气，突然想起我的事来，问：“列列，你和那个李想在一起了？”

我点点头。

老妈摇摇头，说：“你姐的教训还不够啊，还敢找那种花心的男人……还是找个实在点的吧，妈不想再为你们操这种心了。”

我无言以对，不知道该怎么向老妈解释。

“你们在一起多久了？”妈妈问。

“半年。如果算上暗恋，七八年了吧。”我回答道。我不想再向父母隐瞒什么了。

“李想这孩子的条件不错，还是北京人，可你姐说他以前交过的女朋友不少，看来也是个不太认真的人，这样的男孩怎么能让我和你爸放心？列列你还喜欢他七八年，真够没出息的啊你。”

“妈，你不同意我们交往啊？”我问，这也是我最害怕的问题。

“我是怕你和你姐一样受伤害！可女大不中留，你自己喜欢的话我们说再多也没用，我只是提醒你。本来妈不该和你说这么丧气的话，可有时候也不得不提醒你一句，这结婚和谈恋爱不一样的。谈恋爱时他所有的缺点都可以忽略，甚至觉得这些缺点无所谓，能拿下他才是最关键的；可一旦结婚了如果他还花心的话，你会成天为这些事伤脑筋，痛苦，吵架，不快乐。一辈子能有多长啊，你不怕这种生活吗？”老妈语重心长地跟我说。

“可是妈，一个人专不专情，结婚前是看不出来的，从表面也是看不出来的。”我坚持。

“是这个理儿……可也不能风流情事太多，你就不在乎他以前的那些女朋友吗？”老妈问。

“在乎，可那也都过去了，我更在乎的是他将来心里有谁。”

“你就那么自信他那么喜欢你？列列，你这才谈了半年，还在热恋呢是吧？这些话你都听不进去，看东西也不清楚的，你要理智些。”老妈循循善诱地教导我。

“我也不知道……我其实还没有想那么多。结婚什么的事，我还没有想过呢，只是现在感觉挺好的。”我不想再谈这样沉重的话题，转而俏皮地说：“妈，你不是一直想让我快点嫁掉吗？现在有个各方面条件都好的男人在眼前了，又前怕狼后怕虎的了。妈，我说你也太抬举我了，哪有我挑人的份儿啊？人家又没说要娶我。”

这时爸爸从厨房走出来，手里端着一盘削了皮的西瓜。我马上过去接了盘子，称赞道：“瞧老爸这西瓜切的，摆盘漂亮，和星级饭店的一个样儿，妈你快吃几块！”

爸借机说我妈：“小哲离婚你不高兴，这个可以理解；列列谈恋爱了你也不高兴，东挑西拣的。我是男人我有发言权，男人看男人总是很准的，我就看李想这孩子不错，再说了，像李想这样的婚前风流倜傥的，婚后铁定专一。”

“那你当初还说康文杰也靠得住呢，不也看走眼了吗？”妈拿话噎爸。

老爸不说话了，气呼呼地说：“快吃西瓜吧。”

老妈说：“要吃你吃，我吃不下。两个女儿，没一个让我省心的。”

我朝爸爸吐了吐舌头，两人同时做无奈状。

第十九章 我想为你披嫁衣

马哲的事总算告一段落，全家人在这段时间都沉浸在那种悲伤情绪里不能自拔，连刻意地开开玩笑都显得那么苍白无力。好在有多多这个小屁孩给我们带来了不少欢乐，能够让姐姐充满阴霾的心里见到一些阳光和希望。

生活总不能一直消沉下去，大家都懂这个道理。我要是再在这个情绪里生活下去，连我都要有婚前恐惧症了，很快就会再也不相信婚姻和爱情了。

好在，我有我自己的主见。

李想说，我最近总是陷入沉思。和以前的沉思不一样，以往只要一沉思，脑子里肯定又在想什么脑残的事情或是二百五的主意；而现在的沉思，不用猜，肯定是一脑袋负面能量。所以李想说我整个人看起来心事重重的。

“不好意思。”每当这时，我就和李想说声抱歉。

“婚姻是每个人要面临的一座山，有凶险、有风险，但也得过，有的人过得去，有的人过不去，过去了就一片晴朗。可很多人就是没法等到云开月明的一天。”李想说完这句话，又补充一句：“遇上错误的路就无须再坚持，换个方向试试或许是好的。所以你不用太为你姐担心。”

“我不仅仅是想我姐的事，也在想我自己……”我老实告诉李想。

“光想也解决不了问题的，而且还作茧自缚，把自己搞得那么累，不聪明!”李想毫不客气地指出我的问题。

“我本来就不聪明……喂，李想同学，你确实是‘久病成医’，恋爱谈多了哲理也多了起来，我不得不说，你总结的非常有道理！我这些日子真是感觉自己活在自己制造的恐慌里，出不来，你一语道破啊。”我赞美他。

“又在讽刺我，哼。不过列列，我觉得，你姐其实比你想象的坚强。”李想说。

“但愿如此，我也希望她坚强。”

“好了，”李想中止了这个话题，“这些日子我总是出现在你家，帮你姐处理事情，我们俩的事情在你家公开了，可在我家还是秘密呢，这不公平。”

“我这也是因为突发的情况呀，否则我家人也不会知道的。”我有点怵他妈，不敢见。

“既然公开了，我俩就不用再躲藏啦，找个时间再去趟我家吧，这次是你单独去。跟你说哦，以我妈超级灵敏的嗅觉，你一进门她就知道咱俩的关系了，什么都不用解释。”

“啊？我还没有准备好呢？而且……我挺害怕见黄阿姨的……自身条件太差，经不住严刑拷问啊。”我自嘲地说。

“该见的总要见，你逃不过去啦，嘿嘿!”李想乐得满脸是花，一幅小人得志样。

我现在已经习惯了李想的打情骂俏，享受着他时不时发出的这些暗示信号。对我来说，这些信号是构成爱情堡垒的基石，让我一点点变得踏实。比如他总想带我去他家，这肯定就不是什么坏事。

我想起我妈对他的不太认可的态度，有些犹豫，怕悄悄地见公婆了，又惹我老妈不高兴，又在她近来不太高涨的情绪上撒盐。

李想看我犹豫，说："列列，你啥时候想好就啥时候告诉我吧，我可不能强求你。"

我赶紧解释道："我不是那个意思……我刚才是在想，我这次是正式见你父母，该穿什么衣服……"

我想李想一定不相信我说的话，他可是个人精。不过李想也很绅士，他不会为难我，只是顺着我的话往下说："嗯，那今天陪你去逛街吧。"

我拍拍他的肩膀，翘大拇指："嗯，不错，李想，你有当二十四孝男友的潜质!"

"贫嘴！走!"

在逛商场时看见了一家知名的婚纱工作室，橱窗里有一件我最爱的Princess A Line型婚纱，裙摆犹如几层薄雾般洁白轻柔，在模特身上飘逸像仙子。

我忍不住多看了几眼，又怕让李想知道我恨嫁的心情，赶紧装出一副不屑的样子从橱窗前走过去。可我刚才看婚纱的表情还是被这个人精捕捉到了，或许是我当时眼神太贪婪了，忘了身边还有一双注视我的眼睛。

"进去看看呗。"李想提议。

"看了也穿不上，你没看到那腰身，紧得像要自杀似的，我哪能穿得上啊?"我摆摆手，不敢尝试。

"不试怎么知道?或许人家有不同尺码呢。"李想说着就把我拉进去，我满脸通红。

婚纱店的服务员小姐非常热情地把我们请到一个漂亮的小桌子前，在了解到我的来意后，把橱窗那件婚纱的资料给我看。

"小姐您真有眼光，这件婚纱是我们的镇店之宝，由日本著名婚纱设计师本由美设计的，您看这是资料册。"服务小姐说完，指着册子上的几张细节图说："您看，这裙纱都是自然蓬松，材料都是意大利进口的，拖尾上还镶着若隐若现的锆石……"

"可以试吗?"李想问。

我可没有这个想法，我的脸此刻通红，头发大约也乱得够呛，又没有那么细的腰身，穿上岂不是贻笑大方？我推三阻四的，死活不愿意试，弄得李想都急了，说："列列，你不能总是这么不自信，人家都说了，可以改的嘛!"

我屁颠屁颠地去试婚纱了。要说婚纱这玩意儿，就是有这种神奇的魔力，刚穿上身，我就立马觉得自己是位公主了，这白纱飘飘的让人不意淫都难。

我深深吸了一口气，收腹，再收腹，居然穿上了，只是呼吸都变得困难。工作人员一双巧手，简单两下就把我的头发挽起来，挽得还挺有格调，人都看着不一样了。

我高兴的飞红着脸，提着沉沉的裙摆走出去，李想看到我，就像电影里男主人公看到自己的女朋友穿上婚纱时那样，眼睛都直了，啧啧赞叹美翻了啊!

李想问："小姐，这件婚纱多少钱?"

对方回答说："55000 元。"

我被这个价格吓了一大跳，气场顿时输了半截。我极其没底气地问："如果是拍婚纱照，可以租用吗？租金多少?"

服务小姐微笑着摇摇头，礼貌地说："不好意思，这件婚纱不能租哦。小姐，店里有不少婚纱是可以租借的，您可以看看的，款式很多。"

我婉拒了她，并且要求先把婚纱换下来，这么贵，弄脏了我可赔不起。李想拿着手机偷偷地帮我拍了两张照片，留作纪念。

试完婚纱，我主动拉起李想的手，向服务员说了声谢谢后，飞快地逃出了婚纱店。出来时还回头又望了望，恋恋不舍的。

李想拿起手机让我看照片，得意地说："你看，多漂亮!"

我拿过手机看了看，确实是太美了！我开心极了，催他说："快点把照片发给我，我也要留纪念，这么高级的婚纱，我一生中可能再也穿不到了。"

李想装着沮丧的样子说："听到自己的女朋友说这样的话，做男朋友的无地自容，这是明摆着对我没信心啊。列列只要你喜欢，这件婚纱我就买给你。"

"你疯了?"我特别怕他花这个冤枉钱，立刻阻止，"55000 元钱干什么不好啊，用来买件婚纱太奢侈了，我又不是明星名媛，不需要这些门面功夫的。

哦对了，我刚想起来，我们俩好像还没有谈婚论嫁吧，怎么倒先看起婚纱来了？”

李想神秘地说：“择日不如撞日，今天就开始谈，也来得及。”

“休想。”我狠狠地敲了一下他的头，说：“谈婚论嫁也得有点信物吧？你空手套白狼，想得美！”

“你又不是白狼……比喻太不恰当，都把自己绕进去了。”李想取笑我，接着说：“不过你倒是提醒我了，我是应该把终身大事提上日程了，好早点实现你对你妈许下的承诺。”

李想的话让我幸福得不知所以，这虽不是正式的求婚，但也可以完全肯定他的内心了。我实在没有心思去想他以前有没有对别的女孩做过如此的举动，我只相信现在的他是认真的。自己暗恋的男生居然有一天向自己求婚，还有比这更让人狂喜的事儿吗？

我顿时来了臭架子：“行啊，你想提就提吧，反正丑媳妇也要见公婆了，谁怕谁？不过，你可得拿出点诚意来，不然本小姐不嫁给你。”

“你想要什么诚意啊？你不会俗气到要自已谈彩礼的事儿吧？”李想使劲取笑我。

“我有那么俗气么，太小看我了。不过呢，彩礼当然是不能少，就包个三十万的红包给我爸妈吧，不用太多，我保证让你未来在我家面子足足的；钻戒就来个一克拉的吧，太重了我也怕被贼惦记；房子嘛，四环以内的就好了，不用太市中心；车也不需要太名贵，你就开你现在这辆，给我买辆奥迪好了……”我反唇相讥。

“列列，你真的答应了啊？”李想没理会我的调侃，抓住重点问。

“答应什么？”我装傻充愣。

“你都要彩礼了，就是答应嫁给我了嘛。你放心，我砸锅卖铁都满足你的条件。”

“你父母不同意，我父母还不满意，光我们俩答应有什么用啊？要是他们将来还是不同意，搞不好我俩还得私奔一回。”我其实是真的担心双方父母的阻拦的。

“那你放心好了，不要看我妈气焰很盛，这件事我绝对能作主，她大不了在小事上多掺和一些罢了。至于我爸，完全被我妈领导，没什么主导思想。”李想保证。

“还是先见了他们再说吧……”我可不敢随便乐观。

“那如果他们都同意了，你父母也同意了，你也就同意了吧？”李想一定要个答案，不抛弃不放弃地问。

“……”我无语。

这就算求婚了？连戒指都没有，哪怕是塑料的都可以啊！

“我买了这件婚纱向你求婚，好不好？我们到时候就把它收藏，以后纪念日的时候也可以拿来穿上，海边拍照，多美……”

“NO NO NO，你的诚意足够了亲爱的，真的不用买！谁结婚以后还穿婚纱啊，这么个庞然大物到时候往哪儿放，不切实际。”都快成一家人了，坚决不能让他乱花钱。

55000呐，5500还差不多。

“你这个女人真不够浪漫的……那怎么办，我得拿个东西表示一下啊。”李想看着很着急。

“改天你准备好再说，啊？走吧，买衣服去。”我怕极了来来往往这么多人。

“今天提前演练一下嘛。”李想很坚持。

“那么……”我左顾右看，想寻找一个安静的地儿，大庭广众的，在这里演练多不好意思。我看到商场拐弯处有个员工楼梯口那儿没人，于是拉着李想跑到那里，站定后，还警觉地四处望了望，生怕有人偷看。

“最多给你五分钟，赶紧的，麻利儿的。”我下了死命令。

“嗯，开始。”李想学牧师双手伸开，自问自答道：“李想先生，你愿意娶眼前这位女士为妻，无论她变肥、变丑、变老、唠叨、骂人、吃相难看、坐下翘二郎腿、看帅哥流口水、还经常打人，都至死不渝相守一生吗？好，我愿意！列列，换你了。”

“你这也太应付了吧？”这什么嘛，我有你说的那么差劲么？

我说："听着，我也和你一样自问自答吧，省得你又占我便宜。呃，马列小姐，你愿意让眼前这位男人作你的丈夫，无论他变穷、变衰，花心、抽烟、沉迷游戏、睡觉打呼噜、上厕所不冲水、喜欢看A片还假装纯情，都至死不渝相守一生吗？好，我不愿意！我又没病。"

"这不公平！"李想抗议："我能接受你一切的不好，你也得接受我的。"

"让我想想……你这是私订终身呢，我可是良家妇女，嘿嘿。"我就喜欢逗他着急，他越着急我越满足，我卑鄙阴暗的小心态。

"还想什么啊？我再问你一次，你愿意嫁给我吗？快说快说。"

"把你的银行卡都给我，我就说愿意！对了，信用卡不要。"

"够实际的，给！"李想把钱包塞到我手里，又急急地问："到底愿意不愿意？"

"好吧，我愿意。"我被他搞得羞死了，左顾右看，确实没有人在偷听。

"我听不见！"

"我愿意！"我加大了一点声量。搞什么啊，都30来岁的人了，还玩这种心跳。

"我还是听不见！"李想摆明了是要整我。

我斜着眼睛看着他，一脸鄙视，又大吼一声："我愿意，好了吧？"

"还是听不见，哈哈哈！"

我一巴掌狠狠地拍了一下他的后脑勺："你有完没完啊？"说完便跑出了这个促狭的楼梯间，不想再理他。

我的心里早已乐开了花。

第二十章 动物的悲歌

自从姐姐离婚后搬回家来住，我家就恢复到多年前的热闹状态，很快就忘掉了很多的不愉快。老爸老妈带已经四岁多的多多，时间精力都绰绰有余。外孙女天天娇萌在侧，白天上幼儿园，晚上和姥爷姥姥一起睡，两个老人高兴都来不及，哪会喊累呢。

马哲说要尽快买个小房子搬出去，觉得总是太打扰父母。

这个念头一出，就被爸妈阻止了："这住的不是很好吗？康文杰给你分的钱你就留着吧，以后肯定用得着。一个单身的女人，手头有点钱才是王道，才无后顾之忧。这房子以前就住着 4 个人，现在多一个多多也不挤，有个小孩在旁边还开心得很呢。"

马哲只好作罢。她有一次偷偷地跟我说："列列，要说钱真是好东西，我突然有了好几十万，心里踏实的很。这钱可比康文杰可靠多了。”

我把要去李想家见公婆的事情告诉了马哲，马哲鼓励我说：“不用怕列列，你现在的状态非常好，是你自己不曾发现，自信点，拿出点姿态来。”

我说：“见了双方父母，肯定要被催婚了，我的恋爱时光还没有享受够呢。”

马哲说：“很多的恋人，谈得时间倒是够长的，可最后还是走不到一起。婚姻是看缘分的，你是他合适的人，想要结婚的人，这比什么都强，谈的时间长些短些根本无所谓。再说了，婚后也可以继续谈恋爱啊。”

我想起了乔安妮说的话，她曾经说，和男朋友在一起六七年了，再不结婚都要走不下去了，可对方迟迟不提结婚的事，催又催不得，成天都很纠结。我想马哲的话也许是对的，有人愿意娶我，我也愿意嫁他，一切都水到渠成，多好。

可我对婚姻还是既向往，又害怕，我特别怕一进围城后，一切都不一样了。我深深地叹了一口气，说：“我特别怀念以前天不怕地不怕的样子，才和李想谈了大半年，就特别怕失去他了，这特别不像我的性格，没有霸气。”

“因为你喜欢他，”马哲说：“这些日子和李想多见了几面，觉得他待人处事还是挺有智慧的，说话做事都很用脑子，而且他还帮了我不少忙呢。就像你说的，男人聪明点最好，起码能拎得清道理。姐看出来他也是很喜欢你的，你俩在一起的状态，怎么说呢，很对味。”

“托你吉言呀，姐。”我冲他笑笑。

“列列，姐有一句话还是要说，不管你是结婚前还是结婚后，生孩子前还是生孩子后，都要有自己的工作，甚至是事业。你还要有自己的生活圈子和爱好，要不然，你的婚姻将索然无味，等几年热情过后，就很难打发剩下来的枯燥生活。这是我的感触，我在康文杰心里，就是过于一无是处了。”

我狠狠地点头，说：“姐，我一定会注意这一点。”

马哲很欣慰，笑着说：“你是个有主见的姑娘，比我强，放心，妈那边的工作，我做。”

丑媳妇见公婆的日子马上到来了。初秋的好天气，我一大早就起来拾掇自己，衣服要不靓不土，妆要不浓不淡，头发要干净飘香。

“列列，你今天去他家，一定不要失了礼数，不要让人家说咱家女儿没教养，知道不?”老妈一大早就交待各种注意事项。在马哲的三寸不烂之舌的劝说下，老妈开始慢慢接受李想，对他好感与日俱增。

“不要说话太冲，列列，你就是太直，你看以前多少相亲对象都被你骂跑了？女孩子嘴皮子太利落了可不是什么好事。”爸爸也加入教育我的队伍。

“爸妈，我知道了，你们都教育我三十年了。”烦死了。

李想来家里接我，手里提着送给老爸老妈的礼物。老爸笑得合不拢嘴，老妈表情有所保留。爸妈请李想先到屋里坐坐，我拒绝了，把老妈准备好的送给李想父母的礼物提上，向家人说了声拜拜，就赶紧把李想拉下楼了。

“急什么？让我和岳父岳母培养培养感情嘛。”李想不满我的仓促。

“时间不早了嘛。”我解释道。

李想把车一开上高架，我就看到远处有三只可爱的小狗在嬉闹。我有点诧异高架上怎么会跑上来三只小狗狗，它们看来无忧无虑，完全不知道自己正置身于车来车往的危险中。

“李想你看，三只小狗怎么会跑上这么高的地方，这么多车多危险。”我指给他看。

李想顺着我指的方向看去，只瞟一眼的功夫，其中一只小狗从护栏处跑向路中央，刹那间已经葬身于车轮下。紧随其后的汽车看到了已经血肉模糊的它，可也只是犹豫半秒，继续开过去了。另外的两只小狗意识到了环境的危险，看着同伴葬生车轮下，睁着圆眼无辜无措地看着它，不敢再往前跑一步。

小狗啊，你们千万不要再往路中央去了，赶快顺着栏杆跑回家吧。

这一幕触动了我和李想。我们都是宠物医学专业的，既使我们再不那么迷恋小动物，出于本能，都有一颗救愈它们的心。我看着另外两只小狗正如我愿，顺着栏杆往高架下面跑去，很快就不见了踪影，才稍稍放下了心。

“谁啊？看见小动物还真能开过去，还他妈是人么？不出明天，它就成了高架路上的一幅血淋淋的画了。”李想很气愤。

“别说了……”我打断他，心里压根不敢想象那个画面。

“人们对动物的关怀还是太少了。哎，对了列列，就咱班那个马军杭不是开着宠物护理中心吗？以后遇见什么流浪小猫小狗的可以送他那儿去，咱给赞助动物口粮都行啊。”

我轻轻地摇摇头，说：“恐怕不行，马军杭那人很实际，只做赚钱的买卖，他说过他那里不是收容所。梁爽说有一次要出差，就托他帮忙照顾一只流浪猫，就照顾半个月，还附赠几包猫粮，人家都不答应。”

“真遗憾，不过也可以理解，呵呵。”李想也摇摇头。

“我不理解。李想，我就没你那么伟大，我就觉得他这样做，就失去宠物中心本身的意义了。”我说完后，也反省了自己对专业的不重视，以及对狗毛的嫌弃，而且我发现，我最近好像不是那么敏感了。

“不要这么义愤添膺的，人都是要生活的，公益也不是人人能做的，也不是喊喊口号就可以的。再说马军杭做的事，有它的意义在，收费也好，免费也罢，也是在保护动物嘛。”李想在某些时候，表现地比我理智多了，他不尖锐。

“好，我承认，你说的有道理。我觉悟不高好吧？”我嘴上不饶人，其实同意他的话。

“列列，要不，我们也开一家宠物中心？”

“你不是喜欢电子商务吗？”我很疑惑。

“不是说我，是你，你可以开家试试嘛。我们最近可以多打听一些这方面的信息，需要什么手续，办什么证，大概需要多少钱。到时候可以让马哲和你一起开个姐妹宠物店。”李想兴奋提议。

“这个……让我想想吧，你别想一出是一出的。”我说。

“你自己看，我就是个提议，觉得挺可行。”李想很感兴趣，但也没逼我点头。

我想起刚才高架上发生的一幕，又想起自己这么多年一直不愿意从事本行的坚定态度，心里总觉得这件事情不太可行。我有着很多人共有的毛病，就是遇事爱愤愤不平，摩拳擦掌打算行侠仗义一番，结果是顶多参与一下网络口水战，没有付诸实践。

有些事我们小老百姓参与不了，有些事我们是完全可以做的。比如说提升自身修养素质、比如说勿以善小而不为，比如说，开一家宠物店或小动物收容所。

“喂，别想太多啦，”李想打断我飞扬的思绪，又告诉我说：“车后座上放着一个礼物，我都包装好了。是一个包，我在专卖店买的，你到时候就说是你买的，送给我妈吧。”

“嫌我家人准备的礼物不够好?”我相当敏感。

“当然不是!”李想否认，“是因为我妈挺喜欢这个包，去商场看过几次都没买，所以我就买下让她高兴点。你就说是你送的，我保证我妈对你的印象大加分。”李想对这个包带来的效益十拿九稳。

“多少钱?”

“三千来块。”

“那你妈不会嫌我乱花钱吧?”我有些不放心，听说婆婆们很在乎这一点的。

“不会。她平常用的东西其实也都挺好的，而且女人对包的喜爱，是不论年龄的。”李想相当有把握。

“经验又来了!”我撇撇嘴：“那我把钱给你，因为这是我的心意，必须是由我来送。”

“改天你买一个包给你妈，就说是我送的不就行了?”李想坚决不让我吃亏。

“我妈还没用过这么贵的包呢。”我十分感慨，自己这女儿真是白养了，没送过父母什么像样的礼物，好歹马哲还送过老妈一个玉镯。小时候曾经对父母说长大后赚了钱让他们过好日子，可现在长得够大了也没为家里做什么贡献，而父母也就靠着孩子们那几句的甜言蜜语幸福地希望着。

“到时候必须说是你送的，我要是说我买的，我妈非唠叨死我不可。”我家是黎民百姓，家境小康水平，平常没有啥大的开销。我隐约记得老妈用的包还是我当年考上大学时老妈一高兴买的，用了几年都不换。几次想给她换个包，她都说自己又不出门，拿好包没用。

李想仿佛看出我的心思，腾出一只手来握住我的手，说：“好的，就说是我送的。别多想啦，以后的日子会很美好的。”

第二十一章 围城门口

再次走进李想家，我已经站在了围城的门口。

我只遗憾，我真正享受爱情的时间太少。我也知道围城内的爱情还是爱情，只是会加入太多的家庭伦理和清规戒律，还将认识更多会对自己生活指手划脚的人。

我爱自由，可是，只要有李想，我愿意放弃一些自由。

我怵李想的妈妈，很大原因是害怕她再次严刑拷问，还骂人不带脏字。你想说我的眼睛不好看，就直接说嘛，还扯个大圈子，一看就是当领导的人，兜圈不着边际。

不过这只是我心中的独白，不敢和任何人说出来的。这种感觉让我很懊恼。要在以前，如果有人敢这么明目张胆地挖苦我，我定会让 TA 们吃不了兜着走。而世间万物相生相克，总会有人让我必须低声下气。我既然要做人家儿媳妇，既然老天厚爱我让我和我的梦中情人在一起，这些都不算什么。

第二次踏进李想家门，嗅觉灵敏的黄阿姨早就知道了我们的关系，她大概也比较清楚亲生儿子的秉性，就算再挖苦也于事无补，所以这次态度柔和很多。只是，一个严厉的人柔和起来，更让人不自在罢了。

“来，马列，快进来坐。怎么带来这么多的东西啊，都是一家人了，不用太客气。”黄阿姨满面笑容，妆也化得完完美美的，头发还特意吹了吹。

李想趁机把包装好的包包递给我，对我说：“列列，你买的东西。”

“列列”这个亲昵的称呼让黄阿姨不太痛快，她表情越发尴尬了，勉强笑着问：“什么包啊？马列太客气了。”

我哪知道是什么包啊？我都没有拆开包装过。我说：“阿姨，听李想说过你喜欢这个牌子的包，所以我买了送你。”说着双手捧包，送了过去。

拆开包装的一刹那，黄阿姨终于笑得自然了，看得出来她非常开心。不过领导加家长的架子依然很足，对我说了声谢谢，就把包放在一边，招呼我吃零食了。

“怎么没见到叔叔呢？”我发现李想爸爸不在家。

黄阿姨说：“哦，你叔叔去找一个朋友了，是一个厨师朋友，我们今天请他过来给我们做一顿饭，我和你叔叔都只会做点家常菜，要是不招待好你啊，怕李想这小子会怪我们。”

我有点受宠若惊，这阵仗也太大了吧，还专门去请厨师！我说：“阿姨，其实随便吃点什么都可以的，我主要目的是过来看看你和叔叔。”

“不麻烦的。”黄阿姨刚说完，李想爸爸就带着一个胖叔叔进屋了。我连忙起身和他们打招呼。李想爸爸和我客套两句，说：“你们先聊着，我和小魏进厨房张罗，东西是现成的，很快就好啊。”说着就转身进了厨房。

“我们聊我们的，不管他们了。”黄阿姨笑眯眯地说。

“不用我去帮忙吗？”我说完自己都想笑，我啥时候变得这么懂事了呀。

“不用，今天你是客人。马列啊，你平常上班累不？”黄阿姨开始了盘问。好在这次不是说我的眼睛或是牙齿。

“不太累，只是广告公司工作时间不太定，有时候需要加班，个别时间会回家较晚，不过加班的次数并不多。”我觉得我相当诚恳。

“现在是一个人，加个班倒也无所谓，以后要是成了家，老加班就不好了，女人还是要以家为重。”黄阿姨说完，呷了一口茶。

我不知道说错在哪里，于是没有接话，嘴角微微笑笑。

“平常不上班的时候，都做些什么呢？”黄阿姨继续问。

“每周去我们领导家里半天，照顾他家的宠物，剩下的时间我用来学英语、学钢琴，有时候晚上自己练练书法什么的。小时候学过，不想丢了这些爱好。”说罢，我觉得自己很了不起，谁说我一无是处了，姐我会的东西还是挺多的，是姐太低调好不好。

“马列还是多才多艺呢，呵呵。”黄阿姨对着李想夸我，李想得意地回答说：“那当然！”

“你学钢琴是考级，还是……”黄阿姨问。

我说：“不是的，我这么大了也不会再考级什么的。小时候学过几年，也考过级，后来就丢掉了。现在学钢琴完全是怡情养性。”

黄阿姨很不认可，“那花这么长时间去学，不是……有点浪费么？哦，我也不是说没用，比如将来有了孩子，家里有个会弹琴的也好，可以教孩子。大人学这个，用处却不大。”

李想表达出相反意见：“妈，这怎么就没用呢？人多点才学，总是会用得到的。再说了，就算用不到也没关系，不是任何事都需要有个啥结果才去做的。”

黄阿姨情商极高，淡定地说：“马列，你看我家李想就是这么不实际。我觉得吧，男人学点管理学、厚黑学，女人学点理财知识，厨艺什么的，就比琴棋书画强的多，那些都没用。你看学钢琴的人那么多，成功成仁的有几个啊？”

我想她不是在说她家想想，明摆着是要重新打造我的价值观。

我也没想争辩，就应付着说：“阿姨说的对。”

黄阿姨问：“马列你每个月给父母生活费不？”

还没等我回答，李想就打断他妈妈的话，“妈，你这像是在审问被告人，这都是很隐私的事情，就别问这么详细了行不？”

“这算什么隐私啊？隐私，是指一些见不得人的男女关系，一些难言之隐的病，或是秘密啥的，这算什么隐私？”黄阿姨很不以为然。

李想解释道：“妈，你对隐私的理解太狭隘了，这就算隐私。在国外，什么别人结婚了没有，一个月赚多少钱，要不要生孩子，甚至年龄，都属于隐私。这些问题在面试当中都是不可以问的。”

“可马列又不是外人，而且还马上就成一家人了，一家人随便聊聊天，这哪是什么隐私啊？”黄阿姨坚持已见。

李想继续解释：“那假如也有人围着你问这个问那个，问你股票赚了多少、问退休工资多少啊、问你儿子怎么还不结婚啊、问去医院是看什么病啦这些，你不是也不想回答么？这不是一样的道理吗？因为这就是我们的隐私，不想让别人知道的。”

我表现的好机会来了，我不怀好意地说：“李想，我就和阿姨随便聊天的，阿姨也没想那么复杂的，没事。”

“还是马列懂事。”黄阿姨看有人站在她这边，马上对我表示赞赏。

李想剜了我一眼，意思是说“不管你了”。我想，李想平时在家里那么怕父母，这会儿却为我说了这么多的话，也难得了。我不是不懂李想维护我的心情，我只是觉得长辈们已经随身携带了一辈子的思想，不是我们冲撞几句就能改变的。与其和他们费口舌，不如顺从他们的意思。背后嘛，该怎么做还怎么做。

思想这个东西，改变不是一天两天，何必太心急。争论的结果绝对不是越辩越明，而是双方都越来越认为各自所持的观点是最正确的。

黄阿姨经李想的一番呛话，减少了提问，又说了几句，就去厨房看食物们的命运去了。

李想说我：“笨女人，就听不出我是在帮你。”

我说：“笨男人，就听不出来我是在和你唱双簧。”

厨师小魏很有职业修养，忙完后就找个理由礼貌地离开了。四人开饭。

要是平日里看到这一桌美食佳肴，我早就袖管一卷对它们上下其手了。可今天我必须矜持得不像话，从头到脚都表现得像个十足淑女。同时内心的小恶魔争相交战，好几次就差点原形毕露了。

什么带壳的、带骨头的、吃起来需要吸溜嘴的、颜色太深的，我基本都没碰。我只吃那种能保证吃相好看点的，吃了又不会胀肚放屁的食物。

餐桌上，李叔叔拿起酒杯要和我喝两盅，说感谢我一直照顾李想，说李想自从和我谈恋爱后整个人变得非常懂事。李叔叔话还没说完，黄阿姨就纠正了他的说法："我家李想一直就是个懂事的孩子，对感情很认真，很少谈女朋友，一谈就是来真的。"

我扑哧一声差点笑得岔了气。李想你要是没谈过女朋友，其它男人就都该是出家和尚了。

"你笑什么呢？"黄阿姨听我这声笑，忍不住问。

"哦，没事，"我后悔自己没把持住，解释道："我是觉得，自己找了李想实在太有福了，才高兴的笑出来。"说完又很没出息的干笑两声。

"哦是这样啊，哈哈哈，来，不多说了，干杯！"李叔叔又拿起酒杯，黄阿姨对我的话半信半疑。

吃完饭后，李叔叔进厨房去收拾，我再次提出要去帮忙，被黄阿姨拦住了，她说："你叔叔今天高兴，就让他洗吧，你坐着，我去给你切水果。"

我其实已经不想吃水果了，尽管我一再克制饭量，还是有点吃多。此刻最想做的事就是回家，然后，上厕所。

我几次提醒李想："要不，让叔叔阿姨早点休息？我就不打扰了吧？"

李想这厮这会儿倒听不出我的弦外音了，以为我是真的不想打扰他父母。他很缺心眼地说："没事的，他们下午不休息，你放心坐着吧。"说真的，我真想拎住他的脖子，告诉他我的真实想法：你丫真是没有半点默契啊。

我陪着黄阿姨又海阔天空地聊了好多，准确地说是她问我答，这样进行了好长时间。在确保对我家宗系家风都比较了解了之后，我终于被放出来了。

李想开车送我，我保持着礼貌向他们告别。看他们关上门后，我拉着李想冲进电梯，催他快点去开车，在他去开车的这个空档期，我狠狠地放了一连串的响屁，太爽了。

“你到底急什么啊?”坐在车里后，李想问我。

我说：“丑媳妇见公婆总是紧张的，总算过了一关，唉，早死早超生。”

李想被逗乐了，说：“要不要先去别的地方逛逛?”

我说：“先带我去你家附近那个肯德基吧，我要去上厕所。”

李想一脸疑惑：“外面的洗手间能有自家的洗手间好么?”

我有些小难堪，窘着脸说：“我不想发出任何关于排泄的声音嘛！我也害怕弄出味儿来，那让人很难堪的。而且，就你妈那跟法官一样敏锐的洞察力，肯定会因为那些气味而判断出我肠胃不好，哼哼，所以还是算了吧。”

李想笑得快要喘不过气了，“所以你就一直憋着？啃，我说你怎么总是拒绝吃东西喝饮料呢，我说，至于吗?”

“当然至于，太至于了，你不懂。”

李想说：“我怎么不懂了？我也去过你家，就没你这么个紧张劲儿，你真行。”

我准备好好给他讲讲这个理由，于是清了清嗓子说道：“你去了当然不紧张，你听过‘丈母娘看女婿越看越有趣’这句话吧？那你听过‘婆婆看儿媳越看越有趣’么？当然没有！在我们的文化里婆婆和儿媳的关系就好比一山的二虎，或是一个男人的两个情人，水火不相容的。我能不小心翼翼地维护自己的形象么?”

李想点点头，我不知道他是真认同还是假认同，反正我知道男人女人的思维不一样，管他真的假的，能照顾到我的面子就不错了。他说：“你说的很在理，是这个理儿。不过照你这样说，你表现的太优秀了反而会激起我妈的斗志咯?”

“我不知道，”我说：“起码不能让人觉得我配不上你，在你父母的眼里，你就是天使的化身啊，而我就是高攀。”

李想听了我的话，沉思良久。过一会儿，他认真地说了一番话：“列列，你完全不必这样，我还是最喜欢我俩在一起不知天高地厚的样子。你不用太为这些琐事担心，我们两个也不能过快地就被这些烦恼所淹没，你相信我，我会努力处理好这些问题的，不让你为难，也不让我妈为难，更不会激化你们的矛盾。我自信还是有点小聪明处理这些事的。”

希望如你所愿。

曾几何时，我的人生中也开始产生这么高深、无聊、迂腐而又实际的问题了？这些问题让人头痛又失落。我终于理解了为什么很多相爱的人在面临婚姻时会出现婚前恐惧症，多数都是被这些家务事给害的。爱情即将进入婚姻，一切好像都变了味儿。

我也不能幸免。仅仅在几个月前，我还表现得相当勇敢。可现在，我确实有强烈的失落感，即使，我最爱的他就在身旁。

第二十二章 非常婚礼时光

我的失落不管用，就像我和李想早早预测的一样，恋爱这事一旦遭遇了双方的父母，就变成催婚。为此我和李想也做好了心理准备。

我们抽了一个时间把双方家长约在一起见面，我想他们一定有不少问题要谈。果然，四位家长在碰面的半小时之后，就不再寒暄，说起了主要话题。无非是彩礼啊、结婚酒店呀、买房子啊、典礼要合办还是要分开办这类的“大事”。

马哲已经不像以前那样叽叽喳喳乱出主意了，失败的婚姻让她一夜长大，而且还庆幸的没成了一枚怨妇。她说，有很多东西是看似重要，有时也不重要。

“你看，要是有个介绍人就好了，呵呵，我们当面说这些个内容，觉得特别不好意思呢。”黄阿姨觉得有点尴尬，面对面就谈钱呀，房子呀这些敏感的问题。

“只要他俩感情好，其它的倒是不那么重要。”李想的爸爸说。

“是是是，不过别的孩子们结婚时有的，咱的孩子也不能少。”我老妈光怕吃了亏。

“那个放心放心。”

“亲家啊，不知道你家李想是怎么考虑的，结婚后，他是打算搬出去住呢，还是…… ”我妈问。她最关心的就是房子的问题，还是希望我能够独立住，不被婆婆欺负。

“啊，是这样，我们在北京正好有两套房子，另一套在三环，虽是十几年的老房子了，但是地段很好，一直是租出去的。现在不出租了，打算好好地装修一下当做他们的新房。年轻人上班还是要方便的，我们就住现在这一套，远点没关系，反正也快退休了。”黄阿姨说。

“那敢情好啊……孩子们住得近了，来看我们这几个老的也方便。”我妈特别高兴。

“老的”这两个字让李想妈妈不太高兴了，她比我妈的生活品质高，很注重保养也很在意年龄，她不愿意承认自己已老，所以听到我妈的寒暄，只是尴尬地笑了笑。

经过几位大人旷日持久般的会谈，关于婚事的主要项目就确定了。婚期选定在 11 月份，气候不寒不热，季节刚刚好。两家合办典礼，主要事情由李想妈妈安排。

“你对婚礼有什么建议吗？列列，你有什么尽管提。”李想问我。

“没什么意见，由父母办就好了，他们高兴就好。”我无所谓，在提出的几个建议都被李想妈妈枪毙之后，我已经放弃了。

“还是得有点我们的想法，要不我们会遗憾的。”李想说：“起码房子是要长久住的，一定要按我们的喜好来装修，列列你喜欢怎么装就怎么装，这个我可以做主。”

“OK，那我就不客气了！”我满口答应，“我就是一个俗人，一直都盼望着有个属于自己的屋子，里面有我喜欢的大物件小物件，想买多少买多少。”

“这个愿望我必须为你保留，尽情地装修去吧，别给我省钱哦。”李想拥抱我，亲昵地亲了一下，说：“你不用问任何人的意见，我和我爸妈说了，装修的钱我自己出。”

我俩击掌为誓。李想还是抱着我，感叹地说：“没想到我李想居然这么快就结婚了。”

我更没有想到会这么快，我调侃他说：“你没想到，是因为你伴侣太多了，不知道该选谁；我没有想到是因为我一个连男朋友都找不到的人，居然和自己的暗恋对象结婚了。”

“不管怎么样，你算是兑现了你对你妈的承诺了啊。”李想喜形于色，开心得不得了。

“嗯，总算不用再相亲啦!”我振臂欢呼，用力抱住了李想。

李想，我的理想，我理想的幸福生活里终于有了你，有你陪伴有多美满。

与此同时，马哲在梁爽的介绍下，找到了一个销售的工作。做为职场新人，马哲天天忙得不亦乐乎，很累可也很新鲜，工作让她恢复了一些元气，生活也变得充实起来。

我为此专门请梁爽吃了一顿大餐以表感谢。我把我和李想要结婚的消息告诉了他，并递上了我们亲自设计的请柬。

请柬的照片是我们的大学毕业合影照，我和李想的脑袋被红圈圈住，用一根很丑的红线连着，中间加一个我偷窥的眼睛，春心荡漾。我那时长得很基层，而李想是个十足的校草，他连正眼都不瞧我。

梁爽看着喜帖，呵呵呵干笑着，意味深长地说：“唉，早知道你和李想居然能走到一起，我当时就不做好人牵线了，硬是把快要到手的媳妇拱手送人了。”

“什么意思啊你？你的意思是我和李想有着天壤之别，根本没法走到一起？我有那么糟糕吗？”我假装生气说。

“不是那个意思，总觉得你和李想不合适，你又不是不知道他的诸多风流史，你能受得了吗，不怕将来他再花心？”梁爽说。说实话我不喜欢梁爽这样说话，含沙射影的在背后说朋友的不是。李想就从来不会这样说别人。

“梁爽同学，我都要结婚了，你说我们不合适这样的话，我听着心里怪难受的。”我必须维护我家李想，说：“人总有改变的时候，男人花不花心，是不能看表面的。帅哥不一定就危险，丑男也不一定就专一，我眼里看到的恰恰相反。”

“开玩笑的，开玩笑的。马列，祝你们幸福哈。对了，我现在也找了个女朋友，亲戚给介绍的，长得还行，你帮我把把关。”梁爽说着，拿手机找出女朋友的照片来给我看。

我最不喜欢做这种“帮人把关”“做个参谋”之类的事情了，不过碍于面子还是认真地看了看：一个挺年轻的女孩，头发长长卷卷，眼妆黑黑，下巴尖尖，千篇一律的美女脸。

我在想，这和当年李想的那个小萝莉有什么区别呢，看起来是一个类型的嘛。我有点违心地赞美道：“好漂亮啊，你小子有福了。”

梁爽很得意，男人的面子啊！我戏谑他说：“梁爽，你是不是双子座的啊，前一个喜欢我，后一个就喜欢一个和我完全不同类型的，你真是海纳百川。”

梁爽嘿嘿地笑着，说：“其实本人也没这么好看，不过身材挺好。”

我说：“那就好！梁爽你好人好到底，再帮我一个忙吧。我和李想计划偷偷穿着运动衣办婚礼，我想让咱班的同学们全都把当年运动会时穿的衣服找出来，齐刷刷来个运动衣婚礼，你帮我张罗张罗呗，你的号召力向来最强。”

“你们可真够奇葩的，”梁爽说：“行，交给我吧。还有别的要求么？”

“没了。还有，谢谢你帮我姐介绍工作，她现在像换了个人似的，天天很高兴，谢谢了啊。”我诚恳地感谢，没忘记今天请他吃饭的主题。

“客气啥，咱俩谁跟谁啊？”梁爽呵呵地笑着。

婚礼的安排上，李想妈妈是掌门人，其它人员配合。因为是两家人共办一场酒席，人手还是足足的，所以我和李想的主要任务放在了装修新房子上。闲暇之余，就抓紧了时间享受最后的单身时光。反正在婚礼的问题上，说什么意见都会被枪毙，不如就按照长辈的想法来。

李想说：“婚礼其实就是属于长辈们的，他们的孩子成婚了，要昭告天下。而且，来宾大多数是长辈们的社会关系，必须维护的，我们就顺着他们的意。等婚礼办完了我们再想办法照自己的想法玩呗。”

我说：“我根本就没想法。”

大喜的日子马上就到了，结婚的前一夜几乎没睡，马哲陪着我说话、抹眼泪，还帮我敷面膜，按摩腿脚。以前成天为我安排相亲，现在，我终于要嫁人了。

天还没亮化妆师就来了，提着一个专业的大化妆箱。

我和化妆师说：“头上不要那些大朵大朵的花，不要盘那么复杂又很假的新娘头，不要给我贴假睫毛，不要双眼皮胶带，不要脖子上扑那么多亮晶晶的蜜粉，就给我把头发卷成大波浪，上面戴个头纱，化个简单的妆，穿上衣服就可以了。放心，钱我照给！”

化妆师从来没有见过我这么好打发的客人，兴高采烈地帮我拾掇，不到半小时就弄好了。妆容整理好后时间还早，我嘟哝着嘴说：“早知道这么快，我又何必起那么早啊，好困。”

老妈看到我的装束，一个劲地嘟哝：“昨天买的花呢，怎么不盘一下？最起码别一朵百合啊，还有满天星。这妆也太淡了，哪像要结婚的？”

马哲现在和我是一个鼻孔出气的，她说：“我看挺好，很飘逸，很真实。妈你不懂，越是高级的妆容就越是简单，往头上堆那么一堆多难看，我都后悔我当年结婚时那个花里胡哨的造型。”

我妈说了句“随你们吧”就气呼呼地出去了。

李想看到我的一刹那，欢喜和感动交加，眼里盈盈泪花。再看跟随他来的那一帮男人，清一色的运动衣，在他的西装革履反差之下颇有喜感。

李想握着我的手，说：“列列，你再也不要自卑了，你自己很美只是你不知道。”

我瞪了他一眼说：“谁说我不知道，老娘我就是自己的女神！”说完又放低音量悄悄问他：“我们俩的运动衣呢？”

梁爽说：“都在我那儿保管着呢，放心。”

等典礼开始，伴娘伴郎各位长辈们就位，司仪就开始那一套激情洋溢和千篇一律的台词，我听着都快睡着了。

我终于有机会把我电脑文件夹里那些不见天日的照片翻出来，托人做成一个短短的视频。

这些照片我从未示人，连李想都没有看过：里面有李想，有校园里的一草一木，有我的心情日记，那是一个女孩暗恋男孩的最美好又卑微的心情全记录，也是我最生动的大学年华。我请专业人士做的，画面唯美得不像话，像是爱情电影。

播放这段视频的时候，除了我，所有的同学，还有乔安妮都哭了。李想哭得最凶，眼泪不停地流，说话哽咽。看我没哭，直说我心肠硬。

我说不是我心肠硬，我要是一哭，就成京剧脸谱了。必须忍着。

伤感过后，同学们开始起哄，说要让李想表达爱的宣言，要说一些最狠的情话，还要录下来发到网上。李想冥思苦想了好半天，终于想出一句：“列列，我爱你，就像贾宝玉爱上林黛玉，那是前生注定的……”

“红楼梦结局太惨了，不吉利，换一个。”同学们集体反对这个比喻。

李想又说：“我爱你，就像克林顿爱上莱温斯基，冒着臭名远扬的危险……”

“我去！这是什么比喻啊？再换！”

李想抓耳挠腮，总算又想了一句：“我爱你，就像老鼠爱上猫，玩的就是心跳；我爱你，就像白蛇爱上许仙，那是我欠你的；我爱你，就像杨过爱上小龙女，能经得住时间的考验。”

秦时月带头鼓掌：“这几句还差不多！马列你也来几句爱的宣言呗。”

我摇摇头说：“我这狗嘴里吐不出象牙的，难保说出更奇葩的话来。”

“说几句嘛。”大家纷纷起哄，鼓励我。

“那就按李想刚才的格式说吧，”我文艺青年的气质终于派上了用场，脱口而出：“我爱你，就像那个奇幻漂流的少年派，那是一种信仰；我爱你，就像被压在山下五百年的孙猴子，有太多暗无天日的想念时光；我爱你，就像周瑜爱上诸葛亮，脑子有点进水了……”

我看到几位家长大眼瞪小眼儿，他们可能无法理解现在年轻人的幽默方式，这些看起来开玩笑的话在他们眼里，或许都是洪水猛兽吧？

李想却听着动容了，他拉着我的手，深情地望着我，没有说话。

这时司仪拿起麦克风说：“新郎新娘的表白真是让人感动，玩笑之中透露着浓浓的真情。接下来，我们也举办一个教堂式的婚礼仪式，这个仪式结束之后，喜宴就正式开始！”司仪说完，拿起我们提前给他写好的誓词，照着念了起来。

“李想先生，你愿意娶眼前这位女士为妻，无论她变肥、变丑、变老、唠叨、骂人、吃相难看、坐下翘二郎腿、看帅哥流口水、还经常打人，都至死不渝相守一生吗？”

李想振臂高呼：“我愿意！”

司仪继续念，表情复杂：“马列小姐，你愿意让眼前这位男人作你的丈夫，无论他变穷、变衰，花心、抽烟、沉迷游戏、睡觉打呼噜、上厕所不冲水、喜欢看A片还假装纯情，都至死不渝相守一生吗？”

我也振臂高呼：“我愿意！”

台下的宾客们哄堂大笑，尤其是我的同学们，个个像打了鸡血般兴奋。

典礼结束，酒宴开始。我和李想换上上学时的运动装，为宾客们敬酒。李想妈妈，不，现在我也该叫“妈”了，她看到我们的服装后脸色有点不高兴，所幸欢乐的气氛早把这些小插曲掩盖。这年头啥样的婚礼没有，她也算是见过世面的，所以很快也就调整好了。

至于我父母，从来就拿我没办法，任由我们去。

宾客散去，只剩杯盘狼藉，满地残花。李想，我们真的结婚了。

家长们这些日子被折腾的够呛，刚刚典礼时还都精神奕奕的，现在也显疲态了。马哲说：“结婚就是这样，把一堆人折腾的筋疲力尽后，就幸福地结束了。”

我的几位同学把公婆和爸妈他们送回家休息，随后又聚在一起，拉着我们的班主任去了母校。乔安妮也要跟着去，她说很喜欢我的这帮同学，去了还可以帮我们拍照，于是挤了挤也跟着去了。

到了学校，回到以前的班级，让班主任老师又给我们上了一课。后来，我们学网上很多人那样，拿着一些老照片，对照着原来的场景、姿势，拍了几张一模一样的照片。

说一模一样有点牵强了。白驹过隙，我们都长大了，青涩不再，模样渐老，还有的同学稍稍发了福。可那又怎么样，知交半零落天涯若比邻，花样年华里有你有我，就是我们最好的青春片段，而且这个片段里还有我最爱的男生。

李想，我还就真的嫁给了你。

第二十三章 婚姻是本难念的经

刚结婚没几天，就已经被催着生娃了。

一个本来属于懒觉的周六清晨，公公婆婆早早就过来了，带着一纸箱的木炭、十几盆绿萝和吊兰、还有一脸诚意扑面而来。

“想儿，列列，你们的房子刚装修好时间不长，多放点这些吸甲醛的东西，等回头再送你们一个空气净化器，好好吸吸这有害物质。你看你们窗户也不打开，这哪儿行？”公公把木炭什么的分放在各个角落，又叮嘱道。

“谢谢爸妈，净化器我们自己买就行。”我谢过他们，打了一个大哈欠。

婆婆说：“列列你年龄也不小了，再晚就是大龄产妇了，得把身体养得好好的，赶紧要个孩子。我都后悔让你们这么快就住进来，这甲醛很缠人的，不是一会半会儿就能散得了的。”

李想说："孩子当然要了，不过得等些时候。等这房子晾个半年以上我们再考虑吧，要不孩子也不健康。"

"半年？"婆婆惊了："这时间也太长了吧？不过你说的也对，新装修的房子问题多，不适合怀孕。要不，你们先去爸妈家住几天？"

"不了，妈。这事不用太急，反正我跟你保证我们不丁克，你放心吧。妈，你好歹也是一个领导呢，觉悟应该很高才是，在我心中你就是一个特别时尚、特别开明、特别有修养的妈，不能和那些封建老太太相比啊。"李想趁机给婆婆戴高帽子。

"就是，"公公也帮腔，"当了婆婆了，就开始催孩子们干这个干那个了。从小到大，李想啥没听你的，你就让他们自己做回主嘛，你当媳妇的时候不是也挺讨厌我妈催你这催你那的吗？"

婆婆在家的地位是不容别人说反对意见的，她声线一提，说："我还不给他们自由啊，你看婚礼上不也偷偷地穿了运动服吗？婚礼完了还跑出去，有哪家的新郎新娘当天还跑外面的？我这还不够开明？"

我解释道："妈，别生气了，我只是想有个记忆深刻的婚礼。还有，我和李想都想好了呢，我们先好好养养身体，不抽烟不喝酒不熬夜，到时候一定生个漂亮健康的宝宝。只是这事儿真的急不得。"

婆婆这才消了气，说："你们三个，对我一个，我哪说得过你们？对了，列列你们不是要出国旅行吗，什么时候去？"

李想说："等圣诞节吧，我的假好请，列列不好请假。"

婆婆欣喜地说："我听说好多新婚的夫妻都是在旅行蜜月中要上孩子的，旅游时心情放松，很适合要孩子呢。"

公公把婆婆从沙发上拉起来，说："走吧领导，你就别给人压力了，三句话不离生孩子，你就让他们再自由一段时间又怎么样啊？走吧走吧，让他们再睡会儿觉。"

婆婆老大不情愿地停止了话题，又摆出架子叮嘱了好多事项才安心出门。他们一走，我和李想马上回去继续睡回笼觉。

李想其实一点都不想要孩子，他的想法是 35 岁之前当爹就可以，不用太早被束缚。而我，何尝不想过几天二人生活，想吃吃、想玩玩，不用连去看个电影都不行。可我知道这个又逃不掉，就像被催婚一样，一日没孩子，耳根子就清净不了。

李想说："真逗，中国人就是比着生孩子，生了一个生两个，生了女儿生儿子，不知疲倦。这有什么好比的，这本来就该是顺其自然的事情。"

我说："谁让封建礼教就教人'不孝有三'、'母凭子贵'什么的。你瞧瞧，在旧社会，女人本身是毫无价值和意义的，只能凭着生个儿子才能找到存在感。哼，好在我'生在新中国长在红旗下'，否则以我这叛逆性格只能有两种结果，要么奋起反抗，要么抑郁而死。"

"说实话，对于当爹这事，我还真没有做好准备呢，我真不知道自己会是个什么样的爸爸，当个好爸爸可没那么简单。"李想很感慨。

"你先当我的好老公就行了，哎不探讨了……"我拉起被子，不想再继续谈论下去，闭眼，睡觉。

刚刚有了一些睡意，乔安妮的电话就来了。

"马列，婚假休息的怎么样啊，什么时候来上班啊？我男朋友也不在，我快无聊死了。"电话里乔安妮小怨妇般的声音。

"明天就上班，怎么？几天不见就想死我啦？"我迷迷糊糊地问。

"当然啦！我说，你们新婚燕尔腻味够了没有？日子还长着呢，不要一下子把激情都刷爆了，腻味够了的话晚上陪我逛逛咋样？我请你喝咖啡。"

"只要不是托我照顾你家小动物，怎么都OK。"

"忘了告诉你了，喵喵早就丢了，丢了快一个月了。"乔安妮说。

"啊？"我一惊："怎么会丢啊？在哪儿丢的？"

"我也不知道，有天开门的时候跑出去，就再也没有跑回来。"听乔安妮的语气挺伤心。

"真希望它是找到了伴侣，乐不思蜀。那好，我们晚上见！"我刚说完，李想在旁边问："什么丢了？"

"乔安妮家的小猫。"

"这些可怜的小动物啊。我现在特别自责一件事，就是我们没有用所学的东西造福它们。”李想又想起要开宠物中心的事了。

“我也有这种感觉……我再睡会儿嘿嘿。”和爱人赖床真美好。

“叮呤”一声，李想的手机响，是婆婆发来的短信：“儿子，记得不要避孕，有了孩子不准打掉，否则有你好看！”

李想把信息给我看，嬉皮笑脸地说：“早知道不教老太太发短信了。”

我快要崩溃了，有完没完啊，老娘想睡个懒觉怎么就这么难？我提醒李想：“你千万不要叫咱妈‘老太太’，如果你想死得很难看的话。”

“还睡不？”李想问。

“不睡了，哎……”

晚上。火锅店。

乔安妮一见我就像机关枪一样把她男友数落个遍：“他奶奶的，谈了这么久了都不说结婚的事，我都把姿态放到最低了，主动提醒他结婚的事，他都没给我个准确答复，说什么‘出差回来再说’，出你妈头啊出差！看到你和李想这么快就结婚了，我特别有感悟，我他妈算是看明白了，这男人压根就不想娶我。”

我陪她一起骂：“确实挺过分的，要么干脆休了他，我这帮同学里还有一些优秀男生单着呢，你也见过不少，我给你介绍一个。这男人就不能惯，又不是非他不嫁，美死他了！”

“马列，我真的想休了他，不开玩笑。”乔安妮表情很认真。

“不要说气话，几年的感情哪那么容易？”我不信。女人总是嘴硬心软。

“我是说真的。”乔安妮说完猛灌了一口酒，看得出来很不开心。

“去你丫的，”乔安妮愤愤地说，伤心欲绝，“等他这次回来我一定要好好问问他的打算，我要听真心话。你说我们都这么大的人了还玩这些躲猫猫的游戏，不无聊么？如果他根本就没想和我共度未来，我这浪费的是什么时间？”

“我觉得你们该好好谈一谈，或者把他灌醉了谈，人在酒精作用下就算意识清醒，也会比平常失去防备的。”我建议。

乔安妮摇摇头说：“没用的，什么方法都用过了。马列，我现在知道了，人和人的疏远啊，大多数是因为距离太远了，也有可能是距离太近了。”

我问她：“那你还真的跟他分啊？”

乔安妮说：“有点舍不得，但走不下去了就分！我们这还没结婚呢，就和结婚多年的夫妻也没什么两样了，什么过生日啊、情人节啊啥节都不过了。上次好不容易逼着他过了一回相识周年纪念日吧，你猜送我一个什么礼物？鼠标！谁要你的鼠标啊？明明就是你的鼠标坏了，想换，还美其名曰是送我礼物，当我弱智吗？老娘我好歹也还喘着气呢。而且最可怕的是他出差时可以连着两三天没有电话，你丫是出差啊还是去火星啊，问的时候还一堆烂借口。”

“那你就不要问他。他不理你，你也不理他，咱不能像个怨女似的天天就在家等他电话，想他的时候就赶紧找点事做，什么事都行，转移注意力。”我简直是唯恐天下不乱。可这能怪谁，乔安妮就是这样，明明是说气话，但听在我耳朵里却常常想笑，这姐们骂人都骂得太有趣了。

不过我真的这样想，如果换作是我，我一样会觉得没啥意思。

乔安妮喝了不少酒，有点兴奋，随即唱起了张宇的那首《合影留念》，引得周围桌上的人纷纷往这边看。

想问你 爱他哪一点 图他哪一点

不会赚钱嘴不甜 难道说 平凡无奇也算优点

想问你 爱他哪一点 图他哪一点

眼大无神瞌睡脸……

唱完了，哈哈大笑两声说：“马列，你说我瞎不瞎？”

乔安妮几乎都没有吃菜。我把菜和肉涮好了夹到她碗里，说：“你不要空腹喝那么多酒，弄伤了身体最不值得。女人一定要爱惜自己，身体是第一位。否则你自己不舒服的时候打电话给他，而他又根本不关心你，你岂不是更伤心？不要拿自己的身体和幸福做赌注，也不要去考验他什么的，人是经不住考验的，这是很没有意义的事。”

“嗯，没错！奶奶的，明明是风马牛不相及的两个人，说话牛头不对马嘴，就这样走在一起了，还一走就是好几年，没天理。”乔安妮现在的心情很消极，爱情的痛苦已经超越了曾经的甜蜜，且越来越扩散了。

“你现在是气话，就全然忘记了当初的好了。”我提醒她。

“没有人刚谈恋爱的时候就不好，谁刚谈的时候都是你侬我侬的，主要的是时间，时间就是最好的法官，能证明一切，懂不?”乔安妮表情挺绝望。

我一时之间也不知道该说什么来安慰她，只不停地帮她夹菜。我只知道她再这么喝下去，就算不醉，胃也该疼了。

“那你呢？婆婆对你好不?”乔安妮问。

“相敬如宾。这婚假还没有休完，已经开始催生孩子了，而且还想三年抱俩呢。”我抿了一口饮料，因为要生孩子，都不敢再喝酒。

我继续说:“安妮，我真讨厌我们现在见面时说话的这些内容，不是老公男朋友，就是婆婆妈妈。你还记得我俩在公司是怎么熟起来的吗?”

“当然记得。有一次公司年会要求员工交换礼物，你抽到了我，发现我俩准备的礼物居然都是一幅小型的书法作品，还都是美院同一个老师的，你硬说这是一种缘分，觉得臭味够相投哈哈。要不然我和你又不是一个部门的，基本没有熟起来的可能。”乔安妮回忆起这段小故事，眼睛亮亮的，很开心。

“是啊，那时候我们的话题偶尔还能文艺一下呢，还讨论艺术，经常见面还互相推荐好书。从什么时候开始的呢，我就天天被逼着相亲、而你就天天和男朋友吵了好、好了吵，或者是某某某又嫁了一个有钱的男人，诸如此类的内容了。我现在也一不小心就嫁做人妇了，还好嫁的是我最喜欢的男人，否则真的为结婚而结婚地胡乱嫁了，我的余生可能更加无味。你说我们为什么都变得这么悲观了呢?”我说这些话的时候，有点郁闷，挂着一副苦瓜脸。

“其实马列，我们之所以现在还能这么时不时地来个姐妹约会，已经是相当难得了。我的好多姐们，结了婚生了孩子以后几乎都很少见了。我有个高中同学一直很要好，住的离我家非常近，每次找她都出不来，怕被婆婆说不顾家就知道乱跑什么的，后来我也就再也不找她了。”

“安妮，”我紧张地问:“你说我们会不会也变成这样子啊?”

“当然会啊！我们现在不就正向着这条不归路大踏步向前吗？离怨妇越来越近，离文艺青年越来越远。”乔安妮很沮丧，接着说:“吃火锅吧，沉重的话题不多说了，这些牢骚就应该烂在肚子里，然后再带进棺材，牢骚太盛防肠断。”

“不用太悲观了，我想没你想的那么糟，连我这样的二百五都嫁给李想了，还有什么不可能发生的呢？吃东西，哼哼。”

乔安妮和我保证，发誓要振作起来重新做人。

第二十四章 辞职风波

当李想向父母提出要辞职的想法后，家里开始了我婚后的第一场轩然大波，而且最糟糕的是，婆婆本能地认为一定是我的主意，是因为我他儿子才敢有这样不切实际的想法。

为此公公婆婆专门挑了一个双休日，相当严肃地开了一个家庭会议。

公公这次是绝对帮着婆婆的，他们都认为李想是身在福中不知福，每年都有千军万马挤公务员这根独木桥，尤其是热门的职位，人人削尖脑袋往里钻。你小子好不容易考上了，又想逃走，真是好日子过多了。

“想儿，以前不是好好的吗，怎么就突然不想干了呢?”婆婆开始盘问。

“不是突然，是我一直就有这个想法。”李想说。

“想儿，我觉得你就像《甲方乙方》里面那个老板，非要体验一下受苦才知道幸福的珍贵。可最后怎么着，那老板不是后悔死了吗，还恨不得抱着龙虾睡觉。你社会经验太少，对事情的考虑太过于理想化，我觉得就是你太一帆风顺了没吃过苦头。”公公苦口婆心地教导。

李想对公公说：“爸，我就是因为你们给予的太多了，什么东西都得到的太容易了，所以对任何东西都没感觉，觉得那都不是自己努力得来的。目前我遇到最不顺的事就是当年没有上理想的大学，再没有其它大事了，生活平淡无味。那年高考完，因为同班同学有几个都上了北大或清华，而我这个最有希望进名校的人没有进，一整个假期你和妈都觉得挺丢脸，不出门，光怕亲戚朋友们问我的考试结果。我就在那个时候觉得很欠你们的，就发誓等毕业了一定要听一次你们的安排，不想让你和妈伤心，可我当年是真的不想考公务员的。”

婆婆问道：“那你不做公务员能做什么呢？你这几年也没有接触过别的事。跟你说想儿，你别看别人做得好，自己不一定做得了，等哪天在外面撞得头破血流，到时候再后悔就来不及了。工作嘛，做什么不是做，一样是为了养家糊口，一样是希望能福利好待遇高。”

我在旁边不插话，眼睛放空，思绪早飞到云霄外，冷眼旁观，我现在多说一句都是错。

李想摇头轻叹：“妈，我的工作你最了解了，是，是很稳定，可真的很压抑。我办公室就三个人，除了我，一个中年妇女，天天热衷的事就是八卦、下班买菜和接孩子；另外一个是中年大叔，成天的爱好就三个：国家大事、美女图片、股票。我看到他们就仿佛看到了自己的未来，我都不敢想，觉得特别绝望。”

“哪有那么夸张？还‘绝望’？‘绝望’这个词是随便说的吗？”婆婆反驳。

“好，算我说得不恰当。可能是人各有志吧，很多人认为这样的生活很好，可我认为不好。我就是特别害怕有一天我老了，快要闭眼的时候，回头想想这一生真是什么精彩的回忆都没有，会觉得遗憾。”李想神情很落寞。

“那你想好要做什么了吗？”公公问。

李想说：“我想辞职后先到那几家有名的电商公司面试，我需要一切从头开始，我不在乎岗位。我想逐步地接触到这个领域中去，为此多充充电都可以。”

“列列也报了那么多班，你也要学习，你们都这么大的人了还学这个学那个的，又不是学生。我真替你们感到发愁，你们这个年龄正是而立之年，就应该想着先成家，养育儿女，再想去怎么赚钱能让生活过得好一点，这才是正事。”

李想非常不理解，为什么好歹也是个小领导的老妈思想也这么迂腐，还有爸爸，你们平常不是也经常对着电视机里面那些成功的企业家称赞不已吗？可为什么对自己的儿女就这么没信心呢？

“妈，我这就是想努力让生活好一点啊。生活好不只是物质上的好，还要舒心、充实，觉得时间不虚度，对得起自己的年轻。我现在觉得自己就没有什么拿得出的本领，我特别自卑。我们同学聚会的时候，看到很多外地留京的同学都凭着自己的努力在北京买房买车，看到他们在一些很牛气哄哄的公司里做着很锻炼人的职业，看他们英文流利地和国外的客户沟通，说着很多听起来很厉害的词汇，我特别地羡慕。而我却经常插不上嘴，你知道吗妈，因为我听不懂人家在说什么。”说到这里，李想有点激动了，俊逸的脸肌肉骤紧。

这时公公表态说：“儿子，这样吧，我和你妈帮你看看，能不能帮你申请个停薪留职，你先出去闯闯，等行不通了再回来，还总算有条后路。”

李想说：“不要再这么处处庇护着我了，爸妈，你们这是对我一点信心都没有啊。”

婆婆说：“我的儿子当然是最优秀的，只不过……列列，你劝劝李想嘛。”

婆婆一定是想确认下我到底能不能和她站一条战线，才如此一问。可是对不起了，我真的觉得男人是应该有点自己的事业的。所以我回答说：“妈，我尊重李想的意思，我应该支持他的。”

婆婆有点不太高兴，自言自语地说：“哎，孩子们翅膀硬了，要寻找自己的价值了，我们这些做长辈的说再多也没有用了。等哪天工作又累得够呛了，不要再跑回来跟我喊辛苦就行，随你们吧。”

李想说：“妈，爸，我特别希望能得到你们真正的支持，特需要你们对我有信心。你们都是我最亲的人，如果你们不乐意，我就算做得再好也不会开心的。”

公公首先想通了，他放弃了继续说服李想的念头。他说："行，既然孩子都这样说了，我们就支持他吧。不就是一个工作嘛，瞧我们一家人一个个这苦大仇深的表情，又不是什么生离死别的大事儿。"说完这番话，又软声软气地哄婆婆："黄领导，时代不同了，咱不能是老顽固了，长江后浪推前浪，咱们就少操心吧。你不用担心孩子们在老路上摔跟头，因为他们和我们走的根本就不是一条路。"

"你这么快就叛变了，老李你的立场也太不坚定了。"婆婆孤军奋战，很没底气了。

公公继续劝慰她："他们都快 30 了，不是小孩子了，我们不需要时时事事都参与。我说黄领导啊，咱俩现在算是不愁吃不愁穿吧，我们就好好享享清福不行么？听想儿今天这么一说，我发现咱俩做事太主观了，从来没有考虑过他的意见。从小想儿的学习成绩就好，我们带着孩子到处炫耀，有没有想过他愿不愿意呢？长大后因为他没考上个理想的大学，就天天唉声叹气连家门都不出，有没有想过他其实更难受呢？这样想来，咱家想儿还真没有怎么违拗过咱们的意见，就连现在要辞职也是找咱们商量的是不？他并没有偷偷地把工作辞了、来个先斩后奏啥的，他还是挺尊重我们两个老人的嘛，他这样做，只希望我们能够真的支持他。"

"你才老人呢！谁老了？告诉你啊老李，我 70 岁以前你不能用这个称呼。"女人就是女人，婆婆一听公公说"两个老人"，大脑首先捕捉到了这个重点。

我连忙插了一句话，赞美婆婆："妈，我觉得你的皮肤比我的都好，真的。结婚那天，我的同学们不是见到你了吗，大家都说难怪李想那么帅呢，原来是阿姨遗传的呀。"

婆婆很高兴，语气也软了些。她叹了一口气，说："唉，老李你口才好，我说不过你行了吧？你们都会说话，这晓之以情动之以理的，我要是再不同意就显得我不近人情了。行吧行吧，辞就辞吧，偌大的北京还愁一碗饭吃？想儿，妈以前给你太多压力，妈没想到会这样，以为都是为你好、你也挺乐意接受呢。妈对不起好吧，以后的事，自己做主吧！"

"妈，"李想长长地拖着尾音叫道："别对不起啊，我哪受得起。"

“列列，”婆婆又跟我说道：“现在我们是一家人了，我就有话直说了。你们两个如果一方有什么不正确的想法时，另一方一定要进行监督，不要任由那种不好的想法蔓延，你们都有义务这样做。成家了就和单身的时候不一样了，要以家为重，想法尽量实际点，别还和孩子一样。我一直觉得你学钢琴呀书法呀啥的真没多大用处，你看能不能和那个培训学校说说，把这些课时留着，等有了孩子的时候，让孩子用掉？”

李想说：“妈，那些课程都是有时间性的，就像我们小时候上学一样，从易入难有等级，学了这么久了，中途又停了多可惜啊。再说了，列列会这些艺术的修养多好，将来有了孩子根本不用往学校送，在家就都学了。”

公公也说：“黄领导，我觉得你越老……哦不对，你越来越糊涂了，那种课程要是等孩子去学，那不得好几年吗？哪有学校愿意这样啊，你真是的。”

婆婆说：“也行，将来列列要是怀孕了，学点音乐对胎教也是好的。”

真是三句话不离孩子啊！我百般无奈。

婆婆终于要停止这个话题了，她宣布会议结束。公公见机招呼我们说：“说了这么久，赶快找个地方吃饭吧，今天下馆子。”

四人收拾妥当准备下楼。

我看见窗户开着，跑去关，婆婆见了说：“以后怀孕了可不要够远处和高处的东西啊。”

我笑着点点头。

我下车时腾地一下跳下来，婆婆又叮嘱：“以后怀孕了就不能这样迅速起身啊，要慢慢的。”

“……”

“……”

我每做一件事情不太妥当，婆婆都会不厌其烦地给我讲解将来怀孕以后的注意事项，好像我现在已经怀上了一样。所以，这整个饭局我都吃的倍感压力，完全消化不良。

我和李想说：“赶紧生一个吧，再照这样下去你妈不疯，我先疯了。”

第二十五章 好运却不好孕

李想的辞职手续终于办妥了，离职的那一天他特意请我吃了一顿大餐，说是要迎接新的开始。而此刻正值腊月，离他去年年三十去我家时刚好快一年。

李想说："时间真快，才一年时间身份就大不相同。我居然一点都不抗拒婚姻了。"

我泼他的冷水："别高兴的太早，日子还长着呢。"

李想却不生气，"那咱就赌一赌能不能白头偕老。"

我脑子里正想着另外一件事，我对李想说："老公，既然大人们总催生孩子的事，那我们不如干脆早点要吧，反正咱们有两个妈帮着带呢，也不用太发愁的。你意下如何？"

李想面露难色，“我们的二人世界时间太短了，而且眼下我还要全身心地投入新工作，不知道有个孩子会不会很影响我的精力。我其实经常在想自己将来会是个什么样的爸爸，想得越多就越不想要。”

李想年龄比我小，也没有我这种大龄女的压力，我可以理解。

我说：“你以为我想这么早要啊？我这么爱睡大觉的懒女人，都不敢想象有个孩子我的生活会是什么样。可家长们总是在耳朵旁边叨叨这个事，抓着机会就被念几百遍的，心理压力也够大，所以不如早点要了孩子，等孩子大一点我们就可以做自己的事了。”

李想表示不乐观，他说：“只怕没你想的那么容易。不过你想要咱就要吧，毕竟怀孕生子也是喜事，咱别愁成这样，苦大仇深的，感觉像被判刑一样。”

我拉着一张脸，哼了一声说：“哼，这和判刑也差不多，只不过是甜蜜的刑罚罢了。”

李想想起一件事，问道：“对了，我俩婚前也没做个婚检啥的，咱俩身体应该都没问题吧？”

我一瞪眼，不屑地说：“能有什么问题？我每年体检身体都是棒棒的，各项指标优良啥毛病都没有。”

李想说：“那就好！我也是。”

可上帝就是喜欢和人开玩笑，我觉得最万无一失的身体，就偏偏出了一些毛病。

我和李想自从决定要孩子后，干脆一不做二不休，希望能越快怀孕越好。也就是从这时起，我终于体会到很多人在要孩子的过程中所饱受的压力了，那种压力是无形的，说不出口却又无处不在，严重的时候我甚至觉得自己已经变成了间歇性神经病。

看过一个电影叫《万有引力》，张静初和郭涛演的一对夫妇求子心切，用尽所有的“科学”方法以求能怀孕，量体温、测卵泡、计算时间、两性瑜伽、好孕食谱……两个人为此而弄得筋疲力尽，身心都受影响，夫妻关系也悄悄地发生了一些变化。

我现在的状态和他们也没什么两样。已经当了妈妈的朋友或是七姑八婶们经常在耳边传授着怀孕的经验，说起来一套一套的，还各有各的妙招。只要一有人问我“啥时候要孩子啊”这个问题之后，我回答“现在就想要呢”，就有热心的人们开始向我说各种怀孕注意事项了。

这种“关注”演变到最后，就是每隔一段时间，总有人问我：“怎么样？怀上了没？”

可惜的是几个月过后，我依旧肚子平平，让大家失望。

这几个月的日子里，我和李想新婚的快乐心情被扫得一干二净。婆婆几乎是每隔几天都要问一次“怎么样了”、“怎么样了”，或者是每个月都要问一次“列列，这个月例假没来吧”。

等连我老妈也开始这样问的时候，我发了有史以来的最大一次火。我印象中和老妈拌嘴是常有的事，不过多数是前五分钟吵了、后五分钟就可以相亲相爱的那种。我是个脸皮极厚的人，心情不好的时候无理取闹，等心情好了又马上死皮赖脸地跟别人认错。

可那天，我歇斯底里到了极点，发完脾气后自己先哭了，弄得老妈本来也想抹个眼泪，结果先被我当时的状态吓得没反应，最后反而和马哲一起过来安慰我。

起因是因为我妈的一句话。她说：“列列，你大姑比我年龄小，都当上奶奶了，小飞昨天刚喜得贵子，真有福分呢。”

我一下子就来了气：“这年头比什么不好，比谁最快当奶奶？他生他的儿子，关我们什么事啊。我婆婆成天催，你也成天催，你们想过我心里的憋屈吗？女人除了给夫家生孩子就再没有别的活着的价值了啊？凭什么？我也是受过高等教育的，我也是琴棋书画样样精通的，这些你们都看不到啊，就知道生孩子生孩子，生个孩子还要姓夫家的姓，凭什么？这根本就没有天理！”

说完自己跑回房间去，“砰”地一声把门摔得巨响，因为只有弄出点动静来我心里才解气。

我只听我妈委屈地说一句：“这是怎么了？我说什么了吗？现在什么都说

不得了……”

马哲安慰她：“妈你别生气，列列她心里有压力，不是故意的。”

我妈也在气头上，提升了几个音阶说道：“她有压力，我就没有压力啦？我现在都不敢出去跳广场舞了，还不是因为你们两个不懂事的孩子。以前列列没对象，小区那些个余阿姨张阿姨啥的见了面就问‘马列还没有男朋友啊’；后来你离婚了她们的话题就更多了，一个个不怀好意的还硬说是关心咱们，关心？关心倒是有事的时候帮帮忙啊，我看一有事跑得比兔子都快，这叫哪门子关心啊？前两天出去碰见这些老太婆，嗬，都问‘你家二姑娘怎么还没有孩子啊’、‘要不要到医院去看看’啥的，你说他们是不是闲得太发慌了天天关心别人家的事？你们俩要是争气点，我和你爸也不用这么抬不起头！”

我听到我妈的唠叨，冲出卧室朝她吼道：“是，我让你们丢脸了，不是嫁不出去就是怀不了孕，你要是在乎这些无聊的人的话就在乎去吧。我和我姐又没做啥见不得人的事，你怎么就觉得抬不起头了？”

马哲也帮衬着说道：“就是，这些八婆有什么资格说咱们，那个啥阿姨家的儿子不是以前还坐过两年牢吗？要说抬不起头，我看别说广场舞了，她应该一辈子不出门才对，因为她教子无方，愧对祖宗，哼，奶奶的这些八婆！”

我再次跑回房间，呜呜呜地哭起来，觉得心里特别委屈。

老爸说：“女人多是非多，外面的人说什么咱不管，你们三个倒起了内哄了。”老爸充当起我们的心灵鸡汤，一个挨一个地劝。马哲说：“爸你就别管我和列列了，把我妈哄好就万事大吉了。”

老爸说：“幸亏今天多多去她奶奶家了，要不让孩子看见你们这样，成什么体统？”

马哲随后进卧室来安慰我，她说：“列列，我知道你委屈，因为我能体会你的心情。姐我也一样，自从离了婚，身上就打了‘离婚女人’的标签，再也撕不掉了。一些脑子里进水的人也会问东问西的，还帮我张罗对象，你知道吗，都是一些条件到了底线的男人，呵呵。在有些人的心里二婚女人也就只能配这样的男人了。我最讨厌的就是别人看我的那种眼神，我说不出那种眼神是同情呢还是幸灾乐祸呢，反正我在一些人的眼里就已然成了一个异类。”

我流着泪，恶狠狠地骂了一句：“他娘的都是吃饱了撑的！”

“可是列列，这些都是我们改变不了的，说白了也是我们的内心不够强大，”马哲说：“你看那些明星，成天被网络言论攻击、谩骂，背后难过，人前不也得继续跟没事人一样吗？我们就是缺这种高情商。你们说你们的话，我走我自已的路，井水不犯河水，该忍耐的时候忍耐，该回击的时候回击。有些人本来对我们就是无关紧要的。”

我说：“可我婆婆给我的压力我就不能忽视。还有咱妈，别人说就算了，她还真就听进去了，回来数落咱们。”

马哲说：“咱爸妈都在这小区生活了三十年了，有他们在乎的圈子嘛。他们那么大的年纪了，本来可以无忧无虑的生活着，可却平白增加这些压力，列列，你连这都想不通吗？真是一气就丧失理智了。你冷静一下赶紧给咱妈道歉去，你年轻力壮经得住气，可别把妈的身子气坏。”

姐姐终究是姐姐，比我大三岁就比我多懂三年的道理。我更喜欢现在的马哲，经历了离婚的她仿佛一夜之间成熟很多，这一年的时间倒比以前的三十多年更管用。只不过这种觉悟是以婚姻的失败换来的，代价太大，不知道是该喜还是悲。

女人在婚姻里可以幼稚，关键是看有没有一个让她幼稚的男人。如果女人在婚姻里没有条件幼稚，成熟懂事又做不到，找不准幸福的方向，那真是一个悲剧。

我说：“姐我知道了，我一会儿找妈道歉去。姐，现在你比我懂事多了。”

马哲笑笑说：“也该成熟了，否则我真是脑子缺根弦了，而且至少缺三根。”

我问：“姐，你到底怎么想的，想再婚吗？”

马哲笑着摇摇头：“起码暂时不想！我好不容易可以喘几年的气，过几年再说吧。我不相信什么女人老了就没魅力的话，什么年龄的女人都会有人爱。”

我赞许她的选择："嗯，千万别为了结婚而结婚，执迷不悟是不可原谅的。"

马哲说："现在没事了吧？没事了赶快去找妈吧，别让她气着。"

还没等我去向我妈道歉，她就先来劝我了。我妈说："妈知道你天天被催很不自由，妈以后不催你了还不行吗？广场舞算什么，妈不去跳了。"

我心一软，不好意思地说："妈，你也别气了，我又不是第一天不懂事，我从来就是个不靠谱的，你还没习惯啊？"

老妈说："哎，谁真生你气了，我是生那些婆婆妈妈们的气，嚼舌头根子，害我们家庭不和气！"

我相信我们家的人幽默绝对是祖传的，人格分裂也是祖传的。除了我爸是个正常人之外，剩下的三个女人都是可以一会儿哭一会儿笑，一会儿还在生气一会儿又能大吃大喝的那种人，传说中的缺点啥。

我哄我妈说："那咱们就一致对外，看谁还扰乱我家的安宁？妈，我这才打算要孩子几个月嘛，有啥着急的呢？妈我答应你，现在就乖乖地去医院检查身体，将来一定生三五七个让你抱，还要把他们培养成大人物，让那些余阿姨啥阿姨的羡慕死咱。我敢说，咱家的孩子一定比他们家的基因好。"

"你这嘴！"爸爸教育我，"不要拿别人家的孩子开玩笑，缺德。行了行了，都洗洗脸，我给你们做好吃的。"说完爸爸就出去了，回头还不忘叮嘱我和妈："话题终止了，别再聊那些不开心的事了，马上去洗脸。"

医院。

我和李想拿着检查报告发呆，心情就如数九天喝凉水。一向自诩身体状况极佳的我被诊断为不孕症，还有比这更像开玩笑的么？医生说我的问题可能需要开刀，还需要长时间的吃药调理。

李想央求医生说："大夫，可以把我俩的病历表改一下吗？写成我有不孕症。"

医生觉得李想脑子有问题，反问他一句："你说可以吗？"说完再也不理他了。

我拉着李想跑出诊室，说他：“老公你不理智了吧，人家医院怎么可能做这种假？”

李想说：“我是怕你又要承受这种压力了。不生孩子有什么了不起的，我就不生了怎么样？我本来就不想要孩子。咱不用做那个挨千刀的手术，我觉得医院这些人都是夸大其辞，哪有那么严重？”

我心情很低落，幽幽地说：“该承受的总是要承受的……”

李想像是在下一个什么决定，说：“答应我一件事。”

我问：“什么事？”

李想说：“我们来医院检查的结果不要告诉家人，好吗？我不敢想象我妈知道这事后的样子，我不想让这些事情变得很复杂。我们也是大人了，要学着自己解决问题。”

我不抱希望，对李想说：“我想纸终究是包不住火的，如果哪天这几位老人通过别的方式知道了，到时我们更被动。算了，我们暂时不说，先想想看有什么办法。我也害怕开刀，一想起来那些冰冷的仪器要进入我的身体，我就怕地哆嗦。老公，我很没用是吧？”

李想用力握紧我的手，安慰我说：“那我们先要医生开一些药调理着，我们捡最好的药吃着。只不过，这些药要放在隐蔽的地方，不要被家长们发现。”

我点头。我第一次对人生有一种力不从心的感觉。

第二十六章 重要的决定

李想在找到新工作之前，上了一个电商的培训课程，上了足足三个月的课，每天晚上回来还要看书找资料，就连休息日也几乎都泡在图书馆里。

这是一家国内最知名的电商公司，只是李想的起始职位并不高，是网站产品经理助理，主要是协助产品经理做市场调研、客户需求与竞争分析、保证产品信息更新或升级、实施目标达成等等的工作。

李想和我一样，专业比较偏，工作经历又完全不对口，好在进行了几个月专业知识的培训，所以找工作时虽费了些周章，却也如愿地进了自己想去的公司。

李想自嘲地说："我上的那个培训课程是叫'总裁班'，当时为了招生，打出的口号可真够夸张的，站的角度也高。现在真正落实到工作上来，才发现再强悍的理论那也就是个理论，工作当中遇到的状况远比想象的更多。可就是因为这样我才觉得挺有奔头，有趣极了。”

我看到他终于恢复成了有志青年，不胜欣慰，举双手双脚鼓励他：“老公，你就是一个总裁的料！你的才华藏在肚子里这么多年，也该拉出来晒晒太阳了。只不过你现在这么忙，陪我的时间是越来越少了。”

“Sorry……”说这话的时候李想正在看一本书，随后合上书本，跑到我面前撒娇，“老婆，非常时期，你最支持我的哈。”

“当然。放心吧，我又不是种粘老公的小鸟依人，你想做什么就做吧，除了坏事以外都行。不过哪天要是做坏事，小心我让你一秒变太监！”

“你才舍不得呢。”李想自信我对他的爱，得意地说。

“行吧，去忙你的吧，我找个电影看看。”我把他赶到书桌旁。

我实际上挺粘他，所以他忙的时候我就百无聊赖了。我上的课程也大都结束了，这段时间除了上班，就是看书看电影，偶尔在家练练书法。对于李想的工作我只能表示精神上的支持，实际上啥忙都帮不了。

我下载了《欲望都市》的电影版看，看到里面甜美又迷糊的夏洛特从中国领养了一个可爱的女孩莉莉的情节，有点触动。莉莉在那个充满爱的美式家庭里幸福的成长着，其乐融融。

这一幕点拨了我，我把李想叫过来，指着电脑让他看，“老公，我们是不是也可以领养一个小孩？你看这个莉莉多可爱啊，我们亲生的估计都比不上这孩子的质量。”

“这是拍电影嘛，当然要个可爱的女孩啦。不过，我觉得你的建议可行，还能省去你怀孕和坐月子的苦恼。”李想说完，又觉得说到我的痛处了，紧张地转移话题说：“要是领养孩子，你喜欢男孩还是女孩呢？”

“我喜欢女孩，就像这个莉莉一样，你呢？”我问他。

李想跟我击掌，说：“太有默契了，我也喜欢女孩。我的小情人，你的小棉袄，多好！”

我不太自信这件事的可行性，要考虑的太多了。我说：“可是老公，人们都说只有当了母亲才是真正完整的女人，否则我的生活就多一个遗憾了。再说了，你爸妈会同意吗？”

“我们都是大人了嘛，自己的事自己决定。”李想嘴上这样说，可我还是听出他话里的不自信。

我笑笑，“我不能怀孕的事妈还不知道呢？时间越长我就越心慌，真要领养个孩子，估计问题会很多，我总觉得这件事成不了。”

李想沉默。随后长长地叹一口气：“我发现我最近叹气特别多。谈恋爱的时候，吵架就是最大的问题了，可这结婚后随便一个问题都是动真格的。我们嘴上说自己是大人了，可还是事事都被他人牵制着，都 30 岁的人了见了家长还是像小时候一样害怕。其实我们就应该大方地说出来，说服他们，只要我们认为这是对的，就坚持主见。像这样心里藏着一堆事，真累心。列列，我看你现在成天挺郁闷，我是既心疼又无力。”

“你说要不我真的去做那个什么手术去？”

“不要！”李想很坚决：“那个太夸张了，什么手术呀复诊呀长期调理呀的，这一系列程序下来再加上怀孕，你得受多大的苦啊。我凭什么让自己的女人这么辛苦啊，就为了生孩子？都什么年代了，我又没有那么迂腐的思想，什么‘不当母亲的女人就不完整’这样的狗屁理论我根本就不屑一顾。女人好不好、完不完整与这一点关系都没有。”

我欣慰他能这么说，感谢他：“不管怎么样，你说这些我就很感激了。”

李想说：“改天我们和爸妈说这件事吧，你别有压力。”

我点点头，“行，没事了，你继续忙去吧，我看我的电影，别打扰我哈。”

李想一愣一愣地说：“好像是你把我喊过来的……”说完就又回去学他的教材了。我接着看《欲望都市》，只是接下来的情节，我基本都没有再看进去。

一天晚上，李想下班回来，兴高采烈地跟我说：“列列，你放心吧，我和我爸妈已经把领养孩子的事情谈了，我爸妈同意！”

我一下子来了精神，因为我不敢相信婆婆居然会同意。我急于知道答案，拉着李想问：“老公，你是怎么说的？都说了些什么？爸妈怎么就这么快同意了呢？不好意思，这有点太太太出乎我的意料了。”

“别急，等一下我把鞋先换了啊。”李想正在换鞋，被我拉住的胳膊都派不上用场了。

“好好好。”我把拖鞋递给他，等他换好后马上拽着他问个不停。

“今天下班早，我就回了趟家，把这事给他们说了。”李想挺从容。

“你应该叫上我一起的，这样你出面，我不出面，让你爸妈以为是我背后唆使你传话的呢，这不是加深我们的矛盾吗？”

“哪有那么复杂？”李想很不以为然。

“电视剧里都是这么演的，婆婆儿媳最好是当面沟通问题，省得有一个人不在场，另外一个说坏话啥的。”

李想看着我，觉得相当可笑，“那你就少看那些婆婆妈妈的电视剧。”

我不高兴了，说：“怎么，你嫌我档次不高？”

李想说：“不是，是因为生活本来就挺累了，再看那些东西会增加人内心的负面感。我就觉得有些不负责任的影视剧纯粹是唯恐天下不乱。”

我呵呵笑着，自我开脱道：“我也就看了一两部，呃，两三部，三四部吧……”

李想说：“我就把你的身体情况，还有我们的计划简单地和父母说了下，他们很理解，很痛快就同意了。”

“就这么简单？”

“哪有那么复杂？”李想说：“只不过我爸妈说了，我俩刚过了30岁其实也不急，可以再等等看，实在不行再领养。如果真要领养孩子，就一定要挑个健康漂亮的，还要长得有点像你或是像我，这样将来好对孩子解释，也好对外面的人解释。”

我完全持相反意见：“这好像有点难度。管别人干什么呢？我倒是觉得等孩子懂事后就可以用最轻松的方式把真相告诉她。咱的孩子不管是亲生的还是领养的，都必须有这种起码的心智和承受能力，没有的话就培训她有。有些事你越当回事，就越是个事，我们越把它当成个无所谓的事，孩子也会觉得这不算什么。我可不想像电影里看到的那样，一个领养的孩子，背后隐藏着不可告人的、天大的秘密。等孩子长大后知道真相的那一天，电闪雷鸣，狂风大作，整个人崩溃得一塌糊涂，又是离家出走，又是几日不进一粒米的。有位哲学家说过，越是严肃的事情就越要用诙谐的方式表达，所以我想这个问题不用太在意。”

“大人们这样说，有他们的面子在嘛，我们不用计较这个。再说了，找个和自己长得像的，看着也心情好啊。”李想很会和稀泥，这绝对是男人的优点，这种优点可以使得婆媳关系不那么紧张。

“那倒是。”我同意了：“不过我们啥时候领养啊？”

“看缘分吧。我们抽空看看这方面的信息，看看需要些什么领养条件，什么手续，或者哪天看到个喜欢的娃，该出手时就出手。”

听了李想的话，我感激得满眼泪花。我感谢他没有让我在“不孕”这件事情上沉沦得太深，没有把什么“无后为大”这样的帽子扣到我的头上。

可我也有点不清楚李想真正的想法是什么样的，因为我听说男人是都只想要自己的孩子的，所以我想李想一定也有点失落，只不过不忍心给我压力。

越是这样，我就越不安心，我有几次都想偷偷地跑去医院把手术做了，或者像很多年轻的父母那样四处求医。我很想有个李想的孩子，李想的基因那么好，本来可以有个既聪明又漂亮的孩子的，可现在，我让他的优良基因延续不下去。

我说：“老公，我听朋友说在国外有很多家庭都领养我们国家的孤儿呢。你说有的小孩虽然从小就被遗弃，或是自然灾害后失去了亲人，可如果能继续有机会生活在一个健康的、有爱的家庭里，也算是能弥补一些遗憾了。我想通了，我们领养一个吧，不管将来有没有自己的亲生孩子，都不冲突的，你说呢？”

李想说：“我一直都同意啊，多留意一些这方面的新闻吧，我们也可以在网上搜搜。”

我听了他的话，马上就在网上搜索起来。一边找资料，一边还是忍不住问：“老公，我总觉得咱妈这么快同意咱领养孩子，有点奇怪。我本来以为她要是知道了我不孕，肯定四处托关系找名医让我看病呢，她居然什么都没说，我觉得很不符合常理。”

“你把我妈想得太可怕了。”李想的语气有一些责怪。

“好吧，那算我想多了行吧？但愿是我多想了。”我嘟哝着说，心里却想着：人家还真是一家亲呢，血永远浓于水。

我大致看了一下网上领养孩子的条件，30 周岁，无子女，无疾病，有能力，我和李想是再符合不过了，接下来就要看从哪种途径领养了。正常来说，政府的福利机构是最好的选择，手续正规也无后顾之忧，就先从这里看看吧。

李想说：“接下来我们就要从茫茫人海中，寻找和自己最有缘的那个孩子了。唉，我即将消失的甜蜜二人世界啊。”

第二十七章 天使降临

一岁半的小李悟来到我们家的那天，是一个细雨霏霏的夏日，火热的天气与潮湿的雨，结合成一种燥郁。

小李悟已经一岁半，穿着我给她买的一件淡粉色的小裙子，水汪汪的眼睛打量着屋子里所有的人，怯生生的往门口退。福利院的小吴阿姨把她照顾得很好，李悟胳膊腿都胖嘟嘟的。

李悟，是我和李想给这个小女孩起的名字。当时在福利院的小吴那里看到她时，小小的手里正攥着一个色彩早已脱落的孙悟空的塑料小玩具，死死地抓着不放手。

小吴说，孩子几乎是成天带着这个玩具，这应该是以前的家里人给买的，东西不高档，可很中孩子的意。小小的人儿也有属于自己的回忆了，那个小小的孙悟空成了孩子最大的安全感。

我对李想说："老公，让我做个主吧，给这孩子取名叫'李悟'。这小小的孙悟空玩具是她这段不完整的人生记忆，是属于她的，取一个'悟'字。而且，她也是我们的'礼物'嘛。"

李想说："嗯，我喜欢这个名字。"

听小吴说，李悟的父母是户外旅行爱好者，双双出事的那次是他们打算的最后一次的登山旅行。他们想着有了女儿后，有了一种责任，不能再做那种冒险的活动了，可偏偏就在那一次遇上了山洪和泥石流。当天带李悟的是她的奶奶，老人知道儿子儿媳又要去登山时曾百般阻止，可儿子一再保证这是最后一次，老人没办法才让他们去。

人间最苦莫过于白发人送黑发人，出事后老人当场气厥。再次醒来时，老人就挣扎着，让邻居们帮忙带着她，把李悟送到福利院，说明了情况，把李悟留下来。没过多久老人就去世了。

李悟长得很招人疼，一些领养的人看到她都挺喜欢，可迷信的人觉得她命太硬、不吉利，所以一直没被领养走。我和李想不信这个邪，本来嘛，来福利院的肯定都是有些悲惨经历的，生活幸福父母健在的，谁会忍心把小孩子遗弃呢?

那天马哲也来了，和公公婆婆都在家等着。等李悟进了家门时，他们都尽量用最和谐可亲的笑容招待她，可是李悟没见过这么多人同时和她亲近，很是害怕，不管是谁一碰就很抗拒。

"我以为你们会领养个男孩呢……女孩子太娇气了，不如男孩子好养。"婆婆有点遗憾。

"娇气？我说黄领导，这些孩子都是从小没父母的，哪有人给他们娇气的机会了？他们没有从小就让父母带着出去见世面，所以才怕生的嘛。"公公指正婆婆说。

这时多多帮上了大忙，小孩子的气场才是最合拍的。在李悟几乎不接近屋子里任何一个人的时候，只有多多走近了她。多多牵着李悟的手，把自己小包包里的毛绒公仔给她，还喂她吃自己的小动物饼干，李悟一下子全接受了。

我松了一口气，得空把从外面买的一袋又一袋的宝宝用品放进给李悟准备的小房间。居然塞满了大半个柜子。

马哲说："列列，孩子才一岁半，不能一个人睡哦。"

我点点头，"我知道的。对了姐，我看多多和李悟挺投缘，最近一段时间可不可以让多多住这儿，或是你经常让多多过来玩，要不然我真担心孩子一时适应不了这里的环境。"

马哲拍拍胸脯说："没问题！多多天天要上幼儿园的，我每天晚上带她过来。不用担心，李悟才一岁多，这么小的孩子对周边的人和物适应能力是最棒的，不会太挑，只要吃好睡好，很快就适应啦。"

李想问婆婆："妈，列列对带小孩子一点经验都没有，李悟用不用接到你那儿住？我和列列平常都要上班，时间也不够用，我们可以天天过你那儿去的。"

"可是我也要上班啊。"婆婆很快就接话了，好像光怕孩子要去她那儿似的。婆婆说："李悟还是要跟着爸爸妈妈才能很快熟识起来，得让孩子很快接受你们才对。我这还没有退休呢，等我退休了我天天带她都行。不过你们放心，我只要一有空就会过来。"

我和马哲对视一眼，马哲偷偷做了一个翻白眼儿的动作，表示对我婆婆这番虚情假意的言论很不满。那意思是说：不是李想亲生的，还是个女孩，她妈妈是明显不想带孩子啊。

我却有点愁，不知道该怎么办，难不成我要辞职在家带孩子？看来也只能这样了，就当是休产假了。哎，产假，我这辈子看来是没法休一次真正的产假了。

马哲提醒我说："列列，你一着急就忘了，咱妈可以带孩子啊。咱爸咱妈都在家，又有经验，而且更好的一点是，多多也能在身边陪着玩呢，还省得我天天往这儿送。"

我眼睛一亮，"是啊。一举两得的主意！"

婆婆也说："列列，你妈妈要是能带的话那最好不过了。还有你姐的孩子一起玩，李悟肯定会很快适应的，你平时也可以偶尔过去住几天，方便带孩子。”

李想一直没有说话，心事重重的。我问他怎么了，他欲言又止，说：“我没事，那就这样定了吧。只不过是要辛苦你爸妈了。”

我说：“我估计会常常住在娘家了，这下好了，娘家现在可热闹死了，我爸妈非乐坏不可。”

婆婆听了，又有些觉得他们被冷落了，语带深意地说：“是啊，有个孩子在身边当然是最热闹了，我们这老两口就有点过于清净了。可我这工作只剩下最后几年了，又不能提前退休的……”

我笑笑：“没事，妈，你啥时候想看孩子了，我就抱回来。”

李想说：“我们给小李悟起个小名吧。你看她嘴巴总是嘟着，嘴边还有两个小梨涡。小名就‘嘟嘟’吧。”

婆婆说：“小名就不用和我们商量了，都行。”

我说：“好呀，那就叫嘟嘟。”

下午公公婆婆就回去了，马哲主动留下来住一夜，让多多和李悟玩玩。这是李悟来家后的第一夜，我和李想都紧张得不知道该怎么办才好，手脚不停地忙乎着。

马哲说晚上她陪着两个孩子睡，我陪着她们玩，等李悟睡着后再离开。小家伙一到晚上开始哭起来，大概是以前睡觉时总是有小吴陪伴着的，今天看不到熟悉的人很没安全感。马哲比较有经验，她先让我冲了奶粉，哄着小家伙喝完，又塞了一个奶嘴给她。

小家伙只要一吃东西就会把拇指塞到嘴里，不塞拇指就不会喝奶了。我觉得这样不卫生，可马哲说小孩子都是这样的，我们做大人的就负责把孩子的手用温水洗干净就可以了。果然，李悟的小嘴巴里一边含着奶嘴，一边又含着手指头，嘴巴满满的，很满足地睡着了。

等她睡着后，我才小心地把拇指从她的嘴里拿出来。

我对马哲万分感激，我说：“姐，要说你以前也没怎么照顾多多，怎么这么有经验呢?”

马哲说：“我好歹是多多的亲妈，多多是长大后才给她奶奶带的，这些基本的常识怎么可能不懂？再说了，你家小李悟可是一岁半了，相对来说已经好带了，要是刚出生的婴儿，能把你累得连姓什么都不知道。”

我点点头，一脸崇拜的表情。

马哲低声地问我：“列，你自己不觉得遗憾吧?”

我感慨地说：“遗憾一定是有的。但我一直觉得是‘生亲不如养亲’，孩子养着养着就亲了，和生得没两样；如果一生下来孩子就给了人，不论是孩子还是父母感情都会淡许多。”

马哲又问：“感觉你婆婆不是很喜欢这孩子呢，你看让她带带都推三阻四的。”

我对此很无奈，说：“长辈们的思想是根深蒂固的，可能总觉得不是他们李家亲生的吧，还是个女儿，所以冷淡点也无所谓。我喜欢就行，哼!”

马哲说：“要是他们家的孩子肯定早屁颠屁颠地抱回家去了，还是有偏见。不过没事，咱家的人一定喜欢，咱爸妈把咱俩这不听话的女儿养大，又照顾过多多，对养女孩儿那是相当有经验。咱一定要让小李悟在咱家幸福快乐地成长。”

“你现在和梁爽接触比较多了，怎么样，他那个恋爱谈的顺利吧?”

马哲一听来了精神，八卦地说：“貌似很顺利。那女孩可粘人了，经常一个电话把梁爽就叫走了，感觉好像很紧急似的，结果是啥事都没有。我这段时间也就见过梁爽两三次吧，他每次都是不到半小时就被召走了，什么买衣服钱不够了呀、又开发出什么好吃的饭馆啊之类的，反正是个挺懂得享乐的主儿。”

我乐死了，说：“想当年梁爽还瞧不上李想的一个小萝莉女朋友呢，原来还真的是酸葡萄心理。现在他也遇上了，我看是有过之而无不及，呵呵，梁爽总算是遇上对手了。我跟你说，就梁爽这种一直都没有女朋友的男人，一旦找个女朋友那就不得了了。那女孩我见过照片的，不过还是不知道到底长啥样，因为那照片妆太浓了，磨皮打光太多了，看不到真面貌，反正和我完全不是一个类型。不过我倒是觉得梁爽应该挺适合这种闹腾的女孩的，成天有新鲜事，也好弥补他这么多年单身的无聊。”

“我也没见过，”马哲说：“我是只闻其声不见其人，倒真想见一见。”

“有的是机会。”

“听梁爽说可能快要结婚了。”马哲告诉了我这个消息，我第一反应是太快了。

“已经不算快啦，现在闪婚的也多了去了。”马哲说。

“也是哦。对了，姐，你现在工作地开心不？”

马哲认真想了想，说：“还可以啊，不过刚开始工作的那种激情是没有了，公司太复杂，我性格又太直，加上那些乱七八糟的人际关系，我觉得不好玩了。不过我也不能那么幼稚，有点困难就辞职，可能是好几年没工作了不适应职场吧，不是别人的问题，全是我的问题。”

我安慰她几句，又说出自己的想法：“姐，你愿意开个宠物中心吗？或者说，我和李想开个宠物中心，由你来管理，怎么样？”

马哲有点奇怪：“怎么会突然有这个想法？”

我说：“一点儿都不突然。你想啊，我和李想都是学宠物医学专业，可我俩白白学了四年，还考了专业资格证，但根本没有学以致用。有时候我俩看到路上那些被轧死的猫猫狗狗、一些流浪街头的小动物啥的就特别难受，一直就想开一个来着。我俩都是有能力做这件事的人嘛。可李想现在刚刚辞去稳定的工作，打拼自己喜欢的事业，所以这个情况下我就不能辞职了，要不我公公婆婆一定会觉得是我太爱折腾了，不切实际。而且我们也总得有一个人的工作是相对稳定的。”

马哲听完，恍然大悟，“哦，我明白了，你是想开一家宠物中心，既做生意，又做点有意义的事对吧？挺好的呀。只不过听说宠物护理是要考什么资格证的，我也需要吗？我能行吗？”

我说：“咱都是良好公民，该办啥手续咱一个都不会少。其实我是今天才下定决心要开这种宠物中心的，我是看到咱们家的小孩而想到的。孩子们一定喜欢小动物，给他们找点童年的乐趣，等他们大一点，也教教他们如何照顾小动物的知识。”

马哲很兴奋，说：“嗯，不错，做点好事，也为后代积点德。”

我看她很愿意做这个，又不好意思给她太多压力了，就说：“不过姐，这只是我的计划，实施起来还是需要一个过程的，你现在就先安心地好好工作哈，等一切成熟了，我再呼你，保准给你个高薪。”

马哲哈哈大笑，“我不要高薪，我不赚你的钱，我要入股！你别忘了，我现在也有几十万的现金呢，哼！”

第二十八章 不曾忘记的事业

小小的李悟就这样住进了姥姥家，我因此回娘家的次数也多了起来，并且常常住那里。小小的房子人气却颇旺，多多和姥爷姥姥睡，我和马哲照顾李悟。

我家从此就整天都充斥着两个名字：嘟嘟和多多。

我妈说："这两个名字好像很容易混乱呢，哈哈。一叫，两个都跑过来了。"

我说这才好玩呢。

多多白天上幼儿园，下午回来后带着小妹妹一起玩，小家伙们很快就熟起来。以至于白天多多不在的时候，嘟嘟总是时不时满屋子找姐姐，嘴里叫着"姐姐呢"？

我终于体会到了带孩子的辛苦，虽然马哲说嘟嘟已经算是很好带了，过了一夜哭八回的阶段，可我还是累得憔悴不少。因为在娘家我有现成的饭吃，有几个人帮着带孩子，我是吃到了甜头，有时候干脆就不回家了。

李想这段时间也异常辛苦，白天上班，晚上一下班基本都会来我妈这里，晚上回去后还要一个人挑灯夜战地加班学习，这些日子也累瘦了一大圈。

李想说："终于体会到父母的不易了啊，真不敢想象他们是怎么把我们带大的。"

这天晚上，我抽时间回家准备拿点小孩子用的东西和自己的换洗衣物，上楼后发现门虚掩着，我有点纳闷，正要一看究竟，这时无意中听到屋子里婆婆和李想的对话。

婆婆说："我总觉得马列是在逃避生育，不孕是可以治的，现在多少夫妻都是到处寻医问药只为了有个自己的孩子，跟你说李想，孩子是很重要的。对于一个家庭来说，孩子比媳妇更重要，而且最好是亲生的孩子，你看李悟进了咱家门，我总是觉得怪怪的，没法当成自己的孙女那样疼。"

李想说："妈，列列是很想要孩子的，她那段时间压力很大，已经很自责了。这领养孩子的事，都是我的主意。"

婆婆不太乐意李想这么亲昵地称呼我，酸溜溜地说："在我面前就别叫得那么亲热了，让别人听见多不好。知道你们小夫妻刚结婚热情度还没减，但也注意一点形象。"

李想无奈地说："好吧。"

婆婆又说："想儿，我当初答应你领养孩子，其实是有点私心的。我原来计划的多好呀，希望儿媳妇能生两个孩子，结果一个都指望不上了，所以啊，我就同意了你说的建议。我听很多人说过，身边也有很多这样的例子，就是夫妻一直怀不上，可领养了孩子了，反而怀上了，我就是希望有这种好运气呢。哎哟，我一想起将来说不定还能有个大胖孙子，我就高兴，这样你们一儿一女，也正好嘛。"

我恍然大悟，我说婆婆怎么那么痛快就同意我们领养孩子呢，原来是迷信了坊间的传闻，最终还是想要亲生的孙子。我说黄领导啊，你好歹也是机关单位重要岗位的领导呢，怎么一碰到这些人间俗事，觉悟就不如一个街坊大妈呢？

李想说：“妈，你只要相信我们没有骗你就行，我们会尽力，不过孩子这事是要靠缘分的，您急也没用。”

我轻轻地走进门，装出一副刚回来的样子，尽量随意地喊：“妈，你来啦！”

婆婆看到我时表情闪过一丝尴尬，不过多年职场的历练早让她宠辱不惊，她向我走过来，关切地问：“哟，列列几天不见都瘦了，带孩子挺辛苦的，也辛苦你爸妈了啊，替我感谢他们。”

我微笑：“应该的。”

婆婆和我客套几句，就说：“列列今天回来住啊？”

我解释说：“今天还是不行，孩子这几天晚上睡觉很成问题，我必须得陪着，不能让我姐他们代替我的工作啊，我会心里不安。我回来拿几包东西就走。”

李想说：“拿什么我帮你找。”

婆婆看也帮不上什么忙，就推说先告辞了。李想提出来要送她，她说不用，说还是送我吧，我拿的东西多。

送走了婆婆，李想笑嘻嘻地跟我说：“别说你什么都没听见啊，老实交代，是不是躲在门后面很久了？”

“真的没有，”我举手发誓，“什么都没有听见！快，帮我收拾东西。”

“还撒谎？看你的反应就知道一定是听到我和妈的谈话了，否则你现在应该会好奇地问‘你们说我什么坏话啦’？其实你听不听见都没有关系，你只需要知道我肯定会理解你、支持你就够了。”

我手里忙乎着清点要带的东西，低着头不说话。李想说的话我全听进去了，只不过我不知道该如何接下去。

我当然知道老公是会理解我的，可我也知道他和万千男人一样，站在老婆和老妈的中间有点累，我唯一能做的就是将大事化小，小事化了，留一半清醒留一半醉。

人太较真的话，日子估计一天都过不下去。我和婆婆之间起码还可以相敬如宾，已经不错了，而且我决定这辈子不会和她红脸，我不为谁只为我爱的男人不受夹板气。

我给了李想一个肯定的笑容，告诉他我确实什么都不知道，也不想知道，我现在有了李悟就很幸福。还有，你母亲大人背后说我坏话，我假装不知道，是想让她内疚，也顺便收敛一点少说我的坏话。

我其实并没那么高尚，我甚至很小心眼儿。

等李想和我都坐到了车里后，我才和他说起让马哲帮忙开宠物中心的事。

李想问："这段时间我也没看看相关资料，大约得需要多少钱呢？咱姐的意思是要投资？"

我说："我是这样想的，我们要开就开最专业的，条件要好，设备要高级，护理人员也要过硬，一定要有专业的宠物医学等知识，为此可以定个高薪。我俩都是这个专业出身，肯定能把这件事做好。选址还是不能太偏，要节省宠物的主人们来回接送的时间，越方便越好；要有配套的商品出售，要选择有保证的品牌，尤其是食物类和护理类的要严格把关；还要找一些真正爱护小动物的员工来，还要为流浪小动物的收容开辟个小空间……所以前期投入不会低，我问过同学的，这样算下来至少得50万。"

李想皱了皱眉，说："这么多啊？我们好像差得不少呢。"

我贼贼地透露道："马哲说她要加盟，我们一家一半就好啦，就开个姐妹宠物店。"

李想提醒我说："就算一半我们好像也不够呢，我们刚装修完房子，又抚养了多多，我又辞了职，存款不多了。而且你坚决不能把你姐的钱都砸到里边啊，她已经够可怜的了，就指望着这些钱找安全感呢。要是生意一下子赔本了怎么办，这不是要她命吗？我们的这一半，要自己想办法。"

我盛赞了他的大度，表示答应，又说："其实开个小诊所的话倒是便宜，可能几万块就够了，可我就想开的好一点，专做有钱人的生意。其实我对生意是一窍不通，我也不知道该怎么开始，这样想想真的不能让马哲投入太多啊，我特别怕赔了，没法向她交代。"

李想信心十足地说："我们差的也不多，就差几万块吧，向朋友们借点儿呗，我想这几万块钱应该不难借。列列，你打算辞职和马哲一起开吗?"

我摇摇头，说："恐怕刚开始不行，你的新工作刚刚开始，试用期还没过呢。我又这么突然辞职的话，我俩生活就太没保障了。我可以利用一切有效时间协助马哲开，我对我姐是绝对放心，我是说人品啊，至于她的能力嘛，不放心也没办法，慢慢培养吧。"

李想兴奋地说："想来真是挺激动的呢，你也要有自己的产业了。只不过老婆你辛苦了，又要上班、又要带孩子、还要弄开店的事，最近一定要捡最有营养的吃，回头我给岳父母送一车好食材去，你们全都补一补。钱的事，全部交给我吧，你不用操心。"

"谢谢老公，你最好了!"我搂着他响响地亲了几口，亲的他满脸口水。

"别动，我正开着车呢，差点打了弯……"李想嗔怪着。

只不过借钱的道路并没那么平坦，李想一夜之间变得有点开始怀疑人生。从小养尊处优、从未有过经济困难的李想算是彻底体会了一把穷人的感觉。

李想说："我真后悔这次开口向朋友们借钱，早知道就直接向父母求助了。这下可好，让我这颗纯洁的心灵受到了荼毒，弄得我都不知道以后该如何面对一些人了，甚至有的朋友也怕是没得做了。这种醒悟付出的代价太大了。"

我反而觉得这下挺好，起码也让李想你知道一下'一分钱难倒英雄汉'这句话并不是空穴来风。我幸灾乐祸地说："那你到底借着了没有啊?"

李想万分感慨："一些以为没问题的朋友，全都有了问题。有时候明明知道对方在扯谎，可因为咱是借钱的一方，我就得耐着性子听他们扯，谁让咱是求人家呢?现在我有经验了，真正要借给我的朋友根本就不会说那么多的废话，那些扯半天的基本没戏，话只要听前三句就听出来结果了。"

我歪着脑袋，思考这个严肃的问题，我说："如果有人向我借钱，我肯定也是会考虑的，毕竟钱不是大风刮来的。但只要对方不是一个不学无术、游手好闲、债主多得都记不住的人，有基本的偿还能力，我就一定会借给他们的。奇怪就奇怪在，老公你一切条件都很好，家就在北京也跑不掉，人品更没得说，只是目前有了一些小困难而已，为什么朋友们就不借呢？”

李想也很沮丧：“可能每个人对金钱的理解不一样吧，‘钱’终究是当今社会最敏感的一个字。”

我摇摇头，“不是，是你的判断力有问题。人和人是不同的，有的人把钱看得很重，你又有点缺心眼儿，偏要向这样的人借，当然会失败了。”

李想一边回忆一边说：“我是个大男人嘛，哪想得了那么多？不过你这么一说倒是有点道理。就我今天借钱的这个朋友，我想起他曾经有一次给父母寄钱时，还挺不乐意的。最后钱倒是寄了，他还跟我叨叨了一下午。”

“男人吝啬起来挺要命的。我们公司有两个男同事，一个铁公鸡，一个葛朗台，天天可劲儿地算计别人的小便宜，跟两个娘们似的。有一天两人说渴了，要去楼下买饮料喝，走了一会儿又都回来了，说两人都没有带钱，棋逢对手啊，哈哈哈……”

李想用一种奇怪的眼神看着我，说：“列列，原来你也这么八卦啊？”

我不屑地挑挑眼睛，满不在乎地说：“当然！你才知道啊？我就靠着八卦给我带来的精神力量，才能在那个枯燥的工作岗位上一干就是几年呢！”

“那我们这个钱还借么？要不干脆让我爸偷偷给我几万好了，我怕失去朋友。”李想说。

“不行！”我坚决反对：“老公，我们天天都说自己是大人了，就不能事事都依靠父母了。要想要父母对你高看一等，就要把经济王国先建立起来，否则，我们一辈子都是任何事情都没有担当的可怜虫。再说了，你都30岁了还好意思向父母要钱？我强烈鄙视你！”

“好好好，听你的。那我就重找一些方向吧，但愿别让我太伤心了。”李想说。

第二十九章 我终于爆发了

资金准备完毕后，马哲就辞了职，全心全意地帮我带孩子和准备新店的事。我肩上的责任一下子就重大起来，对马哲充满着说不出的感激与愧疚。我在心里暗暗发誓，一定要让我们的宠物店好好地发展起来，既赚钱，还又有意义。

我好歹也希望自己是个有点用的人，虽然我一直找不到自己有用在哪里。

马哲，一个曾经咋咋呼呼，举动幼稚的女人，却因为一次不成功的婚姻让自己迅速成长起来，人在大事面前所呈现的潜力是多么的无限。你原来以为会一哭二闹三上吊的人，或许比你想象的还要坚强；你认为可能会坚强的，却可能脆弱得不堪一击。

人性是个很奇妙的东西，有趣的很。

在我们三个女人对小嘟嘟众星捧月般的照顾下，小家伙长得越来越可人了，眼睛灵动，表情丰富，十足一个小美人胚子。小家伙现在已经开始学会关注家里的成员，任凭有哪个人不在，都会满房间地找，像是怕谁走了一样。

“长这么好看，将来不知道又便宜哪个臭小子了。”我妈总是这样说。

我通常每周都会把孩子带回爷爷奶奶家一次，公公婆婆倒是很热情，每周都会给李悟买新衣服、新玩具和非常昂贵的营养品。只是小小的人儿似乎就能感受到谁对她是真正的疼爱，每次婆婆抱她的时候，虽然不哭不闹，但也是不太顺从，有抗拒感。

我对婆婆说：“妈，不用给她买这么多衣服的，小孩子长得快，很快就不能穿了，多浪费。嘟嘟，快谢谢奶奶。”

“谢谢奶奶。”李悟奶声奶气的。

“不浪费的，给自己的孙女，奶奶多少钱都舍得，”婆婆说：“而且要是将来还有个二孩，就更能派上用场了。”

我想起之前她和李想的对话，知道她很想要个李家真正的亲孙子，只是我没有办法做这样的保证，只觉得她的话又在挑我的伤心事。明明知道我有问题嘛，还没完没了地说！我有点不太高兴，硬着头皮笑笑：“嗯，还会有三孩儿、四孩儿、五孩儿……”

这是明显地表示不满，婆婆脸色变化很大，这次不算细微变化了，长眼睛的不长眼睛的都能看出来她的不悦。

李想圆场：“妈，我们一直在努力。”

“但愿如此……”婆婆轻轻地说一句，可我听到了。她转而又逗李悟说：“嘟嘟啊，告诉奶奶，你想不想要一个弟弟?”

嘟嘟点点头，她大概都不知道奶奶问的是什么，只是本能地点点头。可婆婆就很得意地说：“连小嘟嘟都想要弟弟呢，小孩子的话可毒呢，我看啊，我们家肯定还有这个福分。”

我别扭地笑笑，没接一句话，心里为自己已然成了别人家的生育工具而骂了几百遍。女人生孩子本属自然的，可用这种逼迫的方式说出来让我多少有些反感，还多少有一种不管别人死活只管传宗接代的感觉。

我克制着自己心头的火，努力为做一个忍气吞声的好媳妇而使出吃奶的力气。我想如果我真的吵了，公公婆婆为了生孩子而休了我也不是不可能的。就算不休我，我还需要背负着对他们李家的愧疚痛苦地活一辈子。

李想看到我的脸色铁青，而婆婆根本没有要停止的意思，他在中间为难极了，一时也想不到什么圆场的话来接，坐在那里很是可怜。

我不知哪里来了勇气，一咬牙一闭眼，对婆婆说："妈，我比你更想要孩子，因为我不愿意一辈子都好像做错事一样地生活，你有什么不相信的呢？真的不需要分分秒秒来提醒的。"

这是我第一次冲婆婆说不客气的话，不过既然说出来我也就不计后果了。我没有再去理会婆婆的脸色有多难看，李想的表情有多尴尬，径直把嘟嘟抱到了卧室，帮她穿衣服，打算回娘家。

我只听婆婆在低声地朝李想嘀咕："我没说什么啊，你看列列那态度……行了行了，我是开明的人，以后不提这事了，妈不想让你为难。你说妈这一生都挺顺利的，事业也顺，又有一个又帅又聪明的儿子，可到了孙子这辈上，就没这好福分了，算了算了……"

李想说："妈，嘟嘟就是您的孙女啊，又不会有人抢走。"

婆婆干笑两声："呵呵……"

李想说："爸妈，我该送孩子去她姥姥家了。"随后又朝房间里的我喊一声："列列，车停得比较远，我先去开车，你收拾好了就在楼下等我啊。"

我本不想单独和婆婆在一起，可我还没来得及说话，李想已经开门跑出去了。我用最快的速度收拾东西，又让李悟小便完，穿上外套准备出门。

婆婆这时说话了，依旧带着笑容，只不过这笑太假，让人不忍直视。

婆婆说："列列，你要理解我们这些当大人的心，谁不想有自己亲生的孩子啊？我们家算是最民主的了，我也不是老顽固，可到了一定岁数就不自觉地想抱孙子了。我知道李想喜欢你，所以也不敢说你什么，可我觉得你们要是一直没有孩子，对你们的感情也是一种遗憾呐。我是过来人，非常明白夫妻两个再恩爱，也不可能一直都有热情，这时候孩子就是维系家庭的重要纽带，如果连个孩子都没有，婚姻终归是不牢靠的。"

听了婆婆的这些话，我在心里冷笑了好几遍、好几遍！我很平静地回答："妈我知道了，亲孙子这件事情，如果我还是没法让你们达成心愿，你们可以另做打算，现在代孕啊什么的挺多的；还有，妈，李悟一天天长大了，现在都快两岁了，我们都是她的亲人，不要再在她面前说什么'亲孙子'之类的话了，孩子慢慢都会听懂的。我真的不想让她的小小心灵有创伤，谢谢了妈。"

我换了鞋，扭头走了。

我还是没有压住我的脾气，终究当不了那种低眉顺眼的小媳妇。

我也明白了古人说的"媳妇熬成婆"这句话的真正含义，这显然是一种恶性家庭伦理的传承。我本来是理亏的，可我不许有人在嘟嘟面前总是强调"亲孙子"和"领养孙子"的区别，这是我的底线。

连小动物都对人的爱与恨有感知，何况是小孩子？

我更看不上的是，只要李想不在场，婆婆对我就完全不一样。你可以人前人后区别对待，我也可以。只不过对于长辈我可以多忍受一些罢了。我就是这样的一个人，从小就爱打抱不平，说话常常得罪人，情商不高，也不喜欢虚情假意，现在还加上一条不会生育，你们爱怎么样怎么样吧！

走到车里的时候，李想说："不要和妈呕气，她是一个顺毛驴儿，只爱听好话。"

我心情差到极点："我也是个顺毛驴儿，我也爱听好话。"

李想眼拙，居然没有看出我真地生气了，还一直护着她妈："家长们想要孩子也是可以理解的，我妈骨子里就是个挺传统的中国女人，那种思想是根深蒂固的。"

我纠正他："你错了，传不传统我不知道，我只知道这是对我的人身攻击。"

"这怎么是人身攻击呢？"李想问。

"这还不是人身攻击吗？如果有不孕症的是你，如果你每次去我家的时候，我妈也在你面前叨叨别的男人能生孩子的事，你心里作何感想？这说到底也是一种生理缺陷，攻击他人的生理缺陷还不叫人身攻击？"我反问他，情绪很激动。

说完，我又绝望地对自己说："我知道，没有如果……"

"列列你太激动了，今天不要说这个话题了，我妈她在这事上是有些不对，可她……"李想还想辩护几句。

"可是李想，我们不是旧的婚姻制度下的夫妻！封建社会里的婚姻才是只有'上以事宗庙、下以继后代'这唯一一个目的，男女之间爱不爱、性不性都毫无关系，可我们不是生活在旧社会了！我知道在中国的家庭观念里，一切以孩子为中心，子女独大，或父母唯大，不能生育比偷盗还可怕，可唯独没有自己；我更知道在你妈妈心里，不是亲生的都不叫真正的孩子，可我家人为什么就能接受嘟嘟呢？李悟小小年纪还不懂事，她听不懂奶奶嘴里念叨的是什么内容，可她迟早会懂事，她会发现奶奶其实并不待见她的，这样好么？如果我爸妈这么做，我一定会第一时间跳出来告诉他们这不对，可你却任由你妈这样说，我对你很失望。"

这是我和李想自结婚以后的第一次吵架。

这世界就是很奇怪，人性就是很复杂，家庭也是，有些东西我永远看不懂。有很多原本很恩爱的夫妻最终因为家人的诸多干预而分道扬镳，而很多为结婚而结婚的夫妻家庭却很稳固。在家庭这个最基本的社会单元里，天天都上演着没有硝烟的战争。任何人，任何一件事，都不是个人的事，而是集体的事，甚至社会问题了。

小两口越恩爱，婆媳关系可能就越恶化，这是两个女人的战争，就像情敌一样彼此看对方不顺眼。而我一直自诩能成为一个例外，可结果证明，我就是一个俗人。

我对李想说："老公，我决定了，我去治疗，我辞职去治疗，住院吃药，好好打理身体，如果还是怀不上你家的'亲孙子'，我和你妈也说过了，可以找人代孕，或是休了我你重找个能生孩子的女人。我过不了这种有巨大心理压力的日子。"我硬撑着才没让眼泪流出来，我不想让李想看到我的眼泪。

"没这么严重，列列，你不需要辞职，也不用和我妈说这些，是我不好，这些思想工作我来做好吗？我明天就去找她谈谈。"李想捉住我的手，安慰我。

我脸无血色，我想我的脸色一定难看极了。我冷冷地说："不辞职，难道要我请个长长的病假，和领导说我去治疗不孕不育了吗？呵呵，我愿意领导也不愿意啊。”

李想也面无表情，双手紧紧抓着方向盘，眉头深锁。

李想很有挫败感，黯然地说：“我和你一样，一直以为自己能处理好家里的这些关系，现在才发现我真地高估自己了，我没想到家庭关系原来比想象的更复杂。男人难做，就难做在都是自己最爱的女人，向着谁都不行，却又做不到平衡。列列，你现在知道了我并没有你想象的那么风流随性，我也知道你并不是表面上那么洒脱，不管我们是出于责任感，还是因为太笨，你说我们的感情会为此而受影响么？我先回答你吧，就算你真的不能生孩子，就算我妈唠叨死，我也不会做代孕那种荒唐的事，我们有李悟，够了。”

“你真的能那么坚定吗？”我苦笑。

李想还要说什么，这时一直在怀里睡觉的李悟醒了，睁开大眼睛看着我，叫了一声：“妈妈。”只这一声称呼就把我炸药桶一样的心情融化了。

我对李想说：“孩子醒了，不吵了，大人们之间的这些个破事就别荼毒到下一代了。我看嘟嘟这孩子一定成熟得早，我们在孩子面前说话得注意了。呃，我最希望的是咱妈能明白这一点。”

李想点点头，说他也不想吵，还说一定会找母亲好好谈谈。

第一次吵架很快落幕。

李想知道我的软肋，当天晚上就用一只正宗的烤鸭让我消化了所有的愤怒。我嘴里咂叭着烤鸭的余香，吃人的嘴短。

吃完后我认真地发誓：“以后一定要训练一下自己的情商，不过原则问题还是不会妥协。”

李想说：“情商可以有，不过我宁愿你的情商用在将来的生意上。面对我，就真实点吧。我们俩要是起内哄，就连老天也救不了了。”

第三十章 宠物中心初建成

我终于灰溜溜地辞了职。面对我的请辞领导答应的相当痛快，只说了几句“以后常联系啊”这样的鬼话就把我放走了。这让我多少有点受打击，从而再次确认了孙威当时录取我的原因仅仅是为了他家的小狗。

在一个公司待了好几年，毫无建树，做着一件貌似谁都能取而代之的工作，连唯一一次升职的机会都因为是适婚适龄女子而被拦腰斩断。我不禁怀疑自己的人生究竟还有没有亮点，自己是否拥有一项不是人人都可以取代的技能。

好在接下来我还有事要忙，暂时纾解了我失落的心情。

我要开始漫长又未知的求医路程，去医院那种地方，需要的心理承受能力比身体的还要多；我和马哲的宠物中心也即将开业，现在正在装修的最后阶段，等装修好后再晾一段时间，择个黄道吉日就可以开业了。

我和李想的经济状况面临巨大考验，我暂且不知道我求医问药到底要花多少钱，光看身边的案例就知道肯定是笔大开销，而且花了钱也不一定真的有效果。

头发掉得刷刷的，活这么大我还没有经历过这么有压力的日子。我心里有过一丝动摇，有点后悔当初没有做婚前体检。如果我知道我不能生孩子，我宁愿选择不嫁给李想，也不去祸害那些求子心切的大人们，一辈子守着父母终老算了。

那样，或许我还能把对李想深深的爱慕永远藏于内心，然后再靠着意淫一些帅哥明星，花痴而又苟且偷生地过一辈子。

可我是不是真的后悔，我也不知道。我只是对眼前这些纷繁芜杂的家庭琐事有所畏惧，起码目前，我还没有完全做好这种角色的转换。

我对马哲说："姐，如果真需要开刀的话，小店和小李悟就先交给你和咱妈了。"

马哲向我保证说："放心吧，咱家人就是你的后盾，如若哪天李想家人不要你了，你就回家。咱姐妹俩成立一个组合，就叫'被甩二人组'，一辈子陪着爸妈，不怕活不下去。"

我和她拉勾勾。

公公婆婆人脉广，为我托关系找了不少好医院好医生，有的说需要开刀，有的说不需要，都说各自的医术可以达到医学领域新高度，云云。

我就像一个听话的木偶一样木然地在旁边听着婆婆与他们的对话，看着婆婆眼里闪过的灼灼光彩，那代表着希望。

考虑到手术的危险性，婆婆同意我先吃药治疗，内服外敷配套。这是一位名医建议的，说我要先调理身体才可以做手术，医生还告诉我，如果做手术，也都是最新技术激光治疗，不要怕疼。

我非常地听话，天天按时按量地吃药用药，还隔三岔五去医院复检。

玉皇大帝终于开始眷顾我，在我服药一段时间之后，没有开刀之前，我居然怀孕了。

在确认自己真的怀孕的那一刻，我的第一反应是：那些一个劲唆使我做手术的医生是怎么想的，真地好好诊断过我的身体了吗？还是我的身上出现了奇迹。

我还是很激动的，一时之间高兴得手足无措。我拿起手机来打算告诉李想，又觉得这么一件大喜事一定要通过个特别的、浪漫的方式告诉他。我等待着看他用难以置信的表情问我一句：是真的？然后我就说：是真的，是真的。再抱头痛哭。就像电影里的一样。

我就在告诉与不告诉这个问题上纠结了一天，直到晚上见到李想时，那种兴奋的心情已经过去了大半，我只是微微笑着告诉他："老公我怀孕了。"

"真的？"李想确实一脸不信，他比我更淡定："你可别逗我啊。"

"逗你干吗？"我哈哈一笑，跑开了，摔给他一支验孕棒。

李想拿起来只看一眼，顿时来了精神，跑到我面前问："是真的啊？"

我没好气地说："当然，这难道还有假？"

李想高兴得像个大孩子，脸上的笑容再也藏不住，拿着验孕棒左看右看，自言自语地说："这下好了，这下好了，心事总算了一桩了。还没有告诉咱妈这个消息吧？她知道一定高兴死了，我这就告诉她。"

"不用了，"我阻止他打电话："人家都说要过了三个月才告诉别人的，就是因为三个月之内很不稳定，尤其是像我这样好不容易怀上的。老公，我们过三个月万无一失了再告诉他们吧，我害怕如果孩子保不住，所有人都要受打击，有些事情就我们自己承担好了。"

李想点点头："其实我也是这样想的，一高兴就不知所以了，我现在在想我如何才可以压得住这个秘密呢，我是那种一高兴就藏不住秘密的人。"

"真说了也无所谓，顺其自然吧。我们现在做的，主要还是好好养胎，我这次怀孕和中彩票的性质差不多了，真难得啊。"我摸摸还扁扁的肚子，尽管TA现在还是个分子，可我满足感却飙升了。

我看着李想风尘仆仆的样子，随意地问了一句："老公你最近总是回来这么晚，还是天天加班吗？"

"是，呃，也不是……是这样，呃……有时候是我自己想加班。你知道我是半路出家，业务不精，需要笨鸟先飞。”李想说完，径直去厨房拿饮料。

我没有怀疑他的支吾，继续抛给他第二个好消息：“李总，我姐今天说快装修完了，她问您的意思呢，哪天开业比较好？你是信科学还是信风水，都随便。只求这黄道吉日由您来定，这样中心才会很好地结合三个人的意愿，你觉得呢？”

“手续都办好了吗？”李想问。

“都办好了，一样不少，名字就按我们之前定的‘宠尚之家’，宠物至上的家园。我现在有一种我们责任好重大的感觉，觉得自己特有成就感。”

“你现在最主要的是保护好身体，说好了，只要有空我就接送你，大着肚子去挤地铁等于是自寻死路，我要不在的话你出门就打车，记住了。”李想叮嘱道。

“嗯，知道了，我比你更在乎这孩子。”我不耐烦他的啰嗦，说：“开业的那天把同学朋友们都叫过来热闹一下，咱的同学都是这方面行家，可以出谋划策。还有我们的配套宣传要同步到位，注册一个网站、再设计个漂亮的宣传卡片，一定要精致上档次，再在网上推广一下。我们这个是营利和非营利结合的店，营利的一部分收入是要用来养流浪小动物的，所以一定要尽快赚钱。”

“不要给自己太大压力了，就当是给几个孩子们创造的乐园吧。对了，列列，你现在对狗毛不敏感了吗？”李想问。

“是啊，我也奇怪，我前段时间就和你说过我现在体质好像不一样了呢，我也不知道是什么原因。其实就算再敏感，我还不是忍着打喷嚏快把眼珠子都打出来的危险照顾我们孙总家的小狗好几年吗？现在他家的小狗长得毛滑体壮了，就用不着我了，辞职的时候才看清他的嘴脸。”我一想起这事就特别来气，哪怕你虚情假意演一出挽留的戏也行啊，可人家连演都懒得演。

“别义愤添膺的了，我明天带你去吃顿烤鸭就好了，现在就一门心思准备你的新事业吧！”李想看着我气呼呼的样子，觉得非常可笑，而烤鸭就是我的良药。

“怀孕能吃烤鸭么？”我问。因为我听说怀孕不能吃的东西特别多，就差只能喝西北风了。

“为什么不能吃?”李想对这个也一窍不通。

“我还是百度一下比较保险。”说完我打开电脑，搜索怀孕不能吃的食物。网上这方面信息还特别多，我拿出一张 A4 纸记下来，一记就记了满满一张。

李想看着我纸上写的一大堆禁忌食物，感叹地说：“太夸张了，女人真辛苦，老婆你要受苦了。”

“受苦的日子还在后面呢，不过应该也是甜蜜的负担吧，”我把纸贴到衣柜上，又背了背上面的内容，很庆幸地说：“幸好烤鸭能吃，这对我来说就足够了。”

李想笑呵呵地说：“干脆把你卖给全聚德算了。”

又是一年芳草绿，在一个大风肆虐的三月早晨，我们的“宠尚之家宠物中心”正式开业了，地点是在丰台区一条干净幽静的街道上，附近有几个品质较高的小区，宠物饲养者很多。

我们的中心集宠物美容、护理、配套产品售卖、寄养等内容为一体，另辟大约十五平方米的流浪猫狗收留间，伙食待遇和其它小动物一样。开业的这一天，已经有五六只狗狗猫猫住进去了。

选在周末开业，来庆贺的人不少，包括经验相当丰富的马军杭，就那个一直做老本行的同学。因为我们刻意把中心开在了离他很远的地方，不会抢他的生意，所以马军杭对传授经验没那么警惕，没有太多的心里设防。

我这时已经怀孕四个月，婆婆知道后大骂我们对她的隐瞒，有这种喜事居然不告诉她。因为之前我有过狗毛过敏的前科，那段时间家长们严禁我近距离接触小动物，所以照料小猫小狗的事全落到了马哲和新招的员工的身上。

我这次是言听计从，所以去宠物店不多，只做大事的参与，基本上成了一个甩手掌柜。

马哲和我说：“做生意还是不能太感性的，我们一定要尽快回收成本，有钱了我们想要做的事才能一件件完成，因为不仅我们上有老下有小，还有一堆小可怜的猫猫狗狗指着咱呢。”

我说：“只不过这几个月你要辛苦了。”

马哲说：“不辛苦，我现在斗志昂扬的呢。你好好生你的孩子、做你的月子。李想的工作越来越进入状态，李悟也 2 岁多了，爸妈两个人带绰绰有余。我呢，就一边学习一边前进，开启我的新人生。”

“姐，你一定能让姐夫后悔死。”

“必须的！”姐姐说：“只不过他是孩子的爸爸，少不了还是要见面，我一定要心如止水。”

我点头鼓励：“你一定能做到。”

公公婆婆看我的小店开业，也挺高兴，纷纷表示尽量动用人际关系给我们拉客户，条件就是我不能大意，现在是天王老子都比不上肚子里的孩子重要。

我本来并不紧张，现在反而紧张得要命了，连走路都是算着频率、算着幅度走的，一个地方做不对被家长们看到了，就要说一卡车的注意事项。

可这时，我的心是快乐的。

第三十一章 迎接小生命

李想和我，还有马哲，都在朝着属于自己的方向，一路向前。

路或许宽，我们就要成其阔；路或许窄，我们就探其深。未来有多大，其实都在于我们自己。

李想的工作越来越忙，就算回到家也在用功学习。他的脑子灵光，学什么都快，一点即通，在工作的转换上很快就适应了，甚至做的不比专业人士差。每次说到他的工作，他的眼神都是明亮又饥渴，好像恨不得要大肆地将所有知识统统打包装入大脑一样。

我经常开玩笑地说他：就差往你脑子里植入一个芯片了，而且要超大容量的。

我羡慕李想对工作的有所专爱。

而我现在，最大的工作就是养胎，这一点都不比李想和马哲轻松。我很奇怪为什么大部分营养全都在难吃的食物里，为了营养而营养吃得像个兔子一样，是多么地痛苦。我向来都是一个肉食动物。

可我却也能在此时，沾肚子里宝贝的光，心安理得地享受着国宝般的、又浑身不自在的待遇。出门逛街时不用拎包，因为身边总有人抢着拿我的包；吃饭时所有人的胃口全都向我看齐，我想吃什么大家就吃什么；下车时都有人用手挡住车门上面的位置，光怕把我碰着；坐电梯时身边只要有家人，他们都会告诉那些陌生人“别挤她，谢谢”……

与些同时，我同时收到了梁爽和乔安妮都要结婚的消息。

那天我正在做胎教，放音乐听。这时梁爽先打过来电话，东拉西扯地聊了几句，然后告诉我他要结婚了，就是那个死命缠他的小女友。我连声说“恭喜恭喜”，并承诺他如果我坐月子去不了，李想和大红包一定到。梁爽呵呵地笑着，哼哼吱吱地，“马列，你家李想最近在家时间多不?”

“多啊……只不过工作忙，天天回来得很晚。怎么啦?”

“哦，没事，”梁爽好像有话要说，又说不出口，“我是说，那个你不是怀着孕嘛，尽量让他下班后早回家，多陪陪你，我是男人，我可是最懂男人了……”

“你想要说什么啊梁爽同学?”我觉得梁爽有话要说，问他。

“没事，只是那天我在路上看到李想了，不过他没看到我……我当时正忙，那个，没事我先挂了，希望你早日生个大胖儿子啊。”梁爽说完挂了电话。

莫名其妙的梁爽，你不知道世界上最难受的事就是话听半句吗？

和梁爽通话后不久，乔安妮也来了电话，我还没有来得及说“你好”，小妮子就像开闸的水一样哗啦啦说起来：“马列你知道吗？那厮向我求婚了，准确地说是他家人向我求婚而不是他。他爸来北京了，说我俩的婚事也该定下来了，说因为我的生辰八字不太吉祥，五年之内都没有适合我的黄道吉日，就六一儿童节那天还不错。如果我们俩没意见就让双方父母抽空见个面，把婚事定了。说这么严肃的大事的时候，我男朋友却在他的电脑前玩一个弱智的破游戏，头也不抬的说了句行。”

乔安妮呱叽完一连串的话，大概想起来还需要给我个空当插一句，停了停。我找了个空隙，说："不管怎么样是好事啊。"

"好事?"乔安妮又开始了："奶奶的我从来没有见过这样就把婚结了的，我真不敢想象我们以后的婚姻该是什么样，你和李想那么两情相悦郎情妾意的都还接受重重考验呢，我就这么跳入火坑了啊。对了，马列，自从你怀孕后我都不敢再找你了，我特别不敢碰孕妇，生怕一有个啥闪失我还得担当什么责任。可是我真的憋着一肚子话想和你说，我急需发泄。"

"没那么夸张的，我能出去，现在已经六个月了。要不这样，我们找个清净点的地方坐一坐吧，李想不在，我打车过去。"

乔安妮说："哎算了，你还是小心点吧，别大意了。我们就在电话里说吧，你说我该嫁给他吗?"

我问："如果不嫁，你早该和他分了，但为什么一直没有分？说明你们还是分不开啊。"

"那倒是。我也就是瞎想，特没出息，总觉得我俩还是有救的。"

"我只能说，祝你好运。因为我不是婚姻爱情专家，只知道任何事情的发生都不会是偶然，肯定是日积月累的结果，谁都逃离不了责任，不要互相责怪。如果真的分也分不了，必须往下走，那只能是勇敢一点，调动身上所有的智慧去清醒面对，经营这份感情。"

"哇塞！你怀个孕，不需要这么有哲理吧?"乔安妮在电话那边嘎嘎地笑。

"哲学个屁啊，我就是现学现用，无意间看到这句话，背熟了卖弄一下罢了。"

"你说的对，我还是得嫁给他的，反正他也愿意娶。看来我以后也得像你一样，要找个精神支柱了，再恢复到以前的琴棋书画吧，要不我真成个怨妇了。"

"这话你已经说过很多次了，"我责怪她，"要说到做到。"

"马列，连你这样天不管地不惧的女人都为家庭改变了，我是又向往、向害怕。"

我诚实地告诉她："结婚前我也受到我姐婚姻失败的影响，后来想通了。

影响虽说是影响，有些事是可以克服的，可有的人却不是时时都能碰到的。”

“我知道了，谢谢你马列。我等你生完孩子再找你玩吧，你可别当全职哺乳大奶牛。”

我说：“只怕到时候你成了个大奶牛了。”

相互调侃，发泄，鼓励，帮助，谁都不笑话彼此的失落与邋遢，大概是朋友最大的意义。

梁爽的婚礼、乔安妮的婚礼我都没有去参加，因为两场婚礼的时间很接近，而我那时，刚刚迎来我创造的第一个小生命，我的小女儿李夕。

我是剖腹产。从产房出来的那一刹那，家人统统都在。心理作怪，我最先关注婆婆的表情。我看到她闪过一丝丝遗憾的眼神，不过还是欣喜大于失望，那种遗憾转瞬即逝，直握住我的手说：“辛苦了列列。”

我终于完成一件大使命，心里的舒畅压过了身体的痛楚。我回报大家一个无力的笑。

我在病床上整整睡了三个小时，期间小护士过来叫醒我，因为产后身体虚弱，我的喉咙又非常不通畅，护士特别怕我睡着后发生呼吸阻塞。

醒来后，李悟正在用小手摸着我的脸，嘴里嘟哝着：“妈妈生了个小妹妹给我玩儿，妈妈生了个小妹妹给我玩儿。”我看看左边的李悟，又看看右边恬恬睡着的李夕，一种从未有过的幸福感油然而生。

7斤2两的大胖丫头啊，健康完整。我不知其它的产妇那个时候会想什么，我那时只是感觉很幸福。我突然同情起一些类似的新妈妈，在经历过长时间撕心裂肺的疼痛之后，奄奄一息地从产房出来，身边的人却只关心生的是男是女，生男则喜生女则悲。

这个时候，一个健康完整的宝宝不应该是大家共同的心愿吗？这不比什么都令人欣慰吗？

我不太喜欢国人嘴里说的“一儿一女”正好组成一个“好”字这种谬论，生一儿一女的家庭多了，不见得都好。我一左一右两个漂亮的小胖丫头对我来说比“好”还“好”。孩子的性别不重要、数量也不重要，孩子的质量才最重要的。

我知道我妈比我婆婆更希望生个男孩子，因为我家太阴盛阳衰了；婆婆其实本来无所谓，只不过她觉得已经领养一个女孩，又生一个女孩，总是会有点小遗憾。至于李想，已经高兴地合不拢嘴，就恨不得写首情诗昭告天下了。

“真好看啊，”李想说：“总觉得和李悟还有点像呢，将来都是大美女。”

“刚出生的孩子皱巴巴的能有多好看？”我嘲笑他。

婆婆叮嘱李想：“想儿，女人做月子的时候不能多说话，不能多费眼睛，更不能伤心和哭，你要注意。妈最有经验了，女人月子要做好了，出了月子能变得特别漂亮，要是月子做不好，漂亮不知道，身体元气很容易伤的。列列给咱家生个这么可爱的丫头，你要好好照顾她。”

李想狠狠地点头，表示一定不让我受委屈。嫁到李家之后，我想这应该是第一次氛围如此和谐。

我心里还有点小私心，窃喜：还好领养了李悟，已经有俩娃了。要不然哪天再让我生一个，我可真不想再受这罪，也没有那么多钱。

“李夕”这个名字是李想取的，他说取我“列”字的一部分，表示孩子是我的一部分。他的姓，我的名，必须要在一起。

我当时有点不理解，“夕，怎么感觉像日落的意思？”

李想解释说：“日落的时候世界最恬静最云淡风清，人生也一样，人到一定年龄就会回归小孩子本性，最老的就是最小的，我希望我们的孩子能够……”

后面的话我没听到，因为那时我很累，已经迷糊着睡着了。

婆婆对我说：“孩子就由我来和你一起带吧，我是住过去呢，还是你住过来？你父母带嘟嘟已经很辛苦了，我们也该分担着点。”

两个孩子终究还是享受了不同待遇，我不禁唏嘘。我说：“好啊。那我住过去吧，你就不用总两头跑了。对了，妈，你还没退休，时间上可以吗？”

婆婆说：“再有快半年就退休了，现在就是个闲职了，不碍事。”

我笑笑。

就这样，我带着李夕住进了公婆的房子，李想也因此不太回去了。小夕夕一出生就拥有着嘟嘟不曾有过的一切，集万千宠爱于一身。有属于她的满月酒、百天照、有来自亲朋好友馈赠的花花绿绿的礼物，吃最贵的奶粉，穿最舒服的宝宝衣。

我打心眼里心疼嘟嘟，好在孩子不懂这些，好在嘟嘟在启蒙之前就到了我家。

我觉得我老了，只是生了个孩子而已，却总是容易被很多小事打动，总是容易感触。

可李想说，这不是老了，是人的心变得柔软了。

第三十二章 马哲的蜕变

两个孩子都一天天长大了，等夕夕四个多月的时候，婆婆可以大部分时间带她，而我，终于可以和马哲一起，合力打理自已的宠物中心。

打算再次出山之前，我像被从牢笼里放出来一样，看着阳光花草都觉得和平日不同，特别可爱。我拎着包兴致昂扬地冲到商场去买衣服。备孕、怀孕、坐月子，我已经很久没有新衣服入柜了。

我印象中的衣服尺码应该还是停留在减肥那个时期，所以尽挑修身款的衣服。在一家我最喜爱牌子的专卖店里，我指着几件衣服对服务员说："小姐，这几件的 M 号，我都试一下。"

小姐有些为难，"女士，你试一个 L 号吧，我们店的衣服号偏小……"

女士?? 嚯，我不喜欢这个称呼。可我也没办法，只好说："哦，那拿 L

号的吧。”

L 号一件件试了，一件都穿不下。

我红着脸，不好意思地问：“有 XL 号的吗？”

小姐摇摇头：“不好意思女士，我们店最大的就是 L 号了哦。”

“谢谢。”我杀气全无，灰溜溜地出了店。

出了店门后，我气不打一处来，给乔安妮打了一个电话，狠狠地骂了刚才服务员一通：“安妮，我长得很老吗？怎么叫我女士，太不会称呼人了。是不是人变胖了就显老？”

乔安妮说：“马列，‘女士’只是店员对女性客人的一种称呼，没有特别含义，这是一种尊称。你为这个都生气，你可真行！”

我说：“那前两天我去药店，我本来想买个安神补脑液啥的，那服务员问我有没有 40 岁。奶奶的，我刚 30 出头，还觉得自己青春美貌呢。我一气之下啥都没买，我对那个服务员说‘你才 40 呢，你们全家都 40’，然后气冲冲地跑出了那家药店。”

乔安妮听了哈哈大笑，说：“你瞧你买的那种药，让人一听就是中年妇女神经衰弱才要喝的嘛，难怪人家以为你 40！而且我可以想象，你肯定是蓬头垢面去买的，人靠衣装佛要金装，你注意点儿穿着，别把自己弄得跟头大奶牛似的。我告诉你啊，下次你再买这样的药，你就提前说‘考研好辛苦啊，功课多压力大，睡不着觉，有没有补脑安神的’，你要这样问才行，懂吗？”

乔安妮安慰了我一通，我总算解了气。挂电话后又自我鼓励一番，跑到商场洗手间的镜子面前，把绑起来的头发又散开，用水抓了抓，拢到一边，做成淑女状。翻了翻包，发现以前常常随身携带的睫毛膏居然也没有带，于是做罢。

这下子应该不会有人叫我“女士”了吧？真的，我宁愿有人叫我“男士”。

之后我看的衣服全成了宽松系，修身版的一律不敢考虑，我还自我安慰说现在的宽松系更走在时尚的前沿。你看那些明星，衣服不都是松松垮垮、耷耷拉拉的吗？

逛一圈后，终有了收获。旧衣服提在手里，我穿着新买的衣服去中心找马哲。

马哲却瘦了不少，虽瘦精神却好，有了一些职业女性的气质。店里招来的专业护理员已经有两位，第一位从开业到现在都没有走，成了元老。

店里有一位看起来伙食很好的男人，坐在一旁的会客桌旁翻一本免费提供的宠物杂志。我见马哲也没有特意招待他，有点好奇，于是悄悄地问："姐，他是谁啊？"

马哲凑近我的耳朵，"我的追求者。"说完又补充一句："之一。"

我"噢"了一声，仔细打量那个男人：看起来 45 岁上下，身体发福却还勉强能看，头顶秀发稀少，红光满面；手腕上戴着一块价值不菲的手表，一件休闲针织衫很有质地，脚穿棕色休闲名牌皮鞋，一丝不苟。

我看着店外面停着的一辆奥迪车，向马哲努嘴，"车是他的？"

马哲点点头。

"条件还不错。"我第一印象。

马哲低声说："别嘀咕别人，让人听见多不好，有机会再跟你详细说。"

因为事关姐姐的幸福，我多注视了几眼这个男人。看他的样子是在认真地读那本杂志，不像是装样子。我爸说过，真正爱读书的人就是连说明书都会认真看完的，假装爱读书的人却有个特点，要么翻书太快，要么半天只看一页。

按老爸的经验，此男人还是挺认真在看书的。

男人的视线从杂志上移下来，发现了我，起身过来和我打招呼。马哲向他介绍："这是我妹妹马列。列列，这是李腾非，一个成功的民营企业老板，我们店里好多生意都是李总介绍的，我们应该多谢谢他。"马哲话语中的客气，表明了她还没有接受这个男人。

"叫我李哥就行。"浑厚的男中音。李腾非伸出右手和我握了握。这个恰到好处的握手动作显示出李腾非的身份特点，老成且有成。

马哲让他继续坐着，就把我拉到一个小屋，跟我说说店里的情况。马哲说虽然离收回成本还有段距离，但是势头不错，生意一直是稳步增多的。将来等客源稳定了，小店还需要加上一项诊所的功能，现在一些基本的护理都有，但宠物的小型手术还没有条件做，为此也流失一部分客人。不过那个急不得，可作为一个长期规划来做。

说完生意，说完两位员工的情况，马哲有些为难地说：“这个李腾非总是来这儿，我觉得这样很不好，可我想不到理由拒绝他。倒是委婉地说过几次，你看出来了，没效果，他还是来。你知道的，他在那儿我很尴尬。”

我看了看外面坐着的李腾非，说：“看着挺正常的啊，40 多岁的男人了还玩小年轻围追堵截那一套啊？”

“倒也不是，”马哲说：“他就是那种只要一和你谈，就肯定是奔着结婚去的男人，目的性非常强。你知道的，我刚从围城出来，还没想再进去，不想给他虚假的希望。”

“我懂。”

“你说我该怎么办？”马哲征求我的意见。

我想了想，说：“反正八字也还没一撇，就不如好好说清楚，不用耽误彼此。一个想结婚一个不想，这本身就是一种矛盾。”

马哲说：“行，那今天晚上我请他吃饭，把话说开。还有，我不能让他老来店里啊，这种男女关系啥的最说不清、也最容易成为别人话柄了。我可不想在‘离婚女人’这个标签上，再加上什么‘水性杨花’之类的标签，人言可畏啊。”

我说：“放心去吧。我现在可以出来了，以后终于可以和你分担工作了。”

我已经搬回自己的房子去住了，只不过公婆的房子里还留着我很多生活用品和衣服，时不时过去住一天两天的。孩子是公婆的心头肉，托李夕的福，我和婆婆融洽了很多。

又是一个周末，我和李想把李悟从娘家接回来，和公婆一起吃饭。饭桌上，李想喂李悟吃菜，小家伙忽闪忽闪地眨着眼睛，说：“不，嘟嘟要奶奶喂。”

婆婆一愣，有点小吃惊，随后马上换上笑脸，把李悟抱到身边的儿童椅上，说：“来，奶奶喂你，嘟嘟想吃什么？”

李悟指着那盘烤鸭说："我要吃烤鸭。"

李想乐了："这点倒是和列列一模一样。"

婆婆卷好一个小小的烤鸭卷给李悟，李悟很乖，拿起来自己往嘴里塞。吃完了，嘴油乎乎地，伸出小手说："嘟嘟还要吃。"

婆婆又给她卷了一个，李悟很快又吃完了，胃口极好。她说："奶奶，我要天天吃烤鸭，我要天天让奶奶喂。"

我心头一动，本能地说："好呀嘟嘟，奶奶天天喂你吃哈。"

听了李悟的话，婆婆有点尴尬。公公说："孩子大了，要不就接回来吧？"一边说一边还看着婆婆的脸色，生怕她再说出反对意见。

婆婆没有说话，只是笑着，没表态。

李悟的童言无忌让我心头一震。孩子已经开始有思维了，已经能简单地表述自己的疑惑了，如果再长大一点，大概就会问"奶奶，为什么我就不能和妹妹一样住在这里呢"这样的问题了。

会比较是人的天性，比较之下必有委屈。我不能让李悟幼小的心灵觉得自己被划分出了等级，我必须在她还不会问出那么复杂的问题前，让她回到自己的家。

纵然姥爷姥姥的爱也是很深的，可孩子终究还是在父母的身边最有安全感。

李想也意识到了这个问题，他当即表示要把李悟接回来，由我们自己来带。婆婆也说好啊好啊，于是就这样定下来：夕夕和婆婆住，李悟和我们住，娘家还有多多，三个家庭各自有个小孩扎营，欢乐度不减。

这是最完美的安排，我终于可以舒心一些了。短短三年的婚姻，我觉得像过了十年，这之前所有的经历加起来都比不上这三年这么繁琐复杂。好几次我差点就要被生活打败了。

我已经在很长时间内，全部的精力都在怀孕生孩子上，和李想单独相处的时间屈指可数。再没有像谈恋爱的时候，经常可以找个幽静之地，坐下来说说情话，聊聊八卦，畅谈下回忆什么的。我的生活就是三个家一个宠物中心"四点一线"的跑，除了赶路还是赶路，没有时间停下来多关注一下身边的男人。

而现在，我似乎终于能有些时间，有些心境再好好地经营一下我的爱情。我最害怕自己未老先衰，更怕自己身没衰，心已老，那才是最可怕的事。

第三十三章 感情横生枝节

这天快下班的时候，李想来了一个电话，说晚上要开部门策划报告会，不能早回来了。

我没有起疑心，只是心疼他工作的辛苦，同时也有点小遗憾，因为原本想晚上和他在一起吃一顿久违的浪漫大餐的计划也泡汤了。

晚饭后突然想起，家里的遥控器、鼠标、无绳电话都需要装电池了，于是我打给李想让他下班后帮我买。电话关机。我打到他们公司的总机，要求转接李想的分机。总机接线员告诉我，公司里除了值班的三个人之外，其它人早就都下班了。

“会议室也没有人吗？”我问。

“没有的小姐，所有的会议室都黑着灯。”

“那请问李想大概什么时候走的呢？”我不放弃，坚持想问个所以然。

“不好意思啊，公司人太多，没有注意到。”

我只好在家等待他回来。

等嘟嘟睡着后，我躺在床上随意翻看一本书，是饱受争议的一本书，江本胜的《水知道答案》，李想最近天天睡前都会看。一滴水都能感知周遭的环境，进而显示出不同的状态，而号称最高级生物的人类却常常疏忽人和人之间、人和事物之间最微妙的情感。

至少自己就做得不太好。

李想回来了。我被开门声唤醒，睡眼惺忪地看了一下表，已经快 12 点。我下了床去迎接他，一边抱怨说：“怎么手机没电了吗？”

“你打过我电话吗？怎么了？”李想问。

“哦，没什么大事，本来想让你捎回来几节电池的。”

“明天给你买吧。”

“老公，我给你们公司打过电话，说你早就下班了，没有人开会啊。”

“和同事们喝酒去啦。”李想马上接了一句。回答太快惹人起疑。

“可你身上没有酒味，呵呵。喝完酒还能开车回来么？”我知道他在撒谎。

李想背对着我，默默地换了衣服，沉默良许，扭过头来，嘴唇翕动着，欲言又止。

我也不说话，等他开口，我知道他一定对我有话说。

李想看着我的眼睛，深呼吸，吐出几个字：“是 COCO，她找我有事。”

我想我当时的表情一定很难看，嘴是紧合的，嘴角是微扬的，但脸部是拧结的。我心跳得很快，脸色尽量平静：“见 COCO 也不是什么大不了的事，何必撒谎呢。COCO 怎么啦？”

李想没说话。

我瞬间全明白了，说：“这些日子里你天天回来得这么晚，几乎都是和她在一起是吗？”

李想不敢再看我，低着头说：“一半是。”

眼眶里马上就泉涌了，我怔怔地站在那里，都不知道该接下来再质问些什么。

李想看我哭了，有点慌乱，去茶几上拿一把纸巾过来，手忙脚乱地为我擦眼泪。我一巴掌把他的手打开，怒喝：“不用你擦。”

李想用右手使劲按住我的手腕，腾出左手继续为我擦眼泪。他眉头深锁，心事重重，黯然地低语：“不是你想的那样，列列，你愿意听我说说吗？”

我气急败坏，“你早编好了的一套说辞，又有什么可参考的价值？”

李想说：“我说完了，是不是事实，你有权力判断。”

我冷静了一下，把头扭到一边，不想看他，抛出两个字：“说吧。”

我知道人在不知情、没理智、没耐心和没思考的情况下最容易产生误会，而误会的结局可大可小。所以我给他解释的机会。

李想自嘲地说：“这是我以前的风流债。我和COCO分开后本来再也没有联系，她后来又突然来找我，说和男朋友分手了，心情不好，在酒吧喝多了，让我去送她回家。我推辞不过就去送她……”

“那天晚上发生了什么？”

“她很想发生什么，可我控制住了，你相信吗？”

“控制……”我呵呵冷笑，“如果对一个人全无感觉，心如止水，何需控制？”

李想说：“我承认，男人都是用下半身思考的动物，遇上那种情况没有几个人能把持得住。可我真的不想和她扯上关系，那是我的过去，已经是过去了。而我也知道COCO人是醉的，心是明的，她摆明是故意让我去的。”

“然后呢？你不想和她扯上关系，可后来这么长的时间里你却常常出去见她，也是被逼的吗？你有这么怕她么？”

“是！”李想咬着嘴唇，表情痛苦极了，“我最怕的是女人的疯狂，COCO弄得我一点办法都没有。她每次给我电话，如果我说没有空去，她就说我不去就来找我。我还想过要换手机号码，可我没法因此换工作、换房子。我特别怕她哪天真的出现在咱家里，把我们的生活搅得天翻地覆。”

“你们经常夜里见面，每次都是这么长的时间，居然说……纯洁的就像是小学生？难道你们在一起是谈理想谈人生谈国家大事？我很愿意相信你，可我怎么都说服不了自己。”我直直地盯着他，眼神绝望。

“这是我自己惹的麻烦，”李想说：“种豆得豆，总有因果关系。常在河边走哪能不湿鞋，这根本就是躲不开的事实。说实话列列，别说你不信，连我自己都找不到说服你的理由。COCO 经常冷不防就拍一张我俩的合影，又故意把每次见面的场景都发到网上，我明知道她是故意的又能如何？我几次问她到底想要干什么，她不说。我恨不得她就是把钱花光了，想讹我钱，都比现在这种情况好。”

我说道：“你很有钱是吗？貌似用钱能摆平的事，往往都不靠谱，因为这是治标不治本的方法。我们还没有冤大头到任何一个人过来要钱都要给她的地步。李想，你现在给 COCO 打电话，把免提打开，我要亲耳证实，你是真的被逼无奈还是在跟我扯谎。你觉得怎么样？”

“可是 COCO 她现在的神智根本就不是正常的，她要是知道你在旁听电话，故意说出那些气你的话来怎么办？”李想不同意。

我笑笑，“老公，她是不是故意气我，我觉得我还是能分辨得出来。你应该知道，我不是听风就是雨的那种女人。这是你唯一可以证明自己清白的机会。”

屋子里死一样的沉寂，除了两个人的呼吸声。

李想有点气急败坏，拿出手机，说了句“好”就拨通了 COCO 的电话。电话拨通的霎那，我的心都提到了嗓子眼儿，仿佛做坏事的是自己。我想李想一定比我更紧张。

“喂……”COCO 的声音传来。

李想怯生生地回应：“喂。”

“想儿，你主动给我打电话倒是很难得，怎么，老婆不在身边吗？”人不风尘，声音也不风尘，可话却句句透露着风尘。纵然不是风尘，也在风尘的路上。

我听过一句话，说“女人喜欢男人风尘仆仆，男人喜欢女人风尘”，或许这是真的。

“呃……不在。”李想的脸已经完全僵掉。

“还总说自己不愿意搭理我，老婆一不在家就寂寞了。是想我了，还是找我有事?”

“COCO，马列她也认识你，我要给你打电话不必避着她。我该和你说的都说过，我不是大款名流，现在只是一个超级奶爸，你为什么死抓着我不放呢？你总说你对我旧情难忘，我不相信，我们在一起连三个月都不到，都不如你和上一任男朋友的时间长，COCO，可以和我说真话吗?”

“好吧，既然你一直想知道，我就告诉你好了。因为我很生气，你以前明明是在和我谈着，约会的时候还把她带上，让她把关还是让我把关呢？才分开没几天，你俩就结婚了，我那时候才知道自己被涮了，蠢死了。还没有男人敢这么涮我。”

“你就是全都误会了，那个时候我……”李想一边说，一边看着我，如释重负的神情。

这时李悟从卧室跑出来，揉着刚睡醒的眼睛，嫩嫩的声音喊着：“妈妈，妈妈……”

“嘟嘟，你怎么自己跑下床了，没摔着吧?”我本能地回应她，全然忘记了李想的手机还正在通话当中。李想慌忙把手机拿起来，正要挂掉，听到COCO气急败坏的声音：

“你们全家人上演的这是哪一出啊？怎么，向老婆表忠心啊？马列是不是也在听着？那好，我告诉你马列，不带你们这么玩我的，你老公我这辈子都缠上了，你们俩都别指望着再过幸福恩爱的日子了!”

电话被挂断。我和李想面面相觑。

再一次把李悟哄睡之后，我回到了客厅。李想还在那里坐着。

满屋的暖意都暖不了内心的冰冷，一直标榜生活要随意洒脱的李想遭遇了人生最重要的课题。而面对失去理智的COCO，再多的经验和智慧都苍白无力。

“列列，这可以证明我真的没有背叛你了吗?”李想苦笑着。起码总算先过了我这一关，免去一番内斗了。

“这种事，当面对质最好最有效。这世界上很多事情就算是眼见都不一定为实，耳听也不一定为真，所以我不太相信转述的事情，我只相信自己的判断。”我说，表情凛然，像刚打了一仗，既疲惫又悲壮。

如果今天通电话后是另外一种结局，我又该怎么办？那通电话简直就是我的婚姻生死线。

心里很累。

“这不公平！”我继续说，“早知道我也多谈几次恋爱了，哼哼。而李想你当年是桃花朵朵开，我真怕一个COCO倒下去，还有其它COCO站起来，我的心脏受不了这么多的刺激。”

李想说：“我不知道，希望这只是个例外。”

我问他：“你对COCO真的没有再动过心么？你知道我现在脑子里还尽是你俩在一起的画面，她缠着你，诱惑你，肯定还有很多身体的接触……我还是没法平静！”

李想说：“男人面对喜欢的女人，不需要控制；可面对一个已经不喜欢的，怎么都不可能再惹火上身了。男人花心是没错，但也不是什么女人都想要的，没那么下作。”

我接受了他的解释，不过还是想一个人静一静，一时之间很怕面对李想。我不太想再谈这个话题，于是说：“我好累。今天晚上我们分床睡吧，我陪嘟嘟。”

“你还生我的气吗？”李想双眼潮红，俊逸的脸冷峻起来。

“不是生气，我不生气了。我又不是第一天认识你，我相信你，而且刚才不也证明了你也是无奈的吗？只是我现在脑子很乱，越纠结越乱。刚才COCO发的狠誓我还没忘，我现在满脑子都在想该怎么办。”

“那好，我去看看嘟嘟。你们先睡吧。”李想说。

第三十四章 来者不善的红颜

那天之后，过了好几天平静的日子。COCO 没有像她说的那样再出现，李想也没有再接过她的电话。可越是这样就越煎熬。传说中暴风雨来临前的海面是最平静的，来了之后就是毁灭性的。

太多的平静只是假象，那只是让你慢慢失去防备，来不及防备。

这几天家里异常地静谧，连李悟这小家伙都似乎感觉到了这种压抑，不如前些日子欢实活跃了。我和李想话很少，谁都不愿意提及 COCO，谁也没有好办法。

我真心想来个猛烈的，一下子解决多痛快。这样的氛围真的比死都难受。

宠物中心的生意却是挺好，这多多少少安抚了我郁闷的心情。我相信任何事情只要用心去做就一定不会太差。李想在忙他自己的小事业，宠物店成了名副其实的姐妹店，而付出最多辛苦的，就是马哲。

马哲和我的生活，仅用了三年的时间，就完成一个天崩地裂的大逆转。

三年前，我是个我行我素、单身却自由的快乐女人。我做着自己想做的事，去自己想去的地方，见自己想见的人，想愤青就愤青，想惆怅就惆怅。除了不是很美、没有男朋友之外，生活洒脱无边。

三年前，马哲尚在围城之中，全职妇女，无所事事，浑浑噩噩，除了成天婆婆妈妈地热衷我的婚事外，再无其它追求。

而现在的马哲，快要成了三年前的我：老妈逼她再婚的频率，不亚于当年催促我的；而我，和自己最喜爱的男人步入婚姻殿堂后，所经历的并不是童话那般美好。我必须不停地催眠自己，自我打气，才勉强没有成为一个浑身酸臭的怨妇。

这种内心的对抗过程只有我知道，一点也不开心。

好在李想不是康文杰，他自始至终都是我心中最迷恋的人，魅力不减又志同道合。也就是因为这样我才觉得自己的婚姻并没有糟糕到什么地步。

我和婆婆相敬如宾，生了夕夕之后已经不再有什么大的矛盾了。我心里感激她为我把夕夕照顾得那么好，带孩子的累是所有当过妈妈的人都了解的。只是我从来没有与婆婆亲昵过，她的威严总是让我望而生畏。

马哲说："相敬如宾，就很好了。"

马哲还说："我现在觉得生活特别美，从来没觉得呼吸这么畅通过。结婚嘛，肯定还是要结的，在我想好的时候，我肯定会找个喜欢的人嫁了的，要看缘分。我想等我到了一个根本不能生孩子的时候再结，那时候多多也大了，懂得保护自己了。最好那男人也有一个孩子，我自己有多多，两全齐美。"

我举双手支持她的决定。我喜欢现在的马哲。

我说："姐，我都羡慕现在的你。不管你什么时候再嫁，都珍惜现在最难得的自由快乐时光吧。"

马哲说："就是。我有爸妈在身边，有多多在身边，又能和你合开这个小店，一家人几乎天天能见面，这种日子平时求都求不来呢。"

我没有把 COCO 的事告诉马哲，现在的我已经学会多一事不如少一事了。

有些自己能处理的，就不用让身边的人跟着瞎操心了，况且这件事也没有了下文。

不过，我乐观得太早。暴风雨还是来了。

这天我从宠物店回来，本来想去找李想一起回家，可李想说要加班，还特别强调说“是真的要加班哦，欢迎随时查岗”，我说没那闲功夫。

我先去婆婆那里看两个孩子，顺便再把李悟接回家。夕夕还在睡着，我想等她醒了后喂一次奶再走，于是在旁边一直静静地看着熟睡中的宝宝。每个孩子睡着时都像恬静的天使，李悟特别乖，一个人趴在我脚边玩奶奶给她买的新玩具，不声不响。

门铃响。

婆婆开门。我怕外面的声音吵醒夕夕，正欲起身关卧室的门，这时听到一个女孩的声音。

“阿姨，我找李想，他是住这儿吗？”是 COCO 的声音。

我心头一紧。

“这是李想家，请问你是哪位，找他有什么事呢？”婆婆问她。

“我是李想以前的女朋友。前几天还一起吃饭来着，他有东西落在我那儿了。”COCO 丝毫不畏惧，一听就是准备好的说辞，特意来捣乱。

虽然我在屋里，可也能猜想到婆婆此刻的脸色一定很难看。不过她是个见过世面的女人，不会在这种黄毛丫头面前乱了阵脚。

“什么东西？给我就好了。”婆婆威严的声音。

“那也行。阿姨，李想上次见我时，不小心把一张银行卡掉在我那儿了，我想这大概也不是他要送我的礼物，说不定最近正急着找呢，就抽空送来了。”

“那你为什么不直接找他？你出现在我家是有目的的吧？还有，你是怎么知道我家的地址的？你是李想的女朋友？我可从来没有见过你，也从来没有听李想说过。”婆婆厉声厉语，看来气得不轻。

“呵呵，我当然知道你家住哪儿啦。好几次趁你们不在家的时候，李想都带我来过呢。阿姨你知道的，约会的人通常都不希望家长在场的嘛。”COCO

有备而来，摆明了是要引爆一场家庭战争。

“我不管你是谁，什么以前的女朋友还是现在的女朋友，你以后有事直接找他去！银行卡我收下了，你要是没事就走吧。”婆婆下了逐客令，“还有，你不能再踏进我家的门，我们不欢迎你。”

我听见“砰”的一声巨大关门声。

我跑到客厅，看见婆婆捂着头，痛苦不堪。我过去扶她缓缓坐下，只看见婆婆脸色气得煞白，嘴唇紧咬，手都抖动得拿不住杯子。

“我们这样的家庭，怎么容许这样的女人跑来撒野？我过的桥比你走的路都多，我看不出来你这女人是有所目的吗？可是，这个不争气的李想，气死我了……”

“妈你先别气。你是不是哪儿不舒服啊？你的头怎么了？”

“列列，你，现在，马上，打电话，叫李想回来！就说家里，有急事。”婆婆说话都有点不太利落了，一字一字的，我心中觉得不妙。

“我说，妈，李想加班呢，晚一点让他过来。你要是不舒服就先躺下，我帮你按摩按摩。”

“不用，你去给他打电话吧。”婆婆很坚持。

我在电话里把情况和李想简单说了下，让他快点回来。看到婆婆的身体状态不是很好，而公公又不在家。打完后，我又回到客厅，为婆婆倒了一杯水。

“列列……”婆婆突然叫我。

我盯着她，等她的吩咐。

“你为什么一点都不惊讶？”婆婆问道，表情很严肃。

“我……”我支吾着说不出话来，不知道该怎么回答她。

“你知道这个女人的存在，是吗？你和想想都知道她，都在瞒着我是吗？”

“妈，我认识她。她确实是李想以前的女朋友，不过早就分手了。只不过……”我没再说下去，我怕说出更严重的，让她头痛加剧。

婆婆依旧抚着头，闭着眼睛，嘴唇翕动着。她拒绝了我为她按摩的请求，只是缓缓地说道：“先等李想回来吧，我倒要问问他，这个银行卡，到底是怎么回事。”

我说了声好，转身回卧室看两个孩子。一个还在睡，一个还在玩，她们的世界很是简单宁静，外界发生着什么与她们无关，她们拥有着人一生中最最难得的童真。

焦急的等待中，李想回来了。

婆婆一见他，拿起茶几上放着的银行卡朝他脸上砸去，李想躲不及，被砸了个正着。他弯腰捡起来，看了一眼，讪笑着，眼里却闪着冰冷的光。

“这是你送给那个女人的礼物吗？啊?”婆婆怒声质问。这一气又使头痛加剧，我赶紧扶住她，怕真的出什么问题。

我说：“妈，那个女的不怀好意，李想没有去招惹他，你别气坏了身子。”

婆婆继续训斥儿子：“你解释一下，这张银行卡是怎么回事，你不要告诉我这是一张废卡。如果我没记错，这是你前一个单位的工资卡。”

李想说：“妈，我怎么可能把银行卡送给别人啊？我也奇怪为什么最近一直找不到这张卡，以为丢了。这一定是她趁我不注意时拿走的。”

“趁你不注意？你们常见面，是吗？想儿，你可是结了婚的人了，你这样偷偷摸摸去见一个这样上不了台面的女人，你对得起列列和孩子们吗？我都不知道原来你谈过那样的女朋友！我们家虽然称不上书香门第，也是知识分子之家，这几十年来都是规规矩矩方方正正的。想儿，我不知道你和这个女人有什么纠葛，但你不能和她再来往，或者把这乱七八糟的关系给我理清了，别辛苦奋斗一辈子，到头来被这些花花绿绿的事给毁了。”

“我知道了妈。不过……她也不是什么‘那样的女人’……好我知道，我一定好好处理这件事。”李想想解释点什么，没有说出口。

我也劝慰着：“妈你不要再生气了。COCO我以前见过，她骨子里并不坏，可能是产生了大的误会才有点不理智，我也相信李想。”

婆婆显然不太理解，盯着我说：“嚯，你倒是挺大方。真不知道你们到底是怎么回事，我能不气吗？我现在都快被你们气死了。我不管你们怎么解决，小夫妻俩到底还有多少事我不知道，我只一个要求，这女孩不能再出现在咱家，否则我就不客气了。”

我和李想都唯唯诺诺地点点头，再也不敢吭一声。

第三十五章 我赌一次信任

和李想回到家后，把李悟哄睡着，两人又一次坐到了客厅里。

这些日子，总是有这样的场面，像在谈判一样的场面。

李想说，婆婆以前查出过轻度的脑梗，不能这么动怒。如果COCO真的再做出什么过分的行为让自己的母亲有什么三长两短，一定不会轻饶她。

我冷冷地笑他："你怎么个不轻饶法呢？我们现在要做的是赶在她再次胡闹之前，把问题解决了。李想，你是不是也瞒着我很多事？我总觉得COCO这么闹，绝不仅仅是因为她说的那样。"

李想肯定地说："可我真的不知道还有什么。"

我仰躺在沙发上，闭目，臆想，身心俱疲。

我说："就这两天吧，看COCO还会不会再打来电话，如果没有，你去找她。”

李想不乐观，“让我去和她谈判？她要是听得进我的话就好了，我说什么都没用。COCO 当面会像个正常人一样答应我，背后依旧会我行我素，该干什么干什么，谁都拦不住。”

“不，不是你去，”我笑笑：“是你约，我去。”

李想说：“你去？这不行，她肯定会伤害到你，说一些恶毒的话。”

我已经下定决心：“对，我去。我是唯一能解决这件事的人，再没有其它希望了。你明天就帮我约吧。不要提前泄漏我去的信息就行。”

说完，我起身准备回屋，依旧和李悟一起睡。

李想喊住我，声音悲怆，“列列，再和我坐会儿好吗，时间还早。我好久没有和你一起躺在沙发上，看看书、看看球赛什么的了。”

我眼泛泪光，不禁伤感，只是我真的不知道如何面对他，总觉得自以为最了解的这个男人，还有好多事情我不知道。

我说：“时间虽早，我却累了。孩子还小，我得陪着，你也早点睡吧。”

说完推门，进屋。夜不能寐。

次日。

没等李想主动约她，COCO 主动现身了。

李想接到电话的第一反应，就是厉声质问：“COCO，有意思吗？”

我不知道对方在电话里说了什么，只见李想很快就打断她的话，说：“你有什么事情冲我来，别骚扰我的家人，尤其是我的父母！你这么做很有快感吗？而且你不要把你那个圈子里的阴谋诡计全使到现实生活中来，生活不是谍战片！”

我向李想使眼色，让他不要光顾生气，还要记得约会的事。

李想会意，垂头丧气地说：“COCO，我觉得我们应该坐下来好好谈谈。我们都是大人了，不要再这样玩了，好不？”

大概 COCO 答应了，或者说她正求之不得能见李想一面，电话很快就讲完了。李想对我说：“列列，你真的要去见她么？”

我说：“是的。”

李想说：“我不放心，我把你送过去，我在离得较远的地方等你。如果有危险，我立马营救你。”

“噗……哈哈哈哈。”我忍不住笑出声，接着又控制不住地大笑。只不过笑声太突然太吓人，李想一脸莫名其妙。

“哎呀，”我喘着气，笑得好累却好痛快：“哎哟笑死我了，好久没这么笑了。李想，你大片看太多了，能有啥危险啊？难道还被她灌迷药拖到地窖不成？一个女人能这样闹无非就是两个原因，要人或要钱，要不她吃饱了撑的啊？”

“你终于笑了，尽管不是开心的那种笑，我还是听着高兴。”李想一点也不想笑。

大喜伤心大悲伤肺，其实都是一种情绪的发泄，总不如平常心好。

我问：“约好了？”

李想点点头。

“那我就准备去再会会她了。”我平静地说。

“你有些什么需要准备呢？”

“没有，只见个面而已。”

“你要专门打扮一下吗？她很喜欢攻击别人的穿着品味。”李想说。

“我不会刻意打扮，显得我很底虚似的，我有的是自信。而且，COCO对我来说除了瘦，没有任何美丽的地方，我不觉得我有什么好害怕的。”我故意这么说，抬头盯着李想，看他的脸色。

“那你……”李想还要叮嘱。

“李想……你这么紧张干什么？你放心吧，只有女人最了解女人。起码在我看来，COCO不是那种阴险毒辣的人，我想这中间一定有误会。”

李想不再说话，默默地走过来，抱着我，久久不松开。他说：“你最近总是叫我的名字，都不叫我‘老公’了。一看就是心里对我有了芥蒂，列列，我……对不起。”

对不起。

一句“对不起”却让我潸然泪下，我自认为坚强的内心堡垒再也守不住了，溃塌零落成一片片。我标榜要做那种大气沉着、智慧幽默、修养好气质佳的女人，不能撒泼耍刁。可我根本就不是那块材料。

我其实恨不得现在就把COCO抓在手里，拿瓶卸妆油泼在她脸上，让男人们看看她素颜的真面目；然后再把她的大卷发和长刘海全部一下子抓到脑后，让她那个比苏杭大运河还长的额头大白于天下；最后再剥光她的衣服，对着她那瘦得像排骨一样的肋骨猛拍几张艳照，然后再发到网上告诉大家这是老北京火锅店的羊蝎子！

可我又不能这么做。

我心里其实是害怕面对COCO的，我不知道自己的气场是不是真的能压过她，我更怕从她口中听到我最不愿意听到的消息。而我，唯一能胜过她的，目前只是身份。

李想看我哭，他也哭，两个人都委屈压抑得够呛。不只为COCO，为我们这几年千锤百炼的婚姻生活，还为我们最怕失去、却几乎就要失去的爱情。

我如诉如泣：“李想，自从嫁给你，我几乎没有唠叨过你，你做什么决定我都支持，从来没有掏你钱包检查过你的零用钱，你娘以前明枪暗箭地挖苦我我也给足了她面子，你上厕所冲完后不刷洗我也忍了，你把打完篮球后臭哄哄的运动衣扔到衣柜里我也忍了，可你为什么还要给我来这一出？你到底还瞒着我些什么才让COCO死死咬着不放？呜呜呜……”

我哭的次数很少，所以李想还是有点慌了阵脚的。他说：“不管你信不信，我是真不知道，我恨不得COCO别再耍花样，恨不得她要什么来个痛快。”

“你是不是在她面前说过我长相平凡、气质庸俗，说我们俩没有什么共同语言、说婚姻乏味之类的话？一般男人们在外面招蜂惹蝶的时候都这么说自己的妻子的。”

李想垂头不语。我一惊，原来真的说过。于是哭得更凶了。

李想承认：“我又见到她时，只说过一次，不过不是说你平凡啥的，我是说婚姻生活不如我想的，早知道就不早早结婚了。但我真的不是那个意思，不是说后悔娶你，只是有点后悔太早结婚，在我想开辟新事业的时候，那么多的杂事烦恼，我也很累。”

“男人果然都一样。”我咬牙切齿地说：“就是在鲜嫩的女人面前说自己老婆粗糙。”

“真的没有，我没说过这样的话。COCO哪有你好啊，我就喜欢你现在胖乎乎的样子。”李想说完，立马意识到自己说错了，慌乱着圆场：“你以前太瘦了。”

我不哭了，一脸严肃看着他。

他接着说：“列列，求你了，咱别计较这些小事了好吗？我真的就说过那么一句，其它的都没有。我没有觉得你胖，没有觉得你变老了，你比COCO有文化有修养多了……”

“晚了，解释没用。”我又加重语气说了两个字：“李想。”

说完就一扭头走进李悟的小房间。

该来的还是来了。

李想说要送我，我理解为他是做贼心虚才想尽办法要跟着去，没答应。自己坐地铁出发。

又是一个春节来临前的周末，地铁里和平常高峰期并无两样，人山人海。北京的地铁负荷是很重的，以前上班时天天就像打仗，体力差点的人是透支不起的。

在很多主要的站点下车都是个非常困难的事，经常是想下的下不去，想上的又上不来，偶尔还有几个肝脾火盛的互骂几句脏话，都觉得别人是最没素质的，自己才是最干净和最讲道理的。

我现在挤地铁的时候不多，体力不如以前了。出门时认真打理过的衣着现在已经变了样，狼狈只有自己懂。

照旧，我找了个洗手间先整理了一下装束，确保不影响市容了才安心。

到了约定的咖啡厅，COCO还没有到，我便也没进去，找个不太惹眼的地方躲起来。COCO想见的人是李想，她要是看到我坐在那儿，难保不会改变主意掉头走人。

过了一会儿，COCO到了。我看到她进了咖啡厅后找了一个靠窗的位置坐下来，那个位置可以看到商场上楼的电梯，谁走来了都可以看的清清楚楚。

COCO见等的人还没到，从手提包里拿出一面小镜子左照右照。可能是对自己的妆容不甚满意，又拿出化妆包这里补补那里画画。我在一旁看着眼睛直冒火。

女为悦己者容，看她这么重视和李想的约会，就可知她心里是真的有李想的。我都好久没有为李想而这么精心打扮过自己了，难怪老公要见她。

我轻轻地走到她身边时，她正在往左眼的睫毛上涂睫毛膏。看见了我，显然吃惊不小，睫毛膏马上就涂歪，眼睑上黑黑一片。

我从包里拿出几支棉花棒给她："擦擦吧。"

COCO没接，只说："我自己有。"说完就去包里翻，翻了半天也没翻着。

我把棉花棒放在她面前，任她处置。我就不信你不用，有本事你拿衣服擦干净啊？呵。

她拿起棉花棒清理的时候，我说："看来你确实很喜欢李想啊。"

她擦完了，终于抬头问我，语气愤怒，"怎么是你？李想呢？你们夫妻俩又在搞什么鬼？"

我撒了个小谎，说："我婆婆有脑梗，你把她气病了，李想这个时候正陪着父母。COCO，我婆婆要是有什么问题，你这辈子都背负着一个孽债了。"

COCO显然没想到会这样，看得出来她有点害怕，不过依旧嘴硬："又不是我婆婆，我操什么心。"

"如果你的父母也被外人这么一气呢？"我问她，加重了"外人"这两个字。

"你少咒我父母！"COCO生气。

"你看，我只是说一句，你就这么紧张了。别人的父母也是父母，他们老了身体都不好，你为什么还要把我们年轻人的这些破事加到老人家头上？父母不该掺和我们这些事。"

"好，那就说我们的事，我想你一定愿意听。"COCO说。

“当然。我今天来就是想听故事的，你可以如实地说，扯了谎我可是能听出来的。我们都是女人，天性都是敏感的，所以最好不用加油添醋。”

说这些话的时候，我的心在砰砰跳。

“我首先特别恨你们两口子，一直在耍我，现在越来越恨。”COCO说：“我最讨厌被人耍的感觉。”

我说：“这个你肯定是误会了。当时我们第一次见面，我那时候只是喜欢李想，但连他都不知道。因为你不是他的第一个女朋友，我也不奇怪。我们后来走在一起，也是你们分手之后的啊，没有欺骗你。”

“可我特别喜欢李想。”COCO说。

我一时语噎，尽管我知道这个答案，听了心里还是如百爪挠心一样难受。我有点疑惑，语无伦次地说：“李想说你之后又交过一个男朋友，时间也挺长的，可为什么只对李想念念不忘呢？你喜欢李想什么？”

“你又喜欢李想什么？”COCO反问我。没等我回答，她兀自笑笑，说：“喜欢一个人有什么理由吗？再说了，李想这样的男人，有人喜欢他有什么奇怪？”

这倒是，我对我家老公有足够信心。可是，小姐，他再好你也不该爱，因为他是一个有家庭的人，你是不是爱错了人。

COCO继续说：“马列我讨厌你的虚伪！你说是李想的朋友却最后嫁给了他；你说你对狗毛敏感却又开了一家宠物中心；你不喜欢梁爽却还时不时和他联系；你不喜欢你的婆婆可还假惺惺地对她好；你口口声声说深爱李想却经常在网上写贴子发牢骚，说对婚姻很失望如何如何，都不愿意为他求医问药生孩子……”

我听了哈哈大笑。

这世界上，最了解你的人，不是父母，不是朋友，也不是你自己，而是你的情敌。我根本不知道这些信息她是如何知道的，我希望不是从李想的嘴里说出去的，我承受不了那样的真相。我只觉得有点恐怖，在你的生活里根本已经忽略了的一个人，她却时时刻刻盯着你的每一步生活。

我说：“COCO真是难为你了，为了了解我真是煞费苦心啊，哈哈。”这是苦笑，莫名其妙。是一种对这种狗血事件的无力感，笑得心酸。笑停了我接着说："可是你在搜索关于我的信息的时候，只有快感，并没有快乐对吧？COCO，其实你心里很清楚，这是没有意义的事。"

COCO 不说话。

我说："COCO，我之所以愿意来见你，是知道我们是可以沟通的。如果不是因为这些感情的纠葛，以我们俩的性格或许还可以做好朋友。你知道吗？我从上大学时就开始暗恋李想，一直都像个丑小鸭一样地仰望着他。我最美好的大学时光里，没有谈恋爱，就苦苦地喜欢一个人。他很招女孩子喜欢，也从来不缺女朋友，你是她的第几个女朋友连我都记不清了。也许是缘分使然，我们居然在毕业几年后又见面了。我更没有想到的是他其实比女人还玲珑剔透，他知道我对他的心思，我们就那样顺风顺水地走在一起，我一直把这看成一种天赐的缘分，是老天眷顾我。我根本不计较他以前有过多少情史，我只知道他自从和我结婚后，我目前就是他的最后一个女人。而李想没有让我失望，尽管发生了眼前这样的事，我依旧选择相信他。"

"你为什么相信他？" COCO 问。

"因为我们是一家人，我不相信他，就再也没有人会相信他了。"我语气很坚定，强调我的主人地位。

COCO 说："我一直觉得李想是喜欢我的，你不是他喜欢的类型。我总认为他是为了求安稳才找了你，仅仅是为了过日子，没有什么爱情。"

我笑笑，"爱情是要当事人体会的，不是作秀给他人看的，外人不需要理解。如果没有爱情做基础，他愿意娶，我还不愿意嫁呢。而且不要觉得自己年轻漂亮，所有的男人就全都会喜欢你。女人经常自作主张地把自己比做花，可谁又能像花一样，今年谢了明年还会盛开？容颜易老，如果只是对自己的相貌有自信，这种自信只会蒙蔽了你的双眼，看不出身边的人谁真心谁假意。"

COCO 悲怆地笑笑。

而在我的心里，COCO 姿色并不属于上乘的：瘦骨嶙峋、眼大无神，脸又很长，额头和下巴像是要老死不相往来一样，离得好远。

我加了一句：“纵然是被柴米油盐磨灭了激情，有感情做基础的婚姻，就一切都能扛得住。”

说完这句话后，我看看COCO不再嚣张的气焰，我知道这场战争我赢了。

COCO努力重拾气场，只是内心空洞实在没有说服力。她说：“我本来想和你说一些事的，觉得自己占着这些优势一定可以完胜你，可以让李想人在你身边心中却想着我。可我现在不想说了。你这么安静，我觉得不好玩了。我答应你，不会再找李想，行了吧?”

“不，”我说：“欢迎你能来我家做客，我们是朋友。”

COCO满脸错愕。

第三十六章 温情的力量

COCO 向我保证过后，先一步离开了咖啡厅。我依旧坐在那里，许久没动窝。

等她走后我才看看我手心里的汗，捏了捏我虚脱的双腿。我一直在强撑一个霸气的角色，我在怕，怕什么呢？怕 COCO，还是怕失去李想，还是对自己的魅力实在不太自信。

我不知道。我只觉得占了上风也没让我有多痛快，甚至有种想哭的感觉。

我最后说邀请她来家中做客，只是想让她更加捉摸不透我，为了让她完全失去那种猎奇的快感。因为事物一旦摆到明处，人们也就失去兴趣了。

李想在这期间打过几个电话，我都没有接。他比我更心急，更想知道两个女人之间到底说了些什么，可我却不想在这个时候向他汇报，只是一个人静静地坐着，喝了一杯又一杯的咖啡。

李想发来短信：列列，妈晕倒了，现在在医院。

什么？婆婆真的住院了？真的住院了。我刚才为了吓 COCO 还说李想在照顾被气病的婆婆呢，谁知一语成谶，我成了乌鸦嘴。

我问了医院地址，打个车一路冲过去。

“怎么回事？”我一见李想就问他。婆婆还在急救，公公和李想在门外坐等。

李想说：“妈还是气 COCO 那件事，这几天一直都不太好，经常头痛眩晕、说话也不利落的。今天见到我，问你去哪儿了，我一时不会撒谎……妈妈生气，还没骂我几句就晕倒了。”

公公又着急又责怪：“你说你妈也是，好歹也是当干部这么多年，怎么遇点事就这么承受不住？天天操这个心操那个心，老了还给自己弄个脑子上的毛病，精明一世啊，精明一世有什么用？”

李想说：“妈最爱面子了，这种事对她来说是承受不了的。一切都怪我。”

公公也气：“不怪你怪谁？爸也是男人，也是过来人，知道这些感情的事很不好办。可你知道你妈有脑梗，就该说一些善意的谎言，千万别说真话气她。人年纪大了和小孩子一样，只愿意听好话、听好消息。”

李想垂着头说：“知道了爸。”

我和李想说：“老公，COCO 说不会再来找咱们了，我想她是认真的。你不用担心了，等咱妈醒来就好好宽宽她的心吧。解铃还需系铃人，这个时候你自己做保证最管用。”

“你和她都说什么了？”李想好奇。

“这是我们的秘密！你只需要知道只有女人更了解女人就行了。”我说完，想起孩子们，问李想：“孩子们呢？”

李想说：“我给你姐打电话，她过去帮忙看着了。对了列列，你回去和你姐一起看孩子吧，她一个人，照顾两个小家伙够吃力的。”

我点点头，说：“等等吧。等确认妈没事了，我再走。”

婆婆总算抢救及时没有大碍，医生说需要住院观察几天，李想和我都松了一口气。

此刻的婆婆躺在病床上，力乏身困，闭目休息。她的憔悴，身体的衰弱，让她没有了往日那种精明强干、盛气凌人的气场，锋芒不在，变成一个只是需要人照顾的女人。

婆婆最不喜欢别人叫她“老太太”或是“老黄”之类的，她最不服老，最希望能一世聪明美丽。可人就是这么脆弱，一夜之间就可以光彩不在。病来如山倒，任凭你千金散尽或许也无计可施。

看着她，我第一次觉得心里很疼。

我和李想轮流在医院照顾她。公公身体也不太好，我们不敢让他熬夜，要是再累病一个，家里就更乱成一团了。

孩子们全部送回姥姥家，娘家瞬间就变成了幼儿园。多多是个大孩子了，不需要太操心；李悟和李夕却还是要很费心，大的闹小的叫，热闹得连楼下的邻居都有意见了。

马哲前段时间考了驾照，买了一辆车，抽空就把孩子们接到宠物中心玩。两个员工在生意不忙的时候还能照顾几个小孩子，马哲为此和我商量，给她俩加了工资。

我欠马哲的人情越来越多，可自家人不能说两家话，谁让她是我最亲爱的姐姐。姐姐就是姐姐，不管怎么样都有当老大的气势。

我觉得挺幸福。

李想因为有工作，不能时刻陪着婆婆。但最近已经是尽量在减少工作时间，只要一有空就住在医院里。所以照顾婆婆的大任基本就落在我的头上。

照顾病人不是一件容易的事，对我来说还是头一次。加上婆婆又是那种事事要求极高的人，甚至有点吹毛求疵，所以我的任务就更加重，光怕不小心又把她弄不舒服了。

婆婆现在还没法正常走路，这让她很懊恼。要强的她死活不愿意接受自己走不了路的事实，总是让我扶着她去练习，一天下来要有三四次。我每次都累得满身大汗。

婆婆的吃喝拉撒和吃药都由我来照顾，我连对我亲妈都没这么细心过。打点滴时我紧张地不敢睡觉，光怕快滴完了自己忘了按提醒铃；而且是通常还有不少的时候，婆婆就提醒我："叫护士吧。"

我说："妈，还有不少呢。"

婆婆说："等过来就差不多了嘛。"

护士过来后，看还有至少十几分钟的，总是不太高兴，说两句就走了。

如此反复。

"列列，"婆婆总是说："我觉得我脑子里有东西，我现在连说话都磕磕巴巴，咬字不清的，我很怀疑这家医院没有检查出来。"

"妈，不用太疑心了。你知道的，这是北京最好的脑科医院，秦大夫还是你的朋友，你还信她不过吗？"

"你们没有瞒我什么吧？"病人总是疑心最重的，珍爱生命是每个人的本能。

"当然没有了。"我说："和上次检查的结果一样，以后要注意就好，没长东西哈。"我就像哄小孩子一样哄着她。病人除了身体外，精神意志是同样重要的，很多病人都是没被病击垮，先被自己吓垮了。

"列列，孩子们呢？夕夕呢？还有……嘟嘟。"婆婆想孩子们了。不过她最想的还是"亲生"孙女，嘟嘟在她心中永远排第二。

"还是让我爸妈照料着。你要想她们的话，我明天让李想送过来。只不过医院里面病人都需要休息，我特别怕两个小家伙太吵了，别的病人有意见。"

"就一会儿嘛……没关系。对了，列列，我刚才吃过药了吗？"婆婆现在越来越记不住事儿了，记性越来越差。

"吃过了。"

"吃过几次了？今天。"

"该吃的都吃过了。点滴也打完了，妈，你休息一下吧。"我把她扶着躺好。

"唉，不中用了。"婆婆躺下，眼里盈盈泪花，只是倔强地没有流出来。

等婆婆终于睡着了，我才松一口气。确认这会儿没事后，我跑到住院部后面的花园里，想暂时躲避一下病房里氤氲得让人窒息的气味。

李想来了。

他跑到花园里找到我，带着打包来的半只烤鸭和摸摸还烫手的奶茶，放在花园的一条长椅上。

我笑笑："幸亏在这里我还能吃得下去。在病房里吃的话，恐怕要辜负这番美味了。"

李想拿出两包温纸巾，先帮我把手擦干净，又擦了擦自己的手。然后铺开一张报纸，把打包盒打开放上去，卷葱丝蘸甜面酱，包好一个烤鸭卷给我。

我只用两口就吞掉它。

李想继续为我卷烤鸭，他卷一个我就很快吃光一个，像个饿狼。等我终于有了一些饱意，我才问他："老公，你不吃吗？"

李想没有正面回答我的问题，继续帮我卷着，一边说："真好，你又叫我'老公'了。"

我说："你知道烤鸭是我的软肋，吃人的嘴短。"

李想说："另外还有，我给你爸妈送去了，李悟也喜欢吃烤鸭。不是亲生的孩子也可以和父母很像呀。"

我说："当然！耳濡目染，将来只会越来越像。"

我也为他卷了一个，喂他吃。李想眉宇之间一阵喜悦，仿佛又回到刚谈恋爱时情景，你喂我，我喂你。吃完了，啧啧嘴，又撒娇再要一个，自言自语道："我就知道这烤鸭是买值了。"

很快就扫荡干净了。李想清理好长椅，用另外一张湿纸巾把座位擦擦干净，跑到远处把垃圾扔进垃圾桶后，返回来。

我说："走吧，吃饱喝足，去看看咱妈醒了没？"

李想牵着我的手，就像那年带我去母校时一样。李想问："列列，你真的不生我气了吗？"

我说："懒得生气。"

李想说："对不起。"

我说："幸好都是你结婚以前的桃花劫，否则我可不会这么大度。你以后再敢有这样的事，我说不定哪天一气之下把你咔嚓了。你小心行事吧。”

李想说：“放心吧。我不会给你咔嚓我的机会。列列我还要谢谢你，你为我隐忍了很多，还那么认真地照顾我妈，我知道她不那么好伺候，呵呵。这几年我有点压抑，可我做上了自己喜欢的事业，骨子里是开心的，而你却付出很多。我脑子里经常想起你以前不识愁滋味的样子。”

“走，看妈去。”我紧握他的手，没回答。男人能说这几句话，我就知足了。

无论是婚姻还是爱情，女人想要的只是几句温言软语，想要的只是男人能懂自己，就这么简单又容易。说几句可心的话又不要钱，可男人们总是不懂。

婆婆已经醒来，看不到我，又下不了床，逢人就问我去哪里了。这时看到我和李想一起进来，很是欣喜，拉着李想说：“想儿，原来是你把列列叫走了啊，我想去厕所都一直找不到人。”

我马上说：“妈，我这就扶你去厕所。”婆婆很要强，她不愿意自己成为一个在床上大小便的老太太，总是坚持去厕所。她说这个动力能让她很快好起来。

我相信她有这个志气。

李想也扶着，等我们到了女厕所门口，他就在门口等，一刻不离开。

等我们从厕所出来时，已经过去了二十分钟的时间，我和婆婆都累得渗出了汗。婆婆行动不太方便，又有些便秘，每次上厕所跟受刑一样，而我一直扶着她，也需要耗费体力。

我看到站在厕所门口的李想，眼睛红红的，不知是想到了些什么。我和他一左一右扶着婆婆回病房。一路上我都能感觉到李想时不时向我递过来的感激目光。

“列列辛苦了。”在病房的门口，李想对我说。

“她也是我妈啊，谢什么?”

“人生是不可逆转的，我们承受了很多不自由……可有你在身边，我宁愿不自由。”李想对我说这句话时，两行男儿泪。

第三十七章 我愿与你牵手相依

婆婆住了十来天就出院了。她看似和正常人无异，可无法照顾孩子了，反而还需要别人的照顾。公公自此承担起了她全部的生活起居。

也正因为如此，我仿佛从他们身上看到自己的未来：当乌丝变成白发，洗尽铅华，熟悉的屋檐下，两个人相守相依。

少年夫妻老年伴，这句话年少的时候怎么会懂？哪对携手到白头的夫妻不曾经历过年轻时的如胶似膝、中年时的困惑彷徨？然后直到老年，热度减少，深情还在。

我听过最好的爱情故事，就是每对平凡的夫妻，彼此依赖，用最平凡的心态领略日照的美景，哪怕过程狂风暴雨、故事你仇我恨，哪怕最后两个人走路都颤颤巍巍。

就像苏芮轻吟浅唱的那首《牵手》：

也许牵了手的手
前生不一定好走
也许有了伴的路
今生还要更忙碌
……
所以牵了手的手
来生还要一起走
所以有了伴的路
没有岁月可回头

李想和我有相同的感受，他说着俏皮话："我妈领导别人那么久，也该被爸领导一次了。"

我说："我爸妈将来也是这样，我希望我们也是这样，只是不知道谁会和马哲陪伴。"

李想安慰我："别着急，咱姐的魅力大着呢，她肯定能找到个对她好的男人。"

我把两个孩子全都接回家，又托熟人找了一个靠得住的保姆，只负责带孩子。平日里在宠物中心时也会把孩子们带过去，让他们从小就学会爱护小动物。

那是她们的天性。

日子又回归到忙碌又平静的状态里。从医院回来后，婆婆对我的态度已大为改观。从前的相敬如宾和现在的相敬如宾比起来，现在就多了更多的温情。她总是嘱托公公去买最好吃的烤鸭回来给我和李悟吃，三天不去就开始念叨了。

李想的工作也越来越进入正轨，工作好心情靓，整天满面春风的。

我曾经最不耻的安稳，成了我现在最大的幸福。

身在北京的同学们要举行一次十年同学聚会。大家零落在天涯，各自为稻粱谋，已经好久没有相聚了。

我结婚时大多数同学都见过，还一起回去过校园怀念旧时光。不过从那次以后，已经有四年没见他们中的很多人。

再过一年多，我就要接近那个让女人们谈虎色变的年龄了。我已经准备好了迎接它的到来，35 岁何所惧？

同班同学毕业后有一大半都留在北京，聚一聚也有近三十个人了。组织聚会的几位主创人员一再强调：不能携带家属，除非班级内部解决的，比如我和李想这种；非要带家属的，可提交申请，通过批准后方可带。

目的只有一个：要回到曾经的疯狂，而有家属在是必定要束手束脚的。

大家都履行了这个承诺，都只身前来。

只是时光晃过十年，生活早就衍生出各种姿态来。同学们经历千变万化的社会洗礼，最终变成不同的人、拥有着不同的价值观，做着丰富多彩的职业，过着千差万别的生活。

有得意的，也有失意的；有幸福美满的，也有婚姻失败的；有单身的，也有儿女成双的；有胖了的，也有瘦了的。

大家彼此寒暄着，唏嘘岁月流逝之快。可大概岁月也是忙得目不暇接，把有的人改变了，有的人却没有什么变化。

梁爽结婚后我因为坐月子没有去，后来疏于联络，这次再见面，他却已经离了婚。

梁爽不再豪爽，不再那么健谈，变得沉默寡言。我几次找他讲冷笑话，希望他能和以前一样乐天达观，可全以失败告终。梁爽看出我的用心，笑笑说不用为他担心，只是自己闪婚闪离，一把年纪了又没什么大成就，不成家不立业的，实在不知道该如何兴奋。

我还是用以前的称呼叫他："爽啊爽，你何必给自己这么大的枷锁呢？很多时候不是别人看不起我们，是我们自己给自己太高要求了。而且这些都是我们亲爱的同学呢，没有人会因此而小看你。"

梁爽笑笑。对我的大道理无动于衷。

跟大道理比起来，生活的真相才更一针见血，想想有点残酷。

可人生不就是如此吗？没有谁的人生是那么圆满的。我也懊恼青春流逝过快，曾经天天挥霍着却没有人来管。可生活虽然不太容易，却总是还有希望的。

我给梁爽讲马哲的故事，梁爽来了精神。他们同病相怜，他很想知道一个女人在遭遇婚姻的变故后如何精彩地站起来。听着听着，梁爽有一点释怀了。他呵呵微笑着说："听你这样说，你姐一介女流都能做得这么好，我要是再不振作都有点说不过去了。"

我立马找回我当年的爷们口气，猛拍他的肩膀："别让我看不起你！真的，多大点事呢，死不了人的。"

"你在这里和我这么说话，你不怕李想吃醋吗？"梁爽问。

"夫妻之间连这点起码的信任都没有，一辈子还怎么过？你就少操心了。李想和我，心眼儿都大的很。"我很自信。

"看得出来，你们也算经历过很多共同的考验了，"梁爽说："我打心眼儿里羡慕你们啊。我再找老婆，一定也要向你们一样，大家都有呼吸的空间，细水长流。"

我对他施以安慰："每对夫妻相处方式不同，自己舒服就好了。只是我们也经历过很多的飘摇，过后更加珍惜罢了。对于未来我也不敢过于乐观，或者根本就不去想，现在只懂见招拆招，哈哈。"

梁爽也哈哈大笑。终于又恢复了一点点当年的风采。

班级里还有几位没结婚的，再加上梁爽等两位离了婚的，大家的焦点自然就落到了这群人身上。单身的人可开玩笑的范围比较大，谁都可以拿来给他们意淫一番，就像当年七姑八婆们催我相亲。

秦时月还单着，他说："我现在都恨不得买个充气娃娃来结婚了。"所有人哄笑一片，说他是身在福中不知福。

李想说："你问问围城中的哥们儿，现在最怀念的是什么？恐怕每个人都会告诉你，他们最怀念单身时的时光，你就知足吧秦时月。"

秦时月很紧张，提醒李想说："帅哥，你说怀念以前的时光，这话不怕马列听见产生误会吗？女人都小心眼儿的，喜欢把小事放大。我想她要是听见了肯定回去跟你闹个没完，然后再逼着问你是不是后悔娶了她之类的。”

我朝他们的小群体大喊一声：“我早就全听见啦！我又不耳背！”

李想说：“马列才不会生气呢，因为她比我更想回到那个时光，是吧列列？秦时月，你说话不用这么小心翼翼，我和马列之间，这点小玩笑绝对开得起。”

秦时月说：“看出来了。这样的婚姻真好。”

马军杭说：“秦时月，你不要再害怕婚姻了，找到喜欢的就娶了吧，你还真想和充气娃娃结婚呀？”

举座哄堂大笑。

“那我就在班里物色一个吧，哈哈。”秦时月从无半点正经。

同学聚会还提供了一个感情的温床，曾经要好过的同学如果此刻恰巧都单身，那么，有无限可能；

同学聚会同时也是人际关系的温床，如果某位同学正好需要某方面的帮助，那么，也有无限可能；

同学聚会最重要的，是能让所有在人生道路上一路向前冲的人们，在身体和灵魂都忙碌得不知所以的时候，聚在一起歇歇脚。回味往夕，把过去当成现在的参照物，看看自己失去了什么，路有没有走歪。人们或春风得意，或马失前蹄，或高官显贵，或平民小康，人生总是不会美满，可还有一帮老同学，会相互提醒着面对不圆满的人生，该用怎样的态度。

这样挺好。

聚会散去，我和李想牵着手散步。此时街上已人烟稀少，路灯依稀，很是静谧。

李想今天没有开车，孩子们又全去了姥姥家，两人难得的自由时光。可在聚会的当中，我还是忍不住给家里打过两个电话，问孩子吃了没睡了没，不能完全放下心。

我已经成了一名真正的妈妈。

我对李想说：“真的回不去了，牵挂越来越多了。”

李想说：“我们就成了最传统的那种中国式家庭了。列列，我知道这不是你的理想，你后悔么？”

我想了想，说：“你说过，这是不可逆的人生，我后悔也没有用啊，只能一步步朝前走。”

李想说：“那还是后悔了。”

我说：“我想不管嫁给谁应该都是这样过吧。看着女同学们在那里吐槽各自的婚姻，我还觉得我万分庆幸呢。反正嫁谁都是嫁，不如嫁个自己喜欢的，天天看着赏心悦目，起码一切都值了。”

李想说：“你也有你的小事业啊。我们的宠物小店现在越来越上道了，又赚钱又有意义，还是孩子们的乐园，真是一举三得。”

我说是啊，何尝不是呢？

李想又说：“现在有保姆了，你也该喘口气了。以前的钢琴呀、书法啊，继续学起来，这些都是才艺可千万不能丢。你多才多艺，你就是一个有魅力的熟女；再过二十年三十年，你就是个有魅力的老太太。千万不要因为生活琐碎就放弃它们。”

我犹豫，想起了婆婆对这些事情的阻止。

李想看懂了我担心什么，说：“别担心我妈会说什么，我想她也不会再说你了。我妈那天跟我说，以前最遗憾没有一个女儿，可自从你在医院那么照顾她后，她觉得有女儿了。”

“真的吗？妈真的这样说的啊？”

“当然，骗你干吗？”

我开心地摇着他的手，动作很傻很可笑。

李想说：“该回家了，前面那个路口比较好打车，我们过去吧。”

“老公，我给你唱首歌，”我甩着他的手说，“就唱《牵手》好不？我觉得特应景。”

“唱吧。不过别太大声，小心有人从楼上扔花盆。”

因为爱着你的爱，因为梦着你的梦

所以悲伤着你的悲伤，幸福着你的幸福

因为路过你的路，因为苦过你的苦
所以快乐着你的快乐，追逐着你的追逐

所以牵了手的手，来生还要一起走
所以有了伴的路，没有岁月可回头。
……

唱到最后，两个人都有点动容。可谁都沉默着没说话，牵着手向前走。

我想起结婚时，司仪宣读的结婚誓词：

“马列小姐，你愿意让眼前这位男人作你的丈夫，无论他变穷、变衰，花心、抽烟、沉迷游戏、睡觉打呼噜、上厕所不冲水、喜欢看A片还假装纯情，都至死不渝相守一生吗？”

我愿意，我当然愿意。这个问题无论问多少次我都会说愿意！

我们曾经说好的嘛，婚前婚后，都不能分手。

（全书完）

2014年3月

后序

写到最后一章的时候，上海的天空依旧是淅淅沥沥地下着雨，就好像我此刻的心情，潮湿又伤感。

文稿修改了几次，每次看到最后两章的某处，我都会抑制不住地决堤放水，好在此刻身边没有人，我失态的样子没人能看到。就好像被施了魔法般，那几句话不歪不斜地打到心里最脆弱的地方，硬生生地开辟出一个泪点来。

我想读者们一定能和我感同身受，我落泪的地方，定是你们也能落泪的地方。

马列和李想，他们的故事还没有完，他们不可能像童话故事里的王子公主一样，破除魔咒后走在一起，就再也没有下文。他们还有很多的未来要共同面对，有困惑、有厌倦、有埋怨，更有欢乐与希望。

记得一位影评人说过:“一部好的电影,总是要让人在灰暗的世界中,看到希望。”我想小说也可遵循这个道理,因此我用自己最青涩稚嫩、功力尚浅的文笔讲述着一个个关于“希望”的故事。

因为岁月渐增、青春渐远,年年岁岁中,就多出一些人生的感悟来。身边的同学、朋友、同事、或是陌生人,每个人都拥有很多真真切切、见刀见血的人生体验,这些故事构成了我小说的雏形。

听过太多成年人的彷徨,姐妹们包括自己的牢骚。多数人对青春怀念,对现状唏嘘,对未来恐慌,好像人人都不快乐。相对于身体,心却先行一步地老去了。

这些成长所带来的残酷体验,几乎要吞噬了人本来应该有的快乐。

或许成长过程的矛盾,是因为各阶段的欲望有所不同吧?抑或是这种欲望与现实产生了过于激烈的冲突。

很多人都没有真正准备好长大。

我也不能例外。

我是一个对青春岁月无比执迷、对现状又很无能为力的人;同样是个对灰暗的成人世界极度不适应,常常束手无策、只好将心情寄托于文字的可怜虫。

可这种寄托却让我猛然发现:似乎每个人总有一件、至少有一件可以让自己找到归属感的事。在写作的时候,我用笔刻画着我一个个的主人公,他们或许生动丰满,或许单薄乏味,但我却是他们的主宰。

我爱上这种感觉。因此我相信每个人都能找到一个自己可以去主宰的事,然后快乐地去完成它。

就像马列和李想,他们平凡就如身边的你我他,他们和很多人一样经历了灿烂又有点遗憾的青春年华,相爱的人有幸再遇,却又很快迎来枯燥又身不由已的围城生活。婚姻把他们的人生河流划成了两岸,两岸风光却迥然有异。

他们面临最大的考验,除了柴米油盐所带来的爱情褪色之外,还有对爱情信仰的动摇,对青春梦想的怀疑。

马列和李想是幸运的，他们的婚姻至少有一个最有力的基石，叫做爱情。

有爱就有希望。

人的职业、理想、爱情，都可以在合适的条件下，在某个特定的社会背景里来一次大洗牌。人人都有追梦的权利，爱情也是梦想的一部分，而梦想是上帝赐给人们最不分贫富贵贱的东西，也是在芸芸众生中最能显示个性的东西。

或许你用的手机和几乎所有人用的牌子都一样，毫无个性。好在还有梦想，还有你的爱情和人生可以独树一帜。

马列和李想，一直不服输地寻找着属于他们自己的希望。

希望无关乎大小，就是那个能满足你彼时欲望的东西。木心的书中说过：欲望的超脱，最佳的方法就是满足欲望。

而梦想照进现实，最佳的方法就是努力去实现它。

在“家庭”这个社会最小的单元里挣扎的李想和马列，在感情的世界里总是无法驻足的梁爽，进了围城又悲凄出局的马哲，这些人都在各自的人生轨迹上跌倒再爬起，义无反顾地追求那个叫做“幸福”的东西。

在这个世界上，除了出生是不能选择的之外，还有很多东西也无法选择，让人手忙脚乱。可人类又是何其的坚强，可塑性又是何其的高，人们最终还是选择勇敢向前走。

青春与成年，始终不可逆，伤感过后，我们追寻的，就是这一路上最公平的阳光。

只要我们赤子之心不老，成年人的世界，就是一朵最绚烂的花。

拥抱希望。